ARANEA

ALEXANDRE MURAT

ARANEA

LA LÉGENDE DE L'EMPEREUR

fleuvenoir

MIXTE
Papier issu de sources responsables
FSC® C003309

L'éditeur de cet ouvrage s'engage dans une démarche de certification FSC® qui contribue à la préservation des forêts pour les générations futures.

Pour en savoir plus :
www.editis.com/engagement-rse/

Agent littéraire & Conseil éditorial :
Isabelle Martin Bouisset. Imbconseil.
www.imb-conseil.fr

ISBN : 978-2-265-15576-3

Dépôt légal : septembre 2022

Paris, 28 novembre 2018
Salle des ventes de Christie's

18 h 50. L'agitation était palpable au siège de la célèbre maison Christie's à Paris, avenue Matignon. Dix minutes plus tard allait commencer LA vente aux enchères de l'année, intitulée sobrement « Exceptional Sale ». Ni plus ni moins qu'une sélection minutieuse, rigoureuse et sans concession des objets les plus rares, les plus précieux et, par conséquent, les plus convoités du moment. Chaque année, la vente concentrait l'attention des acheteurs les plus exigeants, mais aussi les plus capricieux, du monde entier. Pendant quelques heures, ils vivaient au rythme des enchères, des mains levées pour tenter d'attraper au vol l'objet qui virevoltait sous la férule du commissaire-priseur, des regards qui en disaient long et des paroles qui ne signifiaient qu'un prix ; ils vivaient dans la fièvre et l'espoir de remporter ce qu'ils brûlaient de posséder, avoir le privilège de se dire : *C'est moi qui l'ai eu, personne d'autre*, et gagner ainsi encore et encore la bataille du pouvoir et de l'avoir. Pendant quelques heures, les collectionneurs du monde entier auraient les yeux rivés sur Paris.

Géraud, un des directeurs de département de la maison de ventes aux enchères, supervisait les derniers préparatifs et accueillait les rares personnes présentes dans la salle. La trentaine, le regard bleu clair, toujours vêtu d'un costume trois pièces un peu démodé, il émanait du personnage le charme suranné des vieilles demeures françaises dans lesquelles il dénichait les trésors à vendre. On l'imaginait sans peine faire très naturellement le baise-main à une vieille comtesse désargentée, et lui raconter dans le salon du château toutes sortes d'histoires sur son métier, tout en repérant les toiles et meubles qu'il pourrait proposer aux enchères. À la fin de la journée, la comtesse en question dirait autour d'elle à quel point Géraud était « adoraaable » et « si cultivé » et envisagerait de lui confier les quelques biens dont la vente lui permettrait de maintenir son train de vie.

Mais c'était le jour J qui passionnait Géraud. Il avait choisi ce métier pour vivre des moments comme celui-là. L'adrénaline des jours de ventes suffisait à effacer les nuits à travailler ou les innombrables heures passées à dénicher les objets.

Aujourd'hui, tout se faisait par téléphone ou en ligne, et les salles étaient moins le théâtre de ces batailles dont le coup de marteau sonnait la fin. Une vingtaine d'opérateurs et opératrices étaient déjà vissés au téléphone avec leur client pour recueillir les dernières instructions. Parmi les lots mis en vente : une épée du duc d'Aumale, un manuscrit rarissime de Diderot, un secrétaire en acajou du XVIIIe siècle, dont on racontait qu'il servit de support aux lettres de Rousseau, le pistolet utilisé par Verlaine pour tirer sur Rimbaud, ou encore une pendule de carrosse signée Bréguet, ayant appartenu à Joséphine de Beauharnais. En tout, dix-huit objets seulement, mais un catalogue d'une valeur inestimable ! Ceux qui faisaient la fierté d'un collectionneur averti, ou d'un amateur fou. Ceux aussi qu'un musée aimerait bien posséder, mais pour lesquels il n'avait généralement pas les moyens.

Géraud scrutait la salle. En tout, une quinzaine de personnes.

Des habitués, qui venaient au spectacle, mais qui n'achèteraient rien, ou qui enchériraient par passion, ou par goût du jeu, ou tout simplement pour la beauté du geste, en sachant pertinemment qu'ils ne feraient pas le poids. Ce geste leur permettrait de briller en société : « J'y étais, j'ai participé aux enchères, il m'a échappé de peu », alors qu'ils étaient bien évidemment très loin du compte.

Quelques têtes connues : directeurs de musée, intermédiaires de clients russes ou asiatiques, ou marchands d'art plus ou moins fiables.

Quelques inconnus tout de même. Parmi ceux-ci, le regard de Géraud fut happé par une femme élégante, la trentaine, blonde aux yeux verts. Elle accomplissait de faux efforts pour passer inaperçue, mais jubilait intérieurement de savoir que l'effet inverse se produisait : quand elle entrait dans une pièce, on ne pouvait pas la manquer. Elle portait un tailleur-pantalon noir Yves Saint Laurent parfaitement ajusté, des escarpins Louboutin noirs également, et elle avait noué autour de son cou, d'une façon savamment négligée, un foulard en soie blanche. Elle posa délicatement son manteau sur la chaise à côté d'elle, et sortit de son sac à main son portable, qu'elle regarda machinalement. Il vibra, signalant l'arrivée d'un SMS. Elle frémit et scruta le petit message, sourit, et reposa l'appareil, sûre d'elle et très calme.

18 h 58. Géraud regagna sa place pour ne rien perdre de la course qui s'annonçait déjà historique. Dans les jours ayant précédé la vente, la maison Christie's avait recueilli de « très nombreuses marques d'intérêt », pour utiliser le langage de la profession : des acheteurs s'étaient ouvertement manifestés comme acquéreurs potentiels et avaient demandé de plus amples renseignements sur la provenance, l'histoire, ou l'état de conservation du bien. Beaucoup étaient venus voir l'objet désiré, toujours de façon privée. Tous, sans exception, étaient des acheteurs « solvables », avec lesquels la maison avait déjà un historique. La « marque d'intérêt » était donc chaque fois prise très au sérieux. Et cette année, il y avait

eu beaucoup plus d'appels que d'habitude. Pour deux raisons sans doute : la qualité exceptionnelle de la sélection (« un très grand millésime », selon le patron de Géraud), et l'embellie indéniable du marché de l'art grâce à la reprise économique. Que des bonnes nouvelles pour Géraud, qui n'avait pas ménagé sa peine pour convaincre les vendeurs de lui confier leurs trésors, et rassembler les acheteurs en faisant progressivement monter l'excitation jusqu'au jour de la vente.

Un objet en particulier était cher à son cœur. Une pièce rare et touchante à la fois : un petit aigle en argent, d'une quinzaine de centimètres de haut, la tête tournée à droite, et au bas duquel on pouvait encore voir un pas de vis. Cet aigle ornait une des soupières du service en argent de Napoléon à Sainte-Hélène. À la fin de sa vie, l'empereur en avait distribué plusieurs à ses proches et à sa famille, sans que l'on comprenne bien la clé de répartition. Ainsi, son frère Joseph en avait bien évidemment eu un, mais le maréchal Soult, que Napoléon tenait en profonde estime, non. Quoi qu'il en soit, sa rareté et sa provenance prestigieuse justifiaient pleinement sa présence dans cette vente exceptionnelle. Estimé à 50 000 euros, Géraud savait qu'il pouvait largement dépasser ce montant. Il ne pouvait pas se douter, en revanche, des sommets qu'il allait atteindre.

Dix-neuf heures. La ponctualité de la maison Christie's n'ayant jamais été prise en défaut, la vente commença. Paul, le commissaire-priseur, partagea son impatience en lui adressant un petit sourire complice. Il prit la parole, dans un silence quasi religieux :

— Bonsoir, mesdames et messieurs, je vous remercie de votre présence à cette quinzième vente exceptionnelle à Paris, et je remercie également tous ceux qui participent à la vente par téléphone ou en ligne.

Après quelques annonces d'usage sur les conditions générales et le montant des commissions, le commissaire-priseur démarra la vente.

— Nous commençons par le lot n° 1, le pistolet avec lequel Verlaine a tiré sur Rimbaud, un revolver Lefaucheux de calibre 7 millimètres. Nous démarrons les enchères à 50 000 euros.

Les enchères s'envolèrent, un mystérieux client au téléphone se battant contre un célèbre collectionneur parisien. La barre des 100 000 euros fut rapidement franchie, celle des 200 000 quasiment à la même vitesse. C'était la stupéfaction dans la salle, et la tension était palpable. Géraud trépignait : déjà pour le premier lot, les records étaient battus ! Tout s'annonçait très bien…

Après une joute d'enchères épique, le client au téléphone finit par l'emporter… pour 435 000 euros ! De nombreux applaudissements clôturèrent le combat, et le collectionneur parisien quitta la salle, dépité mais bon perdant. « Sans regret », disait-il à qui voulait l'entendre.

Le commissaire-priseur était déjà passé aux lots suivants, qui enchaînaient quasiment tous des performances de vente inédites dans une salle se remplissant ou se vidant au gré des enchères. Vint le tour de l'aigle impérial.

— Nous arrivons à présent au lot numéro 14, un aigle en argent provenant du service de l'empereur Napoléon Ier à Sainte-Hélène. La mise à prix est à 50 000 euros. 60 000 dans la salle, 70 000 au téléphone, 80 000 au téléphone avec vous, Marie, 90 000 au téléphone aussi avec vous, Stéphane.

Plusieurs acheteurs au téléphone et une personne dans la salle se disputèrent l'objet, qui atteignit rapidement les 130 000 euros. La plupart avaient fini par abandonner au fil de l'escalade, et à ce prix, il ne resta plus que deux acheteurs potentiels au téléphone. Alors que tout semblait se terminer, contre toute attente, la femme en noir leva la main.

— 140 000, annonça-t-elle d'un ton calme.

Les regards se tournèrent discrètement vers elle. Elle sourit légèrement, sûre d'elle, et ne rendit aucun regard, sauf au commissaire-priseur.

— 140 000 dans la salle. Victoire, Stéphane, avez-vous mieux ?

Victoire fit non de la tête, n'ayant pas obtenu l'accord de son client au bout du fil. Stéphane leva en revanche la main, faisant monter le prix à 150 000. À peine eut-il fini de baisser le bras qu'un autre joueur entra dans la partie, par téléphone aussi.

— Ah, 160 000 au téléphone avec vous, Éric.

Et s'adressant à la femme en noir :

— Et vous, madame ?

Elle sourit imperceptiblement, comme si elle s'était attendue à l'arrivée d'un adversaire connu de longue date. On sentait qu'elle avait déjà croisé le fer à de nombreuses reprises avec le nouveau venu, et que son entrée en scène marquait le commencement du vrai combat. Tout ce qui avait précédé n'était qu'un petit échauffement de routine. Le prix monta à 170 000. L'acheteur de Stéphane jeta l'éponge. Le combat allait donc devenir un duel entre les deux finalistes qui avaient adopté la même stratégie d'arrivée tardive dans la compétition.

— 180 au téléphone avec vous, Éric. 190 dans la salle. 200 au téléphone.

La salle bruissait à présent de murmures curieux, révélant l'étonnement devant une bataille si âpre pour un si petit objet. Le duel au fleuret continuait : 210, 220, 230, 240, rien ne les arrêtait. Géraud ne perdait pas une miette de la finale, et se tortillait sur place, quelques gouttes de sueur perlant sur son front. Que se passait-il ? Rien dans cet objet ne pouvait amener une telle joute. Soudain, un des acteurs tenta une fente. Alors que le commissaire-priseur venait d'annoncer la somme faramineuse de 260 000 euros, la femme en noir, souhaitant visiblement mettre un terme à ce petit jeu, annonça brutalement : « 300 000. » Des « Oh ! » et des « Ah ! » montèrent de la salle, qui n'en revenait pas d'assister à cet assaut entre deux combattants qui croisaient le fer sans retenue. La femme en noir, satisfaite de son enchaînement, afficha un rictus réjoui. Et pile à ce moment-là, alors qu'elle pensait le triomphe à portée de main, parade de l'acheteur au téléphone : « 400 000. » Si la vente n'avait pas eu lieu dans la prestigieuse maison de l'avenue Matignon, les gens se seraient levés d'un bond, tant la nervosité et la tension rendaient l'atmosphère électrique.

Le sourire de la femme en noir laissa place à un instant de stupeur, et tout de suite après à un voile de colère aussi contenu qu'implacable. Elle venait d'être touchée et se mit à taper frénétiquement du pied droit sur le sol en marbre, dévoilant la semelle rouge sang de ses talons aiguilles. Elle sortit soudain son portable et pianota rageusement un message à l'adresse de son commanditaire. Le commissaire-priseur, qui maîtrisait son métier mieux que quiconque, profita de ce moment de flottement pour accentuer la pression. « Madame, plus de 400 000 ? » La femme lui lança un regard de la couleur de son impeccable tailleur-pantalon, et lui demanda de patienter quelques secondes. Celles-ci semblèrent interminables. Pour l'assistance, pour les professionnels de Christie's, et pour la femme elle-même. Le temps imparti étant écoulé, le commissaire-priseur reposa la question. Elle fit non de la tête, et le commissaire-priseur annonça la sentence : « Adjugé pour 400 000 euros avec vous au téléphone, Éric. » Tonnerre d'applaudissements.

L'inconnue était déjà partie. On était loin du « Sans regret » du perdant du pistolet de Verlaine. Oui, vraiment loin. Pour les quelques personnes qui purent croiser cette magnifique femme au moment de sa sortie, elles virent sur son visage de l'humiliation, de la colère et, déjà, la naissance d'un désir de vengeance. Non, vraiment, il ne fallait pas s'attaquer à elle. Elle qui ne perdait jamais, et qui n'oubliait jamais non plus. Non, il ne fallait vraiment pas irriter cette guerrière. Et encore moins son redoutable commanditaire, à qui elle allait devoir annoncer la mauvaise nouvelle. La contre-attaque serait sanglante.

Sainte-Hélène, 4 mai 1821
Longwood House

Le vent. Incessant. Bruyant. Sifflant. Il attaquait, infatigable, les murs et les fenêtres de la maison dans laquelle l'empereur était emprisonné depuis bientôt six ans. Il attaquait aussi les esprits, sans répit. Être prisonnier du vent, quelle ironie pour celui qui avait mis l'Europe à ses pieds ! Napoléon était épuisé. Chaque geste était un effort, une lutte contre lui-même. Pourtant, Dieu sait qu'il en avait mené, des batailles, des guerres sans fin. Mais dans cette dernière lutte il avait comme adversaire la maladie, et il savait qu'elle serait vainqueur.

Il sentait sa fin imminente. Ce maître de la stratégie et de la guerre savait quand une bataille était sur le point d'être perdue. Depuis des mois, ses forces s'évaporaient, son énergie, intellectuelle et physique, diminuait sans raison apparente, sinon celle de cet exil humiliant, dont il s'était progressivement rendu compte qu'il serait définitif. Longtemps il avait cru à un rappel au pays, à un revirement des Anglais à la suite des pressions d'un peuple français dont il connaissait l'attachement à sa personne. Mais non, rien n'était advenu. Rien de significatif en tous les cas.

Des plans d'évasion de l'île avaient même été élaborés, fomentés par ses proches ou par des aventuriers en quête d'exploit et de reconnaissance. Il se souvint du plus abouti, organisé par le général Lefebvre-Desnouettes depuis les États-Unis, appuyé par le célèbre corsaire Jean Lafitte. Lefebvre-Desnouettes avait avancé les fonds rassemblés par les exilés français, et Jean Lafitte avait mis à disposition sa flottille d'une cinquantaine de vaisseaux armés. Mais Napoléon avait refusé. Il ne rentrerait en France que sur appel du peuple, pas comme un fugitif, obligé de se terrer dans les coins sombres des villes et des campagnes. Il rentrerait acclamé, pas pourchassé.

Sa chambre de Longwood était modestement meublée, avec ce que les notables de l'île et le gouverneur avaient bien voulu lui donner. Une simplicité qui contrastait avec le faste de ses palais, mais qui lui rappelait aussi la rusticité de ses campements lors des glorieuses batailles.

À commencer par son lit de campagne, dans lequel il tentait difficilement de trouver le repos. Un simple lit en fer, orné d'un baldaquin vert, mais dans lequel il se sentait le mieux. Il avait essayé d'en rapprocher deux, pour avoir davantage d'espace, en vain.

Parmi les objets que l'empereur affectionnait, il y avait ce magnifique lavabo en argent sur trépied à col de cygne, fabriqué par Biennais, son maître orfèvre attitré. Il aimait, après s'être rasé, se mettre la figure dans beaucoup d'eau, et ce lavabo, profond et large, pouvait en contenir une grande quantité.

Quelques souvenirs de sa gloire passée gisaient çà et là, pas tout à fait à l'agonie, mais certainement pas dans l'éclat de leur jeunesse : l'épée qu'il avait à son côté à Austerlitz (« Elle ira à mon fils », disait-il souvent), ses éperons des campagnes de 1813 et 1814, quelques éléments d'argenterie qui l'avaient toujours accompagné. Et un buste représentant le roi de Rome, son fils, qui lui manquait tant, même s'il n'avait pas suffisamment passé de temps avec lui.

La douleur reprit, plus vive, par à-coups. Il grimaça. Il épongea la sueur de son front, encore et encore. Depuis son sacre à Notre-Dame, il avait esquissé les grandes lignes de ce qui devait être la démonstration de la suprématie de la France sur le monde. Il avait posé les premières bornes de ce magnifique édifice, et tel le grand architecte qu'il avait toujours été, il en avait dessiné les premiers plans.

À présent, il savait qu'il ne pourrait pas voir l'achèvement de son œuvre. Il en était conscient, et l'avait prévu. Comme toujours. Il pensait éviter ce plan de repli, mais il avait toujours su renoncer au bon moment. À Moscou, il avait dû se retirer. En 1814, après la défaite de Paris, il s'était résigné à partir à l'île d'Elbe. À Waterloo, enfin, il avait dû abdiquer. Trois événements qui, avec le recul, représentaient les trois étapes inéluctables l'ayant mené à la situation actuelle et dans ce lieu maudit, perdu dans l'Atlantique, à deux mille kilomètres de l'Afrique et à cinq mille six cents de l'Amérique du Sud. Ah, ça ! ils avaient bien choisi leur endroit, ces félons d'Anglais : c'est l'oubli des peuples qui le ferait mourir. Il se souvenait de ce qu'il avait dit à Lauriston en 1804, pour attiser son désir de gloire devant le feu de l'ennemi : « La mort n'est rien, mais vivre vaincu et sans gloire, c'est mourir tous les jours. » Et chaque jour, il mourait un peu plus.

La fin étant désormais trop proche pour espérer un revirement, il était plus que temps de mettre en œuvre le message codé qui permettrait à d'autres de retrouver l'objet qui lui avait procuré la source de son pouvoir. Il n'avait pas voulu s'y résoudre auparavant, car passer à l'action revenait à accepter sa mort imminente. Mais un nouvel accès de fièvre et une violente douleur abdominale avaient fini par le convaincre. Tout le déroulé était prêt depuis des mois, il suffisait de donner l'ordre. Son regard se posa sur les aigles qui ornaient auparavant les cloches de ses soupières en argent, et qui se trouvaient sur les montants de son lit, pour quatre d'entre eux (une idée élégante de son premier valet de chambre Marchand), et rangés dans un coffret, pour les autres. Ces aigles étaient les derniers restes de son petit combat avec l'infâme gouverneur Hudson Lowe, lorsque ce dernier lui avait reproché son train de vie à Sainte-Hélène, qui coûtait soi-disant trop cher à la couronne d'Angleterre. Quel ridicule camouflet de la part de ce petit homme aigri ! Napoléon avait alors, dans un geste de panache teinté de mépris, vendu une partie de son argenterie personnelle. Seuls avaient subsisté, en dehors de quelques éléments essentiels à son quotidien, les aigles qui ornaient les soupières du service réalisé par Biennais. Ceux qui seraient de façon éminemment symbolique les porteurs du grand projet de l'empereur pour la France.

Il rédigea la liste des personnes à qui les aigles détenteurs du code secret devaient être remis. Il écrivit une lettre remplie d'allusions énigmatiques à l'intention de son frère Joseph, le seul capable d'en comprendre le véritable sens caché. Charge à ce dernier de la détruire une fois déchiffrée. Ces aigles mèneraient ceux qui comprendraient les symboles gravés sur leur dos à une source de pouvoir immense. Tellement immense qu'il avait été obligé de la dissimuler depuis dix-sept ans déjà, depuis le jour glorieux de son sacre. Il glissa la lettre et la liste dans une enveloppe, qu'il scella du sceau impérial. Marchand, son fidèle valet qui n'avait pas hésité à le suivre à Sainte-Hélène, savait qu'il devait cacher l'enveloppe, et ne la remettre qu'à Joseph. Les aigles seraient distribués aux proches désignés. Chaque aigle, pris séparément, ne menait à rien. Éclater le code augmentait la difficulté et personne ne s'apercevrait qu'ils étaient porteurs du plus grand secret de l'histoire.

Napoléon avait accompli ce dernier grand coup de génie comme lui seul pouvait en imaginer. Une stratégie si complexe et si novatrice que nul ne se douterait des dizaines de coups qu'il avait déjà anticipés.

Il sourit enfin. Terminer cette ultime tâche lui avait procuré quelques moments de répit dans la longue lutte qu'il menait contre lui-même. Il sentit, l'espace d'un court instant, la satisfaction du devoir accompli. Il s'allongea sur son lit, regarda une dernière fois les aigles qui allaient prendre vie à l'instant même où il abandonnerait la sienne. Il finit par s'assoupir et se laisser porter.

Le lendemain, le 5 mai 1821, à l'âge de 51 ans, l'empereur rendit son dernier souffle, tournant ainsi une page majeure de l'histoire de France.

Washington, 28 novembre 2018
Bibliothèque du Congrès

Cela faisait maintenant plus d'une heure qu'Alex sillonnait calmement une toute petite partie des 1 348 kilomètres de rayonnages de la plus grande bibliothèque du monde. Cet alignement d'œuvres, ce concentré de savoir propre à toutes les grandes bibliothèques nationales, constituait sans conteste l'univers dans lequel il se sentait le mieux. Ou plus exactement celui qui le stimulait le plus. Côtoyer les plus grands artistes et savants de l'histoire, à travers leurs écrits, était pour lui la meilleure façon de toucher du doigt l'extraordinaire étendue du génie humain.

À 45 ans, Alex était un grand gaillard de 1,90 mètre, plutôt sportif, qui ne prêtait aucune attention à sa tenue vestimentaire. Il avait le don de créer des associations de couleurs tout à fait improbables (ce jour-là, il arborait fièrement un pantalon vert clair avec une chemise bordeaux), ou de juxtaposer les carreaux et les rayures sans sourciller. Toujours un peu mal à l'aise face à ses interlocuteurs, il se tortillait sur lui-même quand il partait dans une longue explication historique. Il n'était pas vraiment beau, mais le côté « sportif embarrassé » dégageait un certain charme. Ses yeux verts portaient sur le monde un regard à la fois empathique et curieux. Le tout engendrait son petit lot de succès auprès des femmes, sans pour autant qu'aucune ne parvienne à le retenir longtemps. Il n'était pas prêt à s'engager, ou n'avait pas encore trouvé celle qui lui tiendrait tête, et il se consacrait totalement à sa passion pour l'histoire et pour la recherche, ainsi qu'aux cours d'histoire des civilisations qu'il donnait à la Sorbonne.

Depuis vingt ans, il arpentait les couloirs des plus prestigieuses bibliothèques du monde : Moscou, Le Caire, Buenos Aires, Madrid, Barcelone, et bien évidemment la Bibliothèque François-Mitterrand à Paris. Mais celle qui, depuis toujours, l'impressionnait le plus, qui lui procurait le plus de frissons, demeurait la Bibliothèque du Congrès à Washington. Ses cent soixante-deux millions de supports provoquaient immanquablement chez Alex une forme de vertige et de tourbillon, déstabilisant et irrésistible. *Perdre connaissance à la vue de la somme des connaissances, c'est plaisant*, se disait-il en souriant, pendant qu'il montait les escaliers qui menaient à l'étage des manuscrits.

Sa présence dans ce lieu ne relevait pas du hasard : il avait été une nouvelle fois appelé en renfort par le responsable du département des manuscrits. Le savoir encyclopédique d'Alex sur la période 1780-1830 était reconnu dans le monde entier, comme en témoignaient les multiples conférences qu'il donnait sur le sujet. En tapant le nom « Alex Merri » sur Google, on tombait sur une bonne trentaine de vidéos YouTube dans lesquelles il expliquait devant un public conquis et expert les dessous de la Révolution française, les légendes autour de Napoléon, ou même les relations entre les différentes couronnes européennes et les États-Unis encore balbutiants. Alex était légitimement considéré comme LA référence en la matière.

Il venait de passer une semaine à déchiffrer un manuscrit inédit de La Fayette, redécouvert par hasard dans les fonds de la bibliothèque par un des trois mille cinq cents employés de la maison. Un inventaire plus poussé d'une série de boîtes

avait permis de mettre au jour ce nouveau trésor, qui serait sans doute exposé sous peu dans les vitrines d'honneur de l'établissement. Les lumières d'Alex avaient été requises pour authentifier le manuscrit, comprendre son contexte et procéder à une analyse sémantique détaillée de son contenu. Un travail passionnant, méticuleux, et qui avait mobilisé toutes ses ressources intellectuelles. Un sujet de choix pour cet historien féru d'énigmes.

Ses « clients » l'appelaient en priorité quand il fallait recomposer les pièces d'un puzzle historique à partir d'infimes indices. Et il n'avait pas son pareil pour parvenir à un résultat, grâce à une étonnante capacité qui consistait à imaginer la vue d'ensemble tout en s'attachant à chaque petite pièce. Armé d'une patience infinie, il décortiquait le moindre élément avec une passion et une concentration qui frisaient l'autisme. Plus personne ne pouvait pénétrer dans sa bulle, il vivait dans un pays dont lui seul parlait la langue, et créait son univers jour après jour. Ainsi, une à une, les pièces du puzzle s'assemblaient en morceaux cohérents. Le commun des mortels parvenait enfin à distinguer des blocs, qu'Alex avait visualisés depuis longtemps, qui se rejoignaient ensuite grâce aux subtils ponts qu'il construisait, et, alors qu'au commencement tout n'était que chaos, le spectateur voyait soudain apparaître un tout merveilleusement homogène.

— Alors, Alex, encore une histoire rondement menée !

Le patron du département des manuscrits l'attendait en haut des marches, un sourire jovial et accueillant illustrant sa satisfaction.

— En tous les cas, un document passionnant à comprendre et à étudier ! lui répondit Alex dans un parfait anglais, en lui serrant la main.

— Votre rapport nous a permis de mettre au jour une nouvelle facette des relations entre La Fayette et les Américains,

c'est formidable ! Qu'allez-vous faire, maintenant ? Une nouvelle enquête épistolaire à résoudre ?

— Pas encore. Je compte profiter de la ville encore vingt-quatre heures, et ensuite je dois m'envoler vers Paris pour poursuivre l'étude d'un manuscrit qui apporterait des éléments nouveaux sur la campagne d'Égypte de Napoléon.

— Vous ne vous arrêtez donc jamais, et c'est toujours vous que l'on sollicite pour cette période. Pourquoi vous être spécialisé là-dedans, d'ailleurs ? Vous ne me l'avez jamais dit.

— Disons que je n'ai pas forcément choisi cette époque, mais que c'est plutôt elle qui m'a choisi. À la fin de mes études d'histoire contemporaine, un professeur spécialiste de l'Empire avait besoin d'un assistant qui parlait bien espagnol, car il écrivait un livre sur la politique et la stratégie de Napoléon (et de Joseph) en Espagne. J'étais libre, et étant né à Barcelone et donc bilingue, je me suis dit : *Banco !* J'ai été happé par cette période extraordinaire, comme avalé dans la gueule de Moby Dick, et depuis, je n'ai aucune envie d'en sortir !

— Comme quoi, les destins les plus passionnants tiennent à bien peu de chose. Essayez de ne pas vous faire complètement digérer par la baleine, et revenez nous voir quand vous voulez, vous êtes chez vous ici !

— C'est très aimable de votre part, ce n'est pas tombé dans l'oreille d'un sourd !

Les deux hommes se quittèrent après une accolade chaleureuse, sincèrement émus de se séparer après les dernières semaines de travail passées ensemble.

Au fil des années, Alex avait tissé un réseau impressionnant d'experts, constitué de marchands et de directeurs d'institution culturelle, mais aussi d'amateurs à la limite du fanatisme ou du culte obsessionnel de la personnalité napoléonienne, de collectionneurs richissimes d'objets d'exception, de citoyens ordinaires à la recherche de petits

souvenirs de l'époque, ou encore d'aventuriers explorateurs en tout genre. Les amateurs exaltés se réunissaient parfois à Fontainebleau ou à Rambouillet pour des reconstitutions hautes en couleur. Le personnage de Napoléon était de toutes les cérémonies. Dans la vraie vie, il était boulanger. Accompagné de dizaines de grognards, de hussards ou d'artilleurs (en fait des comptables, fleuristes, ou profs de sport), qui frissonnaient de plaisir à chaque événement. Le plus étonnant était que, dans la foule des spectateurs, bon nombre criaient « Vive l'Empereur ! » quand ce dernier apparaissait. Au début, Alex pensait que c'était pour le folklore, mais très vite, il s'était aperçu qu'ils étaient sincères. Ils voulaient le retour de l'empereur.

En dehors de cet aspect pittoresque, la plupart des membres du réseau étaient des scientifiques, des chercheurs et des directeurs de musée. Certains étaient des clients (comme à la Bibliothèque du Congrès), d'autres des collègues ou des drogmans des temps modernes devenus des amis, avec qui il pratiquait des échanges de bons procédés : un service rendu de temps en temps, un conseil par-ci par-là, permettaient d'obtenir des informations clés beaucoup plus rapidement que n'importe quel moyen plus académique. Ce « marché gris » de l'information regorgeait d'indices fournis en avant-première, de tuyaux crédibles ou de renseignements inaccessibles par ailleurs. En tout, seules une trentaine de personnes constituaient le noyau dur de ce cercle informel qu'Alex, en tant que membre, pouvait solliciter dans les situations les plus délicates, pour sortir d'une impasse historique ou se tirer d'affaire face à d'inexplicables fausses pistes, chausse-trappes et rebondissements qui multipliaient les faux-semblants. Pour les lettres de La Fayette, il n'avait pas eu à faire appel à leur expertise, mais il avait déjà identifié quatre ou cinq d'entre eux avec qui il s'apprêtait à partager, sous le manteau, les résultats de ses recherches, bien avant de les divulguer officiellement et de les faire publier par la Bibliothèque du Congrès. Un petit service de plus qui lui assurerait un renvoi d'ascenseur le jour où il en aurait besoin. C'était la spontanéité de chacun qui en garantissait la pertinence inestimable. Néanmoins, cette spontanéité s'était structurée au sein d'une sorte de société secrète (association discrète serait un terme plus approprié) : Aranea, qui signifie araignée en latin. Contribuer à cette organisation dont il appréciait de jouer le jeu lui permettait de bénéficier de l'apport scientifique de ses membres. Il entretenait les fils de cette toile en invitant régulièrement lesdits experts à déjeuner, participait avec assiduité aux réunions du mercredi soir et veillait à partager avec eux les résultats de ses travaux quand ses hypothèses permettaient de bouleverser les avancées de leurs recherches. Quand il peinait sans avoir devant lui aucune « réalité », c'est grâce aux indices donnés par les membres d'Aranea qu'il espérait la saisir. Tel un officier de police scientifique qui relève la présence d'une tache, d'un cheveu, d'une empreinte, grâce à ces informations, il reconstituait une identité, une situation, une histoire. Cet exercice du « paradigme indiciaire » était sa marque de fabrique, et lui valait, dans ce cercle d'experts et d'historiens, de chasseurs et d'enquêteurs, une réputation à toute épreuve.

Au moment où il descendait les marches de la Bibliothèque du Congrès, le téléphone d'Alex se mit à vibrer dans sa poche. La photo souriante de sa petite sœur Sophie apparut sur l'écran du mobile.

— Tiens donc, sœurette, quelle surprise !

Alex regarda sa montre, il était 15 heures.

— Mais quelle heure est-il chez toi ?

— À Hong Kong il est 3 heures du matin. Je sors du bureau, c'est cool.

À 37 ans, Sophie était une redoutable directrice financière dans un groupe de trading de matières premières à Hong Kong.

Elle avait connu une ascension fulgurante depuis sa sortie de HEC, enchaînant les postes à responsabilité autant que les horaires délirants. Le mot « week-end » n'avait aucune signification pour elle, et ne parlons même pas du mot « vacances », même si à Hong Kong elles étaient réduites à deux semaines par an. Elle ne vivait que pour et par son travail, assumait sans complexe d'être considérée comme une *workaholic*, au grand dam de tous les pauvres prétendants qui espéraient vainement gagner les faveurs de cette femme brillante et belle. Ils faisaient preuve d'un manque de lucidité proportionnel à la déception qui les attendait quand, après s'être un peu amusée avec eux, Sophie leur signifiait sans ménagement leur licenciement amoureux, sans préavis ni indemnité. Sophie consommait les hommes à sa guise, et entendait bien maîtriser le commencement, le déroulé et la fin de l'histoire.

— Comment ça, « c'est cool » ? Ce n'est pas cool du tout de travailler autant, tu devrais faire gaffe, et te poser un peu. Tu vas vraiment finir par exploser en plein vol !

— C'est sympa de vouloir me protéger, grand frère, mais laisse tomber. Je t'appelais pour savoir si tu avais prévu de venir dans le Sud-Ouest pour Noël ? C'est toujours un peu glauque, Noël à Hong Kong toute seule.

Alex et Sophie avaient hérité la demeure familiale après la mort de leurs parents. Une grande maison tout en bois, à Hossegor, dans les Landes, avec une vue imprenable sur l'océan. Un havre de paix dans lequel leurs parents avaient passé leur courte retraite, le cancer leur ayant coupé brutalement tout espoir d'en profiter. Ils avaient travaillé dur toute leur vie en se disant que cette maison serait leur terre de repos, un lieu de rassemblement familial dans lequel résonneraient les cris de leurs petits-enfants. Au lieu de cela, deux ans après s'y être installés, le père avait été emporté par un cancer du poumon (lui qui n'avait jamais fumé de sa vie), et un an plus tard, la mère avait succombé après une lutte inégale contre un cancer des ovaires. Lui était ingénieur et travaillait dans l'industrie pharmaceutique, et elle était journaliste d'investigation indépendante. Cette double ascendance, scientifique et journalistique, avait façonné l'esprit curieux et analytique de leurs enfants. Leur disparition précoce avait été un choc pour eux, les laissant désemparés. Alex et Sophie avaient décidé de garder la maison, même si leurs vies respectives les emmenaient la plupart du temps au bout du monde. Une semaine par an en moyenne, soit en été soit à Noël, le frère et la sœur se retrouvaient pour se blottir dans le nid du passé, et redevenaient des enfants.

— Oui, je comptais y aller et te proposer de venir.

Sophie demanda tout de suite, une pointe d'inquiétude dans la voix :

— Tu as fait réparer le Wi-Fi ?

Alex leva les yeux au ciel et tâcha de contenir son exaspération :

— Oui, c'est fait, mais si c'est pour passer une semaine sur tes écrans, je ne vois pas l'intérêt.

Sophie ignora la pique.

— OK, je t'enverrai mes dates par mail, bises !

Comme toujours avec Sophie, la conversation avait duré moins de deux minutes : elle allait droit au but et, une fois l'information obtenue, passait à autre chose.

Alex, le téléphone toujours collé à l'oreille tant la chute avait été rapide, s'arrêta dans les escaliers et marmonna pour lui-même, mais comme s'il parlait toujours à Sophie : « Et oui, merci, je vais bien, et cela me fait plaisir de t'entendre, et sinon dans ta vie comment cela se passe… » Il rangea rageusement le téléphone dans sa poche, et soupira en se disant que rien ne changerait jamais avec elle… mais qu'il ne pouvait pas non plus s'en passer. Une relation entre frère et sœur, en somme.

Alex rentra à son hôtel, ou plus exactement un bed and breakfast, dans lequel il avait ses habitudes quand il venait à Washington. Situé dans le quartier de Marshall Heights, un peu à l'écart, il suffisait de prendre East Capitol Street et de tirer une grande ligne droite pour aboutir à la Bibliothèque du Congrès. David et Sarah, les hôtes, connaissaient maintenant bien Alex, et ne ménageaient jamais leurs efforts pour rendre son séjour agréable. Et puis les petits déjeuners de Sarah étaient aussi pantagruéliques que raffinés, ce qui comblait la gourmandise naturelle d'Alex. Il préférait de loin ce type d'endroit, humain et chaleureux, et fuyait les grands hôtels impersonnels du centre. L'établissement de David et Sarah, familial, intimiste, correspondait davantage à sa nature d'ermite. Il préférait la compagnie des livres à celle des humains, et ses hôtes mettaient un point d'honneur à respecter sa solitude.

Dans le taxi, Alex se détendit enfin, se réjouissant à l'avance de la soirée tranquille qui l'attendait. Et du programme de la journée de vacances du lendemain : le Smithsonian, une balade dans les parcs qui l'entouraient, puis la National Portrait Gallery, un déjeuner au soleil… Il fut interrompu par l'arrêt du taxi devant son bed and breakfast. En entrant dans la charmante petite maison aux allures victoriennes, il fut accueilli par Sarah.

— Bonjour, Alex, la journée fut bonne ?

Alex s'apprêtait à lui répondre, quand Sarah ajouta :

— Un monsieur vous attend dans le salon.

Alex ne put cacher sa surprise, bouche bée, dans une attitude un peu ridicule. Personne n'avait connaissance du lieu où il descendait à Washington. Il conservait jalousement le secret pour être sûr de bénéficier des moments de tranquillité et d'isolement nécessaires à son équilibre.

Il se dirigea lentement vers le salon, inquiet. Peut-être y avait-il méprise ? Ou alors un drame en France dont il n'avait pas eu connaissance ?

Assis dans un épais canapé, un homme d'une cinquantaine d'années, cintré dans un impeccable costume trois pièces noir, dévisagea Alex. Il se leva et se dirigea d'un pas souple vers lui.

— Monsieur Alex Merri ? Je viens vous remettre une invitation à dîner de la part de mon employeur. Il serait éminemment honoré si vous pouviez vous joindre à lui.

L'homme s'exprimait avec un léger accent anglais, et tout chez lui démontrait une parfaite éducation : de l'élocution au soin apporté à sa tenue vestimentaire, il était clair que l'homme était un habitué des milieux les plus aisés.

— Mon employeur souhaiterait s'entretenir avec vous d'un sujet de la plus haute importance, et pour lequel vous êtes le seul qualifié.

Alex, passé ce moment de surprise un peu déstabilisant, se reprit et dit :

— Vous connaissez mon nom, vous savez où je loge, et visiblement vous connaissez aussi mon métier. De mon côté, je ne sais ni qui vous êtes, ni quel est le nom de votre « employeur », ni ce qu'il fait. Et je n'ai pas pour habitude de suivre des inconnus qui ont des méthodes qui me déplaisent au plus haut point.

— Je m'attendais à cette réponse et à cette réaction, monsieur Merri, et je vous prie sincèrement d'accepter toutes nos excuses pour cette façon quelque peu cavalière de vous aborder. Vous avez parfaitement raison, je manque à tous mes devoirs. Mon nom est John Single, mais cela ne vous apprendra rien. En revanche, mon employeur est James Wisslemore, et je pense que ce nom ne vous est pas inconnu. Nous n'aurions jamais osé agir de la sorte si l'urgence de la situation ne le réclamait pas.

James Wisslemore. Alex se rappelait ce nom. Ce Texan avait fait fortune dans le pétrole, puis, sentant la menace sur l'avenir des énergies fossiles, il avait diversifié ses activités dans les énergies renouvelables et les investissements high-tech. Doté d'un flair hors du commun pour les affaires, il avait très tôt investi dans Tesla, Uber et Facebook. Mais Alex n'avait pas entendu parler de lui pour ses exploits économiques dont il ne se souciait guère. James Wisslemore affichait haut et fort sa véritable passion : la chasse au trésor et la découverte d'objets d'art. Passionné d'histoire et d'aventures, il dépensait sans compter pour retrouver des épaves, découvrir des tombeaux soigneusement cachés, ou encore mettre au jour des manuscrits que l'on croyait perdus à tout jamais. Son plus grand fait d'armes avait été de financer la découverte du *SS Port Nicholson*, navire britannique qui avait été torpillé en 1942 par un sous-marin allemand, et qui contenait une grosse cargaison de platine, en paiement par l'URSS de matériel de guerre américain. Toute la presse en avait parlé, et au cours actuel du platine, le butin récupéré avoisinait les trois milliards de dollars… C'était la plus grosse découverte dans l'histoire de la chasse au trésor.

Alex ne comptait en aucune manière être en relation avec cet Indiana Jones milliardaire, ni servir de quelconque caution scientifique à une découverte qui ne ferait qu'enrichir encore plus le commanditaire.

— Veuillez remercier M. Wisslemore pour son invitation, mais je la décline. Je n'ai pas d'affinité avec ses méthodes ni avec les buts qu'il poursuit. Désolé que vous vous soyez déplacé pour rien, dit-il en se retournant pour partir.

— Monsieur Merri, je comprends vos réticences. Je vous demande simplement de jeter un coup d'œil à ces deux photos. Si cela ne vous fait pas changer d'avis, je vous assure que je m'en vais sans vous importuner davantage.

John Single sortit d'une pochette deux photos en couleur de grand format, et les tendit à Alex. Ce dernier les prit en soupirant, espérant qu'après l'examen sommaire qu'il en ferait, il pourrait enfin être tranquille.

Une de ces photos représentait trois petits aigles en argent, d'une quinzaine de centimètres de haut, la tête tournée à droite, et au bas desquels on pouvait encore voir un pas de vis. La deuxième, une reproduction d'une lettre signée de l'empereur Napoléon, et dont la lecture intrigua Alex. Il les regarda à tour de rôle à plusieurs reprises et fut stupéfié par la juxtaposition des deux éléments. Il avait entendu parler de ces aigles en argent, imaginant assez bien leur provenance. De petites marques en bas du dos des aigles attirèrent son attention. En les observant de plus près, il crut distinguer des symboles, qu'il n'avait jamais vus ailleurs.

La lettre de Napoléon lui était inconnue. Elle était visiblement adressée à son frère, Joseph Bonaparte, et codée. À la première lecture, son contenu n'avait pas de sens, les phrases, aucune cohérence, et on avait l'impression de lire les paroles d'un illuminé. Alex avait étudié des centaines de lettres de Napoléon, datant de sa période de gloire, ou même de Sainte-Hélène. Pourtant, il n'avait jamais vu un tel code. Certaines phrases parlaient de « l'envol des aigles », ou encore « des marques indispensables sur le dos des aigles ». Et surtout, la mention de « la recherche du savoir éternel », à deux reprises dans la lettre, fit frissonner Alex.

Il allait finalement remettre à plus tard ses visites touristiques de Washington.

Ciudad Juárez, 28 novembre 2018
Frontière Mexique/États-Unis

11 h 55. Horacio del Monte scruta le poste-frontière avec ses puissantes jumelles, du toit d'une maison de Ciudad Juárez. Rien de spécial, ces imbéciles d'Américains n'étaient pas plus vigilants que d'habitude. Il fit une rotation à cent quatre-vingts degrés, et vit au loin sur la route son camion arriver. Dans quinze minutes, il se trouverait au poste-frontière, et une nouvelle cargaison serait livrée à ses clients.

Il profita de ce laps de temps pour envoyer un SMS à Sylvia. À l'heure qu'il était, elle se trouvait normalement dans la salle des ventes de Christie's à Paris, et les enchères devraient bientôt commencer. Il lui avait donné un mandat clair pour l'objet convoité, et le plafond qu'il lui avait autorisé devait amplement suffire à l'emporter. Il n'était pas question que l'aigle lui échappe.

Le camion chemina difficilement à travers les embouteillages. À la circulation naturellement dense de la ville s'ajoutaient sa désorganisation et l'absence complète de respect des règles de la part de ses habitants.

Horacio détestait le désordre. Il détestait le manque de rigueur, la passivité, tout ce qui gangrénait le pays depuis si longtemps. C'est pour cela qu'il était parti, quarante ans plus tôt, s'installer au Venezuela. Là-bas, ce n'était pas forcément mieux organisé, mais il avait gravi les échelons beaucoup plus vite, et avait bâti son empire immobilier en un temps record. Son argent lui avait donné le pouvoir, le pouvoir lui avait apporté le respect, et le respect lui avait permis de mettre en place un système ordonné et propre, conforme à sa vision de la vie. À 61 ans, Horacio dirigeait maintenant une véritable organisation dont la façade immobilière dissimulait une facette illicite et très rentable : le trafic d'objets d'art. Devenu en quelques années l'un des plus grands collectionneurs et marchands de l'Amérique du Sud, il achetait, vendait, exportait, importait, revendait tout ce qui avait de la valeur sur un marché de l'art en pleine ébullition. Dans le milieu trouble des trafiquants et marchands d'œuvres volées, Horacio s'était rapidement taillé une belle réputation, et il était devenu l'un des meilleurs dans sa catégorie. Pillages de sites archéologiques encore inviolés, ou vols par effraction, commandités pour dépouiller de riches particuliers ou pénétrer dans les musées, avec ou sans la complicité des gardiens obtenue sous la menace ou à coups de chantage, tous les moyens étaient bons pour faire main basse sur l'œuvre recherchée. Il fonctionnait de deux façons différentes : soit sur commande passée par des marchands ou des galeries américaines aux méthodes discutables, soit par opportunité, quand les fouilles sur les sites précolombiens qu'il pillait portaient leurs fruits. Pour les acheminer vers les points névralgiques, notamment Miami, New York, Londres ou Bâle, ou depuis peu, vers des îlots *arty* faits sur mesure dans des endroits inattendus comme Minorque, à la Isla del Rey, à l'entrée du port de Mahon, Horacio avait mis en place un système de transport réglé au millimètre.

Mais à chaque passage de frontière, il venait lui-même superviser l'opération. L'ordre, la rigueur, l'organisation. Toujours, et encore. Il ne lâchait rien, et ses hommes le savaient, souvent à leurs dépens.

12 h 25 : le camion était maintenant à vingt mètres du poste-frontière, attendant derrière deux autres véhicules. Ce serait bientôt son tour. Toujours aucun signe suspect de l'autre côté de la frontière. Le lent défilé quotidien des véhicules sous une chaleur écrasante.

L'engin s'arrêta au poste, le fonctionnaire de police et des douanes examina les documents (dans lesquels il y avait toujours pour lui deux cents dollars glissés en petites coupures), fit ouvrir le camion, jeta un œil distrait pour se donner bonne conscience et justifier son minable salaire.

S'il savait ce qu'il y a là-dedans, sourit intérieurement Horacio. La cargaison du jour était particulièrement prometteuse : une relique maya en or, des vases incas, un rare masque mortuaire Chontal, ou encore des statuettes aztèques d'une exquise finesse, le tout issu de fouilles illégales. Horacio espérait en tirer, au bas mot, plusieurs millions de dollars en commission. La liste des trésors dans ce camion ne se limitait pas à l'art précolombien, puisque Horacio cultivait, de longue date, des relations fécondes avec des réseaux d'anciens nazis, réfugiés en Amérique latine à la fin de la guerre. Or ces derniers n'étaient pas arrivés les mains vides. Dans leurs bagages, certains avaient emporté des chefs-d'œuvre de l'art occidental, précédemment spoliés à des familles juives. Aussi, trouvait-on deux dessins de Picasso, un Degas, et un sceptre mérovingien en or et pierres précieuses. Un joli pactole en perspective…

Le douanier fit refermer la porte avant de faire signe au chauffeur de redémarrer. Depuis un an, ce scénario immuable avait fait la deuxième fortune d'Horacio. Les yeux toujours vissés sur ses puissantes jumelles, il sourit. Le camion redémarra lentement, et s'avançait en territoire américain quand, soudain, trois 4 × 4 banalisés, cachés par les cahutes du bord de la route, surgirent sur le côté, et se mirent en travers de la route pour bloquer le véhicule. Trois individus cagoulés et lourdement armés sortirent de chaque véhicule, encerclèrent le camion et l'obligèrent à s'arrêter net. Horacio sentit sa poitrine se soulever. Il zooma davantage. Les assaillants étaient précis, organisés, parfaitement entraînés. Ils portaient des gilets pare-balles avec une inscription. Horacio plissa les yeux pour parvenir à la lire. Ce qu'il découvrit le terrifia : « FBI – Art Crime Team ». Comment était-ce possible ? L'agence était connue pour ne jamais lancer une opération au hasard. Cela ne pouvait signifier qu'une seule chose pour Horacio : ses allées et venues étaient observées depuis des mois sans qu'il s'en rende compte. Il lâcha un juron. Cette unité spéciale du FBI, créée en 2004 et composée d'une vingtaine d'agents, était la bête noire de tout trafiquant d'art. D'une efficacité redoutable, elle arborait à son actif plus de quinze mille objets retrouvés pour une valeur totale de huit cents millions de dollars. Des gouttes de sueur perlèrent sur le front et les tempes grises d'Horacio. Ils le connaissaient, ils avaient fait le lien. La phase d'interpellation de ces traqueurs d'élite était l'aboutissement d'un processus implacable d'enquête détaillé et étayé de nombreuses preuves. C'était généralement le point final d'un dossier, ce qui signifiait l'arrêt de mort du suspect.

En proie à cet assaut d'extrapolations éprouvantes et de mauvais augure, il sentit à peine son téléphone vibrer dans sa poche. Il regarda fébrilement l'appareil : Sylvia, à Paris, lui avait envoyé un SMS. Horacio explosa : *Ah putain, ce n'est vraiment pas le moment de me gonfler avec ça.* Il verrait plus tard, elle n'avait qu'à se débrouiller. Il reprit son observation depuis le toit de l'immeuble, mais il tremblait et avait du mal à stabiliser ses jumelles. Le chauffeur se tenait à présent à genoux, les mains derrière la tête et les officiers lui passaient les menottes. Le camion avait été garé sur le côté par un autre membre du commando. Horacio regarda, scruta, analysa, aussi vite qu'il le put. Comment avaient-ils repéré ce manège ? Qui avait pu le balancer ? Combien de temps lui restait-il ? Y avait-il une autre équipe qui le pistait côté mexicain ? Il continua à engranger le maximum d'observations, même s'il savait qu'il devait déguerpir le plus vite possible. Un détail retint néanmoins son attention. Du dernier véhicule sortit une femme, brune, lunettes de soleil et gilet pare-balles, elle aussi. Elle n'était pas comme les autres, cela se sentait. Elle était au téléphone, et rendait visiblement compte du succès de l'opération à ses supérieurs. C'était elle qui dirigeait, il le vit tout de suite. Horacio se figea soudain. Elle regarda dans sa direction, comme si elle savait qu'il était sur ce toit-là. Elle posa son téléphone, continua à regarder dans sa direction. À travers ses jumelles, il était hypnotisé. La chaleur qui se réfléchissait sur le sol brouillait un peu sa vision, mais il distinguait tout de même son visage, son attitude : la femme sourit, et fit un salut de la main dans sa direction. Horacio devint livide, mais le geste déclencha instantanément chez lui son instinct d'animal traqué. Il ne réfléchit plus, se précipita dans la maison, dévala quatre à quatre les escaliers et s'engouffra dans le gros SUV noir qui l'attendait en bas.

— Roule ! hurla-t-il à son chauffeur.

La voiture démarra en trombe et s'évanouit dans les ruelles de Ciudad Juárez. Horacio distingua des sirènes de police au loin. Il s'en était sorti pour cette fois. Au moins, plus de doutes à présent : ils savaient qui il était, où il était, et comment il procédait. Il était totalement grillé. Horacio tenta de rassembler ses esprits, se calma, et repensa aux événements de ces quinze dernières minutes. Tous les maillons de son organisation étaient à présent en danger, si ce n'était déjà pas trop tard : équipes de pilleurs de sites archéologiques, transporteurs, intermédiaires locaux, entrepôts clandestins d'objets d'art… Pas moins de cent trente personnes qu'il fallait disperser aux quatre coins du pays en un temps record.

Et prévenir l'équipe de nettoyeurs, chargés de faire disparaître toutes les traces de l'activité : vider les hangars, maquiller ou détruire les véhicules et se débarrasser de quelques témoins trop gênants. Les pensées fusèrent dans sa tête à une vitesse phénoménale. Elles aboutissaient toutes à une seule conclusion : déclencher en urgence le plan prévu en cas d'intervention des flics. Un plan radical, en trois temps : intervention des nettoyeurs, mise à l'abri du cash et fuite vers le Venezuela, qui n'avait pas d'accord d'extradition avec les États-Unis.

Il excellait à anticiper et organiser les scénarios possibles, mais il avait horreur de vivre ces situations sur le terrain. Tirer les ficelles, oui, fuir avec le FBI à ses trousses, non. Il avait déjà été traqué une fois, il y avait bien longtemps, dans sa période de trafiquant d'armes. Il débutait dans le métier, et s'était fait piéger comme un bleu par un gang rival. Pendant six mois, il avait échappé à ses poursuivants, allant de planque en planque. Jamais plus de quarante-huit heures au même endroit, c'était la règle. Il avait fini par leur payer ce qu'il devait, promettre de ne plus toucher aux armes, et ses opposants avaient accepté de lever la chasse. Cet épisode l'avait traumatisé. Désormais, il contrôlerait de loin, mais ne s'aventurerait plus trop longtemps sur le terrain.

Aujourd'hui, il allait s'en sortir, mais ses moyens d'action s'étaient considérablement réduits. Et surtout, il allait devoir annoncer sa déroute à ses associés de Miami, qui ne se montraient généralement ni conciliants ni compréhensifs dans ce genre de situation.

Il prit son téléphone pour passer l'appel qui déclencherait le plan d'urgence, et vit la notification de Sylvia. *Merde ! Qu'est-ce qu'elle veut, celle-là, encore ?*... Au moins aurait-il une bonne nouvelle de ce côté-là. En fait, il n'y avait pas un message, mais deux. Dans sa fuite, il n'avait pas entendu le deuxième. Le premier SMS disait Plafond dépassé, un autre joueur dans l'arène. Autorisation d'aller à 800 000 ? Puis le deuxième SMS, dix minutes plus tard : Perdu.

De rage, Horacio balança son téléphone à la figure de son garde du corps, qui encaissa sans broncher. Se prendre un téléphone vaut toujours mieux qu'une balle. En l'espace de vingt minutes, Horacio venait de perdre très gros. Comment avait-il pu être démasqué sur son transport si bien organisé ? Jusqu'où les Américains étaient-ils au courant de ses activités ? Et qui était celui qui lui avait « volé » l'aigle qu'il convoitait à Paris ?

Beaucoup de questions, mais une seule réponse dans la tête d'Horacio : *La guerre est déclarée.*

Il se détendit sur le siège de sa voiture : cette perspective, paradoxalement, lui redonna le sourire.

— Passe-moi mon téléphone, maintenant, dit-il à son chauffeur.

Frontière Mexique/États-Unis,
28 novembre 2018
Côté américain, El Paso

12 h 15 : Mary attendait que le camion passe la frontière pour pouvoir jaillir et l'arrêter. Cela ne faisait pas une heure qu'elle attendait ce moment, mais un an. Pendant un an, elle avait patiemment remonté le fil du trafic, défait tous les nœuds qui avaient été mis en place par le cerveau de cette logistique si rentable, traqué les moindres faux pas qui lui permettaient d'avancer, mètre après mètre, vers le démantèlement du système.

Tout avait donc commencé quand un marchand d'art avait accidentellement ouvert une caisse contenant des objets qui ne lui étaient pas destinés. Il y avait repéré des objets très anciens, visiblement issus de fouilles illicites, et sans aucune trace d'un quelconque certificat officiel. Il avait aussitôt prévenu la police, qui avait appelé à la rescousse ses collègues du FBI, section « Art Crime ». La décision avait été prise de soigneusement refermer la caisse, de l'expédier au bon destinataire, et de mettre en place un système de surveillance élaboré pour remonter discrètement la piste.

Mary se remémorait le jour où elle avait été appelée par un de ses anciens collègues de la police de New York, passé au FBI, pour lui proposer de collaborer sur ce coup. Elle avait quitté la police cinq ans plus tôt pour créer son agence de sécurité et d'investigation privée. Et sans rougir, elle admettait que le succès avait vite été au rendez-vous. L'ouverture, ces deux dernières années, des succursales de Los Angeles, Houston et Miami en était d'ailleurs la preuve. Le collègue lui avait clairement « survendu » l'affaire, clamant que « les compétences uniques de Mary sur le trafic d'objets d'art, ainsi que ses contacts hispano-américains seraient des atouts essentiels pour la résolution de ce dossier ». Il en avait fait un peu trop, mais, sensible à la flatterie (pour ne pas dire la flagornerie), elle avait fini par accepter. Et puis, *collaborer avec le FBI, c'est toujours bon pour le marketing*, se disait-elle.

Cette jolie petite brune américaine au corps athlétique avait donc intégré l'enquête, tout en continuant à gérer ses équipes sur les autres dossiers, en bon chef d'entreprise qu'elle était devenue. Elle guettait les convois, tâchait de comprendre leurs fréquences, identifiait les clients receleurs, et remontait aussi la piste financière. Tout aboutissait au richissime Horacio del Monte, magnat de l'immobilier et collectionneur et marchand d'art reconnu, dont elle savait par ses indics qu'il trempait, parfois jusqu'au cou, dans des affaires avec des réseaux de trafic d'art dirigés par les mafias de Miami. Il fallait donner un coup de pied dans la fourmilière pour faire sortir ces beaux messieurs de leur tanière, et les inciter à commettre une erreur. Au poste-frontière avec le Mexique, il était désormais temps de mettre un terme à ces échanges illégaux.

12 h 25 : le camion était maintenant à vingt mètres du poste-frontière. Mary fit signe aux équipes de se préparer. Le camion passa mollement la barrière, après le contrôle de routine, et dix mètres plus loin, l'assaut fut donné. *Comme à l'entraînement*, se dit-elle, tant les équipes du FBI furent rapides et efficaces. En moins de deux minutes, tout était bouclé. Elle appela Tom, pour lui rendre compte du succès

fulgurant de l'opération. Ce dernier ne cacha pas sa satisfaction et la félicita chaudement.

Mary regarda ensuite en direction du Mexique. « Si tu nous observes, tu dois être sur une des hauteurs de la ville, mon petit... Allez, je ne perds rien à faire un petit signe, juste pour le fun... » Elle joignit le geste à la parole, et fit un salut à l'observateur hypothétique, en souriant de sa petite comédie.

La vibration d'un SMS la rappela soudain à la réalité. Elle le consulta avec surprise.

Mary, j'ai besoin de vous voir de façon urgente à Washington ce soir pour le dîner. Affaire unique en son genre et dans vos cordes. Je vous présenterai quelqu'un. Un jet vous attend à l'aéroport d'El Paso.

Le SMS provenait d'un de ses clients les plus importants et fidèles : James Wisslemore. Et comme toujours, il savait mettre les moyens pour faire en sorte que sa demande ne puisse pas être refusée.

Sa mission avec le FBI étant terminée, elle n'avait de toutes les façons plus rien à faire dans ce trou brûlant. Elle répondit : OK. J'arrive. Mais j'espère que cela vaut le déplacement !

La réponse fusa aussitôt : Je vaux toujours le déplacement. Et l'affaire dépasse tout ce que vous pourriez imaginer. À ce soir. Mon chauffeur viendra vous prendre à votre arrivée à Washington.

En trois ans, Mary ne l'avait jamais vu aussi insistant et enthousiaste. Ce qui finit par l'inquiéter.

Washington, 28 novembre 2018
Restaurant Minibar

Alex s'était laissé conduire par l'imposante limousine noire garée devant sa modeste pension. Il avait juste eu le temps de monter prendre une douche et se changer. Pensant être chic, il avait sorti une veste élimée en tweed kaki et un pantalon noir parfaitement inapproprié. Il n'avait pas manqué de prendre son petit calepin vert sur lequel il notait ses recherches et découvertes importantes. John Single manœuvrait tranquillement dans les embouteillages de la capitale, sans un mot. Pendant qu'Alex se changeait, il avait simplement envoyé un SMS à son patron : Réservation pour trois personnes confirmée. C'était la phrase qui signifiait qu'il avait réussi à convaincre Alex, ou tout du moins qu'il avait suffisamment éveillé sa curiosité pour qu'il accepte l'invitation.

Il s'arrêta devant le restaurant le plus huppé de la ville, récemment étoilé au Guide Michelin (une première pour un restaurant de la capitale) : Minibar. José Andrés, le chef auréolé de tant de succès, avait fait de ce lieu un temple de la gastronomie dans lequel « il fallait être vu », et dont l'ingéniosité culinaire rivalisait avec la finesse de la décoration. Les lignes sobres du mobilier, un rien minimaliste, s'accordaient avec l'esthétique épurée de ce qui vous était servi dans l'assiette. Le principe de ce restaurant était que chaque client, placé autour d'une table en U, pouvait voir les cuisines et le ballet incessant des chefs et commis. On avait le privilège d'assister à un opéra culinaire en étant à la fois dans les plus belles loges et dans les coulisses.

Mais en dehors de la salle principale, il existait également, très peu connue du public, une petite salle à manger. On y accédait par une porte banale sur laquelle était simplement indiqué « Privé ». C'était évidemment là que se tiendrait ce dîner si particulier, James Wisslemore n'appréciant rien de plus que d'être « là où il faut être vu, mais sans être vu ». La discrétion et l'anonymat, sous les projecteurs : un paradoxe assez jouissif pour quelqu'un qui en avait les moyens.

À 19 heures précises, Alex entrait dans le restaurant, au moment où une seconde limousine du même modèle se garait. Mary en sortit, fatiguée de sa journée mouvementée. Elle avait rejoint l'aéroport en trombe, avait sauté dans l'avion, et à peine avait-elle atterri que la voiture l'attendait pour filer à cette mystérieuse invitation.

Ce qu'aucun protagoniste n'avait vu, c'était la camionnette blanche garée une trentaine de mètres plus loin, sur le trottoir d'en face. En y regardant de plus près, on distinguait vaguement un reflet émanant d'un trou sur le côté, invisible de loin, car fondu dans le logo « Net-O-Speed » inscrit sur le flanc du véhicule. Derrière le trou, un long téléobjectif ne perdait pas une miette de la scène, immortalisant tous les convives. Un homme massif mitraillait les arrivants, et notait les horaires sur un petit carnet. Les cheveux très courts, un t-shirt noir, un pantalon noir et des baskets, il aurait pu passer inaperçu dans la rue, à deux détails près : sa carrure athlétique et une cicatrice qui partait du haut du front et frôlait son œil droit, lui donnant un air franchement inquiétant. Une fois Mary et Alex entrés dans l'établissement, il transféra deux photos sur son ordinateur, les envoya par mail à celui qui le mandatait, avec pour seul commentaire :

« *Wisslemore adentro. Nuevas caras llegaron* » (« Wisslemore est à l'intérieur. De nouvelles têtes sont arrivées »).

Un premier maître d'hôtel accueillit Alex et l'accompagna jusqu'à la porte privée. Un second maître d'hôtel fit de même avec Mary. James Wisslemore était assis à la table, un verre de porto à la main, satisfait que chacun ait répondu à son « invitation ». À 65 ans, il portait beau. Ses cheveux gris impeccablement coiffés, sa fine barbe taillée au millimètre ou encore ses mains manucurées révélaient un homme méticuleux. Il était vêtu d'un élégant costume sombre, d'une chemise blanche, ne portait pas de cravate, et seule une pochette en soie rose fuchsia conférait au personnage une touche d'extravagance. Avec un sourire assuré, il les invita à prendre place. Alex et Mary s'assirent en silence, méfiants. Quelles étaient les intentions de leur hôte ? Pourquoi tant d'empressement à les voir aujourd'hui ? Pensant chacun qu'il serait en tête à tête avec Wisslemore, qui était l'autre invité ? Alex et Mary ne savaient pas s'il fallait se sentir complices ou concurrents.

— Mes amis, déclara James Wisslemore, tout sourire, merci d'avoir fait tout ce chemin pour venir me voir ! J'espère que le voyage fut agréable et que je ne bouscule pas trop vos emplois du temps bien chargés !

Alex se tortilla sur sa chaise, trahissant son agacement :

— Il est vrai que je suis peu familier avec ce type d'invitation, je ne vous le cache pas. Vos documents ont éveillé ma curiosité, ce qui m'a convaincu de venir ce soir, mais j'avoue ne pas être très à l'aise avec la méthode. Je doute que notre présence ait pour but la découverte de ce haut lieu de la gastronomie. Madame, ajouta Alex en s'adressant à Mary, je ne vous connais pas, excusez-moi pour cette entrée en matière quelque peu abrupte…

Mary se contenta de sourire. À la différence d'Alex, elle pratiquait James Wisslemore depuis quelques années.

Le moins qu'on puisse dire, c'est qu'il n'aimait pas qu'on lui parle ainsi et elle s'attendait à ce que la réplique soit à la hauteur de sa réputation. À sa grande surprise, James Wisslemore adopta une tout autre posture.

— Découverte gastronomique, non, mais découverte historique, oui ! Monsieur Merri, vous avez entièrement raison, je manque à tous mes devoirs. Non seulement je vous fais venir de façon quelque peu cavalière, mais, en plus, je ne vous présente pas d'emblée notre autre invitée de ce soir. Où ai-je la tête ? Monsieur Merri, permettez-moi de vous présenter Mary Garza, dont je peine à qualifier le parcours tant il est riche et insolite : ancien officier de police, fondatrice d'une société de sécurité et d'enquête privée, détachée auprès du FBI pour des enquêtes sensibles, et sûrement auprès d'autres organismes d'État dont elle ne parlera pas, et eux non plus d'ailleurs. Mary, je vous présente Alex Merri, éminent historien, chercheur et archiviste, spécialiste des « enquêtes de l'histoire », et dont la réputation mondiale fait pâlir d'envie les plus grands maîtres d'université. Voilà, les présentations sont faites !

Mary eut du mal à cacher son étonnement devant tant de déférence. *Ce doit être quelqu'un dont il a sacrément besoin pour être aussi obséquieux, attendons de voir la suite. D'ailleurs, pour un rat de bibliothèque, il est plutôt pas mal. Il est vraiment fringué n'importe comment, mais il y a du potentiel. Ce dîner risque finalement d'être plus intéressant que prévu*, pensa-t-elle.

Alex, surpris par l'amabilité de son hôte, se détendit un peu et recula dans son siège, s'autorisant à boire une gorgée du Dom Pérignon qui lui avait été servi d'office par l'un des maîtres d'hôtel. Pendant le petit monologue de James Wisslemore, il avait pris le temps d'observer discrètement Mary : sportive et élancée malgré une taille modeste, le visage allongé et légèrement creusé. Lorsque James parlait d'elle, ses yeux marron clair s'illuminaient par moments de petites lueurs. Les cheveux bruns mi-longs ne semblaient jamais avoir connu autre chose que la queue-de-cheval. Elle portait une robe noire, simple et chic, et on devinait que cet effort vestimentaire lui avait coûté. C'était visiblement une femme à laquelle il valait mieux ne pas trop se frotter. Son regard franc ne laissait pas d'échappatoire à son interlocuteur, sa mâchoire très légèrement avancée et taillée à la serpe affirmait sa volonté de toujours aller de l'avant. Ce qui frappait d'ailleurs le plus Alex, c'étaient les épaules et les bras de Mary : une carrure anguleuse et des bras fins, mais en réalité très musclés, révélés dès qu'elle attrapait quelque chose de ses mains. Il émanait d'elle une énergie qui ne pouvait pas laisser indifférent même si on n'était pas sensible à son charme.

Alex adopta une attitude défensive. Il se rappela cette phrase de Sun Tzu : « Il faut feindre la faiblesse, afin que l'ennemi se perde dans l'arrogance. »

— Si je vous ai réunis tous les deux, ce n'est pas pour le plaisir d'un *blind date*, vous vous en doutez. Monsieur Merri, les photos que mon bras droit, John Single, vous a montrées font remonter à la surface des éléments surprenants. À tel point que vous nous faites d'ailleurs l'honneur de bousculer votre agenda et d'être parmi nous ce soir. Mary, veuillez m'en excuser, vous n'avez pas vu ces photos, et afin que tout le monde ait le même niveau d'information, les voici.

James Wisslemore sortit les deux mêmes clichés qu'Alex avait vus quelques heures auparavant. Mary les regarda attentivement, et les reposa sur la table sans réaction. Ils n'éveillaient rien en elle. Des aigles en métal, une lettre de Napoléon qu'elle avait du mal à déchiffrer, bref, sans surprise, il n'y avait rien qui puisse susciter chez elle le moindre intérêt. Quel rôle devait-elle jouer ? Elle connaissait suffisamment mal l'empereur pour ne rien y voir d'exceptionnel. Elle attendait avec impatience la suite.

— Monsieur Merri, pouvez-vous éclairer notre chère Mary sur ce qui est représenté ?

— Il s'agit *a priori* d'une lettre de l'empereur Napoléon Ier à son frère Joseph, qui habitait aux États-Unis, et qui fait mention de l'emplacement d'un livre irremplaçable aux yeux de Napoléon, emplacement qui serait déterminé par des indices gravés sur des aigles. La deuxième photo montre trois de ces aigles, je suppose.

— Parfait.

Mary intervint :

— Cher James, vous m'avez fait venir pour une histoire de vieilleries en argent ? J'ai d'autres projets que de passer mes journées à chercher ces aigles.

— Ne vous inquiétez pas, vous n'allez pas être déçue du voyage, répondit James. Alex ? Ce livre irremplaçable ne vous fait penser à rien ?

Alex réfléchit. Il détestait être pris en défaut, mais ces éléments étaient totalement nouveaux pour lui, malgré sa connaissance extrêmement pointue de la période napoléonienne.

— L'histoire regorge de livres prétendument uniques qui pourraient changer le monde. Mais de là à parler d'objet tangible, c'est autre chose.

— Êtes-vous familier avec la légende des Neuf Inconnus ?

La question, directe, le déstabilisa.

— Oui… Mais je ne vois pas du tout le rapport. Les Neuf Inconnus et Napoléon sont distants de deux millénaires.

— Et si l'un de ces livres avait traversé le temps, protégé par l'empereur lui-même ?

— Eh bien, dans ce cas, je vous répondrais que cela ressemble fort à un canular, car je n'ai jamais eu connaissance, dans toutes les archives consultées, d'un quelconque lien entre l'empereur et cette légende.

— Alors, je m'arrête là et nous nous quittons après le dîner ?

Il y avait une pointe de défi dans la question. James avait bien cerné son interlocuteur, qui commença à céder.

— Dans ma carrière, j'ai appris à ne négliger aucune piste, répondit Alex qui n'arrêtait pas de croiser et décroiser ses jambes.

— Bien, continuons. Peut-être pourriez-vous expliquer à Mlle Garza les contours de cette histoire ?

— De ce que je sais, la légende des Neuf Inconnus, et j'insiste bien sur le mot « légende », remonte à l'empereur Asoka en Inde, deux siècles avant Jésus-Christ. Cet empereur, converti à la paix après des guerres sanglantes, a fondé une société secrète, celle des Neuf Inconnus, censée détenir les plus grands savoirs de l'humanité, rassemblés dans neuf livres distincts. On raconte que des inventions découvertes aux XIXe et XXe siècles étaient déjà décrites dans ces ouvrages, qui, rappelons-le, datent de deux siècles avant notre ère. Mais personne n'a jamais pu mettre la main dessus, et les preuves restent pour le moins légères. C'est pour cela que j'insiste sur le terme de « légende ».

— Bravo, je vois que votre savoir est à la hauteur de votre réputation. Je savais que j'avais raison de parier sur votre érudition. Mais je vais vous détailler un peu plus cette « légende », comme vous dites, car elle est plus complexe que cela. Et surtout, je peux d'ores et déjà vous dire que la réalité est bien loin de la dimension légendaire que l'on a sciemment voulu créer autour de ces livres.

Wisslemore laissa volontairement durer le silence qui suivit, et quand il sentit son auditoire avide d'en savoir plus, il commença son récit…

Inde, 273 av. J.-C.
Patna, capitale de l'empire

À la tête d'un cortège impressionnant, Asoka, fils de l'empereur Bindusâra, entrait dans la capitale. Chevauchant un étalon noir de geai, il menait fièrement cinq cents hommes armés à pied, cent cavaliers montant de magnifiques chevaux blancs et parés de plastrons dorés, que le soleil rendait aveuglants, une dizaine d'éléphants harnachés de selles en cuir gigantesques, et un nombre incalculable de chars et charrettes transportant pêle-mêle les vivres, le mobilier, et les hommes et femmes de la cour. Il voulait une entrée fracassante. Il avait appris la mort de son père dix jours plus tôt, et s'était immédiatement mis en marche vers la capitale. Il lui fallait imposer sa puissance d'emblée, pour impressionner le peuple et détruire toute velléité de prendre le pouvoir chez ses nombreux frères et sœurs. Cent, pour être précis. Son père, prodigue en matière de femmes, avait eu cent un enfants. La succession s'annonçait mouvementée…

Asoka n'avait pas de temps à perdre avec les conflits larvés. Il fallait taper vite et fort. Le lendemain, il donna des ordres clairs à son général : ses frères et sœurs ne devaient en aucun cas représenter un obstacle à son accession au trône. Il ordonna l'assassinat de quatre-vingt-dix-neuf d'entre eux. Seul Tissa, son frère cadet, serait épargné, afin d'assurer une succession familiale s'il lui arrivait malheur. Et dans les mois qui suivirent, les autres membres de sa fratrie périrent un à un. Égorgés, noyés, broyés sous la patte d'un éléphant, empoisonnés, tous les moyens furent bons, et aucun ne fut écarté.

Quiconque s'opposait à ses décisions était immanquablement châtié. Plus tard, ce fut près de cinq cents ministres qui furent éliminés pour avoir été en désaccord avec lui, ou pour lui avoir désobéi. Une autre année, deux cents concubines furent passées au fil de l'épée pour ne pas avoir pleinement satisfait ses désirs. Asoka devint rapidement « Asoka le cruel ». Être craint pour être respecté était sa seule façon de régner.

Au fil du temps, sa soif de pouvoir trouva d'autres terrains de jeux, plus ambitieux, plus démesurés encore. Dans la treizième année de son règne, sa convoitise le porta vers le royaume du Kalinga, situé sur la côte est du continent. Ce trophée, longtemps convoité par ses ancêtres, inscrirait encore son glorieux nom dans l'histoire. Commença alors la conquête la plus sanglante de l'histoire de l'Inde.

À l'aube de la bataille finale de la conquête du Kalinga, Asoka passa en revue ses troupes. À son signal, pas moins de quatre cent mille hommes, mille cavaliers et sept cents éléphants de guerre montèrent à l'assaut. En face, les cent cinquante mille hommes du royaume de Kalinga se montrèrent d'une étonnante bravoure. L'énergie du désespoir, face à la déferlante qui arrivait sur eux. Les éléphants et la cavalerie légère furent les premiers à se jeter dans la bataille. La puissance des pachydermes associée à l'agilité des chevaux emboutit les rangs de l'adversaire, créant d'immenses brèches dans lesquelles s'engouffrèrent les fantassins. Au milieu des premiers cadavres de la charge, les hommes se livrèrent à un corps à corps d'une violence inouïe. Les sabres déchiraient les chairs et tranchaient des membres dans des hurlements sauvages. Les guerriers d'Asoka, surentraînés, esquivaient les coups de lance de leurs opposants et sabraient en retour d'un geste sûr et précis. Les giclées de sang aveuglaient les combattants qui parfois donnaient de grands coups dans le vide. Les éléphants, affolés par la confusion et les cris, écrasaient les hommes sur leur passage, tous les camps confondus. On marchait sur les corps pour avancer, pour survivre, pour tenter d'en finir avec le massacre et avoir une chance de voir le soleil se coucher. Après six heures de bataille enragée, le rythme se ralentit, jusqu'à s'éteindre complètement. Un cri de victoire se répandit à travers les rangs des troupes d'Asoka. Un cri de joie, de désespoir et de rage mêlés. Le cri des survivants, des miraculés.

Le cri se tut.

La fumée se dissipa.

La poussière retomba.

C'est alors qu'ils virent.

Ils virent l'étendue du carnage. Sur des kilomètres, des morts, des blessés, des membres arrachés, et une terre gorgée de sang. Et le râle incessant des blessés, dont la plupart n'avaient plus que quelques heures à vivre. Les hennissements des chevaux à terre, qui regardaient leur cavalier de l'œil exorbité de l'animal qui va mourir.

Des hauteurs des collines de Dhauli, Asoka observait la plaine de Daya qui avait viré du vert au rouge en quelques heures. Il monta sur son cheval et descendit rejoindre le champ de bataille. Ce qu'il vit le tétanisa. Ces dizaines de milliers de morts, dans les deux camps, lui révélèrent soudain l'impossible barbarie de son entreprise. Il chevaucha au pas, entre les cadavres et ses hommes valides, pendant deux heures. L'odeur de la mort et du sang envahissait sa bouche et lui donnait la nausée. Il écarquillait les yeux, ne pouvant croire à une telle folie. Mais les hurlements d'agonie lui rappelaient que tout cela était bien réel, et surtout, qu'il en était à l'origine. Sa folie, son ambition grotesque, son ego démesuré avaient conduit cent mille hommes à la mort ce jour-là. Ils gisaient là, à ses pieds.

Le soir, sous sa tente, Asoka prit alors une grande décision. Il envoya des émissaires pour annoncer qu'il mettait immédiatement fin à la guerre. Il ne pouvait plus vivre dans cette insatiable soif de domination. Il fallait, au contraire, unifier, éduquer et reconstruire.

Asoka réunit ses ministres et conseillers, et entreprit un immense plan de développement du pays : aménagement des routes, éducation des enfants, construction de temples, modernisation des administrations. Et pour la première fois dans l'histoire de cet immense empire, tout fut unifié, de la monnaie jusqu'aux lois en passant par les règles de vie. À titre personnel, Asoka se convertit au bouddhisme, qu'il diffusa dans toute l'Asie, tout en prônant la tolérance envers les autres religions et croyances.

Quelques années plus tard, le pays s'était durablement transformé. Sur la terrasse la plus haute de son palais, Asoka contemplait les faubourgs paisibles de Patna. Les bruits de la ville se mêlaient aux cris des perruches qui volaient au-dessus de lui. Le soleil couchant rehaussait l'ocre des pierres des maisons. Il était fier de ce qu'il avait accompli mais, en même temps, il ressentait une forme de frustration à l'idée que tout ce savoir ne pouvait être transmis. Un de ses proches conseillers s'approcha de lui :

— Votre Majesté semble bien sombre pour une si belle journée.

— Tu me connais, Rajeev. Oui, je suis pensif. Le savoir est source de paix. L'humanité en a déjà accumulé tant… et nous continuons dans cette voie. Mais que se passera-t-il ensuite ? Comment transmettre tout ce que nous avons rassemblé, afin que l'homme ne sombre pas de nouveau dans la folie, comme je l'ai fait, plus jeune ? Comment aller encore plus loin ?

— Votre Majesté est ambitieuse, et se satisfait peu des actes accomplis. Vous avez avec vous, ici même, tous les plus grands savants et sages de l'empire. Le savoir est là. Il faut l'organiser et le retranscrire, or il se trouve dans votre main.

— Le retranscrire… oui, c'est ça. Convoque-moi pour demain ceux que tu estimes être les plus grands savants de chaque discipline. Mais ne le dis à personne. Et organise cela dans la salle du souterrain, ce sera plus discret.

— Vos désirs sont des ordres, Majesté.

Rajeev s'inclina et sortit. Il se mit immédiatement en quête de tous les savants du palais pour les rassembler. L'empereur avait eu la sagesse de leur créer une aile dédiée afin qu'ils puissent travailler directement sous son regard.

Le lendemain matin, dans une pièce creusée sous les appartements de l'empereur, neuf savants, sages et philosophes prirent place autour d'une table présidée par l'empereur. Ce dernier leur expliqua alors son grand projet, et le rôle qu'ils allaient jouer dans cette extraordinaire entreprise.

Washington, 28 novembre 2018
Restaurant Minibar

Alex et Mary étaient plongés dans l'Inde du IIIe siècle avant Jésus-Christ, et baignaient encore dans les fastes du palais d'Asoka et la torpeur du climat indien.

James finit son récit :

— Son « grand projet » était de concentrer l'intelligence de l'humanité au service du bien, et non au service de l'ingéniosité belliqueuse. Il entendait rassembler les savoirs scientifiques, techniques, psychologiques, etc. au profit du progrès humain, afin, espérait-il, d'éviter toute guerre. Il lança donc un large programme de recherches autour de la matière, de la psychologie collective, de la physique, des mathématiques, de la biologie, et autres dérivées de ces matières, à travers tout son empire, grâce aux moyens considérables dont il disposait. Et pour que ces savoirs ne se retrouvent pas dans de mauvaises mains, il créa la plus incroyable et la plus puissante de toutes les sociétés secrètes du monde : celle des Neuf Inconnus. Ces neuf sages, présents ce matin-là dans la salle souterraine du palais, furent les premiers initiés, les fondateurs. Neuf éminentes personnes, à l'identité secrète pour mieux les protéger, détenteurs d'un savoir universel unique en son genre. Leur rôle : concentrer ce savoir, le développer, et le transmettre à neuf autres élus, de génération en génération. Cette société existerait encore, accumulant ainsi l'intelligence collective de vingt-deux siècles de recherches, le tout inscrit dans des livres. Et pas n'importe lesquels. Neuf inconnus, neuf livres, qui consignent les résultats de ces millénaires de savoir.

Alex et Mary l'écoutaient bouche bée. Si ce que James venait de raconter était vrai, ils allaient partir à la recherche d'un livre qui pourrait bien changer le monde. C'était vertigineux et profondément excitant.

— Les recherches que j'ai effectuées depuis dix ans sur ce sujet m'amènent à trois conclusions :

« 1. Cette société secrète qui concentre le savoir de l'humanité au sein de ces neuf livres a existé, et existe peut-être encore.

« 2. Napoléon a été en contact, lors de sa campagne d'Égypte, avec l'un des illustres représentants des Neuf Inconnus. Il a perçu l'immense pouvoir qu'il pouvait en retirer.

« 3. L'emplacement d'un ou plusieurs de ces neuf livres est crypté à travers sept aigles en argent, chaque aigle donnant un morceau du lieu.

« Et enfin, la bonne nouvelle dans tout cela : je viens d'ajouter aujourd'hui même un quatrième aigle à ma petite collection. Il ne vous en reste donc plus que trois à trouver…

« C'est ce livre qui est la clé de tout. Et c'est pour lui que je me bats. Je veux être le premier à le retrouver, car plus que tout l'or ou le platine du monde, ce livre renferme le savoir de vingt-deux siècles de génie humain.

Mary et Alex, qui avaient suivi le récit avec un mélange de passion et d'incrédulité, comprirent enfin la raison de leur présence à Washington ce soir-là, et un long silence fit écho au monologue de James Wisslemore.

Alex n'arrivait pas à y croire et sa première impression était d'être confronté à quelqu'un d'aussi fou que cette légende. Mais oserait-il passer à côté d'une telle aventure ?

Une occasion unique lui était donnée de creuser le mystère des aigles et des lettres, preuves historiques qu'il ne pouvait pas nier. La légende des Neuf Inconnus avait servi de socle à tous les fans d'ésotérisme, à des théoriciens du complot, ou à des fantaisistes en tout genre. On parlait de Neuf Inconnus, mais certains disaient qu'ils étaient en réalité 72 (7 + 2 = 9). On leur attribuait toutes sortes de savoirs scientifiques ou occultes, on réinterprétait des événements de l'histoire sous un angle machiavélique capable de manipuler l'humanité tout entière comme un pantin. Ou encore, comme le disait James, certains voyaient dans cette société les « gardiens du Temple » d'une somme de savoirs immémoriaux, les protégeant au fil des siècles, et empêchant qu'ils ne tombent dans de mauvaises mains.

Il était en revanche de notoriété publique que Napoléon, au retour de sa campagne d'Égypte, avait été fortement impressionné par des rencontres qu'il aurait eues avec des sages et savants de l'Orient. Il avait embarqué avec lui toute une équipe de scientifiques et d'archéologues, posant les bases de l'égyptologie à la française. Un conquérant comme lui aurait pu être tenté par ce type de légende, d'autant qu'à cette époque, les croyances mystiques étaient plus répandues qu'aujourd'hui. Les connaissances scientifiques ne permettaient pas d'expliquer rationnellement des phénomènes que l'on attribuait donc plus facilement à des causes divines ou mystérieuses. Napoléon pouvait avoir rêvé de mettre la main sur ces livres, afin d'achever ses rêves de conquête.

Déstabilisé par les arguments de James, Alex était en pleine valse-hésitation sur la position à adopter.

Mary, quant à elle, moins concernée par l'authenticité historique de la légende, trouvait au récit des airs de conte pour enfants qui flattait sans doute l'imagination, mais qui ne mènerait à rien d'autre qu'une gigantesque perte de temps. Pour elle, ce n'était qu'affabulation de gens riches en quête d'adrénaline et de mystère. Elle savait que Wisslemore vouait sa vie (et son indécente fortune) à la recherche de trésors, à la découverte de manuscrits inédits, ou de cités perdues, dans le seul but de laisser son nom dans l'histoire. Un jour où il avait un peu trop abusé de château-haut-brion, et dans un moment de confidence rare chez cet homme si secret, il lui avait avoué son rêve subliminal : « Un jour, Mary, je construirai un musée à mon nom, qui rassemblera toutes mes découvertes. Ce sera la plus grande concentration d'œuvres inédites au monde. Quelque chose d'unique en son genre. »

Et là, ce soir, on y était. Il partait pour sa « grande quête ». Celle qui ferait de lui une référence dans les manuels d'histoire du monde entier. *Que de vanité !* pensait-elle. *Que d'estime de soi !* Comment un homme au demeurant si intelligent pouvait-il se laisser aller à ce qu'elle qualifiait d'« enfantillages » ? La prétention démiurgique des hommes ne cesserait jamais de la fasciner.

Quant à l'idée de partir à la chasse au trésor avec l'historien assis en face d'elle, ce n'était même pas la peine d'y penser. Autant courir le marathon avec des chaînes de forçat aux pieds.

Ils en étaient là tous les deux de leurs réflexions quand un serveur entra pour retirer les plats et apporter une palette de desserts tous plus impressionnants de créativité les uns que les autres. À base de fruits, de chocolat, d'épices rares, le mélange des saveurs faisait merveilleusement écho à celui des couleurs. Une fois le serveur reparti, James en profita pour tirer ses invités de leurs rêveries :

— Alors, qu'en pensez-vous ? N'est-ce pas là l'aventure humaine et historique la plus passionnante qui soit ?

Dans ce genre de situation, Mary avait toujours pour stratégie de ne pas parler la première. Ex-policière rompue aux techniques d'interrogatoire, elle savait que la force du silence était parfois bien plus efficace que le flot de paroles. Elle fut donc ravie qu'Alex intervienne en premier, le regard plongé dans son dessert afin d'éviter celui de James :

— Écoutez, monsieur Wisslemore, je vous remercie de m'avoir convié dans ce merveilleux restaurant, et de m'avoir fait suffisamment confiance pour me révéler vos intentions. Néanmoins, je ne suis pas comme vous un « chasseur de trésors ». Je suis historien, archiviste, et je n'ai rien d'un Indiana Jones en herbe. Je ne le souhaite d'ailleurs en aucune façon. Comme je vous le disais tout à l'heure, je pense que l'histoire des Neuf Inconnus est une légende, certes très séduisante, mais ce n'est qu'une mystification. J'ai du mal à croire que pendant vingt-deux siècles, aucune preuve tangible de cette prétendue « société » n'ait émergé à la surface de l'océan archéologique ou historique. Que Napoléon, à travers la lettre dont vous ne m'avez montré qu'une photo, ait pu être attiré par cette légende ou y ait cru, pourquoi pas ? Que Napoléon ait pu retrouver un de ces livres, et qu'il ait pu crypter les coordonnées de sa cachette pour qu'on le trouve plus tard, ça, je n'y crois pas une minute. Je respecte votre passion et votre opiniâtreté pour la recherche de ce que vous croyez être un trésor. Je crains que cela ne soit au final qu'un amas de désillusions qui vous fera regretter le temps et l'argent perdus dans cette vaine quête. Donc désolé, mais je ne vous suivrai pas dans ce que vous qualifiez d'« aventure ».

— Très bien, répondit très calmement Wisslemore, je m'attendais à cette réponse. Et vous, mademoiselle Garza ?

— Moi, je ne vois vraiment pas ce que je viens faire ici. Je suis bien sûr toujours ravie de vous voir, se rattrapa Mary qui avait soudainement pris conscience de la raideur de sa réponse. Mais je suis une détective, j'interviens sur des terrains d'opération de police, voire des terrains militaires. Je combats des trafiquants ou des malfrats internationaux. Je ne suis pas calibrée pour jouer les assistantes détectives d'un historien, avec tout le respect que je vous dois, monsieur

Merri, fit-elle en lui adressant un sourire poli. Donc je ne pourrai malheureusement pas vous aider sur cette affaire-là.

— Excellent, fit Wisslemore sans aucun signe de contrariété.

Paradoxalement, il paraissait ravi de ces réponses. Cette attitude éveilla immédiatement un soupçon chez Mary et une forme d'inquiétude chez Alex. Ils se sentaient comme les acteurs d'une finale de poker ayant abattu toutes leurs cartes, et attendaient fébrilement que leur adversaire leur sorte son as de pique. Et c'est en effet ce qu'il fit :

— Voyez-vous, si je vous ai réunis ici tous les deux, c'est justement parce que je crois que vous êtes les meilleurs dans vos domaines respectifs. Oh, je ne dis pas cela pour vous flatter, vous n'en avez pas besoin, et je ne suis pas du genre à complimenter gratuitement. Je pense vraiment que vous avez tous les deux un véritable talent. Observation et combativité chez vous, Mary ; culture historique et puissance analytique pour vous, Alex. Et je crois que pour l'affaire qui nous concerne, c'est la complémentarité de deux personnes et de deux disciplines qui permettra de « cracker » une énigme exceptionnelle.

Mary et Alex notèrent au passage que l'homme, à l'assurance exaspérante, utilisait le « nous » comme si leur adhésion au projet était déjà acquise.

— Savez-vous combien de personnes j'ai recrutées pour mes entreprises, dans ma vie ? Plus de quinze mille. Bien sûr, je ne les ai pas toutes recrutées moi-même. Mais j'ai recruté celles que je sentais capables de former les bonnes équipes. Et j'ai ce don : savoir reconnaître quand je recrute LA bonne équipe. Mais vous me direz que cet argument, aussi plaisant soit-il, ne changera pas d'un pouce votre décision. Je le sais. Mais je vous expose seulement les raisons qui m'ont fait penser à vous. Venons-en maintenant à quelques éléments qui pourraient vous faire réfléchir, l'un et l'autre.

Alex et Mary se raidirent sur leur siège, attentifs aux arguments à venir.

— Alex, vous êtes un disciple de saint Thomas. Vous devez voir pour croire, et c'est essentiel dans votre métier. Vous réclamez plus de preuves, plus d'éléments pour rationaliser l'impensable. Très bien. La lettre de Napoléon que vous avez vue en photo n'est qu'un extrait d'une correspondance inédite entre l'empereur et son frère Joseph, retrouvée par mes soins. Je précise que ces lettres ont toutes été authentifiées. J'ai mis dix ans à mettre la main dessus. Elles se trouvaient dans les archives familiales du général Bertrand. En exil avec l'empereur à Sainte-Hélène, il en avait conservé des copies. Lors de la vente des héritiers Bertrand dans leur château de Châteauroux, j'ai tout raflé. Et vu mon offre généreuse, les héritiers ne s'en sont pas plaints. Cette correspondance, de quatre-vingt-sept lettres exactement, décrit précisément les plans de l'empereur pour construire un « nouvel empire », sur le continent américain et en Europe. Et dans ces échanges épistolaires, le livre des Neuf Inconnus est cité à douze reprises, et parfois de façon étonnamment précise. Monsieur Merri, je vous propose d'avoir un accès exclusif et illimité à l'ensemble de cette correspondance. Une fois notre petite affaire terminée, ces lettres seront à votre disposition, et vous pourrez publier toutes les études que vous jugerez nécessaires.

Alex tenta de contenir sa réaction, mais les mouvements nerveux de son genou et le rougissement de ses joues trahissaient son embarras. Il ôta sa veste en tweed dans laquelle il étouffait et avala d'un trait le verre de vin qui se trouvait devant lui. Wisslemore, comme un boxeur qui sent vaciller son adversaire, enchaîna immédiatement en se tournant vers Mary, sans laisser le temps à Alex de formuler la moindre réponse (ce dont il était incapable).

— Mary, dans votre dernière mission de ce jour avec mes amis du FBI, vous venez de laisser filer un gros poisson, Horacio del Monte.

— Mais comment… ?

Wisslemore ne laissa pas à Mary le loisir de terminer sa phrase.

— Horacio del Monte a fait fortune dans l'immobilier au Venezuela, mais ce n'est rien par rapport aux revenus que draine son activité de trafiquant d'art à grande échelle pour les mafias de Miami. N'oublions pas qu'avec ses huit milliards de dollars par an, le trafic d'objets d'art est le troisième plus gros dans le monde, après la drogue et les armes. Il a mis en place un système particulièrement efficace, allant de l'extraction illégale, en passant par le transport, à la vente au client final, lui permettant de contrôler tous les maillons de la chaîne. C'est le seul au monde à avoir réussi ce tour de force. Vous lui avez porté aujourd'hui un gros coup, certes, mais il s'en remettra. Mary, vous pensiez que votre mission avec le FBI était terminée, mais vous allez recevoir dans les dix minutes qui viennent un message où vous serez fermement invitée à poursuivre Horacio del Monte, avec mandat international. Capturer Horacio sera, et vous le savez pertinemment, un accélérateur extraordinaire pour votre carrière, votre agence et votre réputation auprès des nombreuses agences gouvernementales qui vous paient à prix d'or. Je vais vous aider, car il s'avère que je sais où il se cache, et où se trouvent toutes ses planques.

— Comment pouvez-vous avoir accès à toutes ces informations ? Et comment connaissez-vous Horacio del Monte, et ses planques ? demanda Mary, aussi vexée que stupéfaite.

— Oh, c'est très simple. Horacio del Monte est un des plus grands collectionneurs d'objets qui se rapportent au premier Empire. Il a même fait construire, dans son estancia principale, un petit musée de deux pièces où il expose ses achats. Tout ce qui touche de près ou de loin à Napoléon le rend complètement fou. Il n'a qu'une seule obsession dans la vie : retrouver les joyaux de la couronne d'Espagne, prétendument volés par Joseph Bonaparte durant son règne ibérique. Horacio a acquis la certitude que les aigles en argent provenant de Sainte-Hélène sont la clé qui lui permettra de retrouver ce trésor perdu, ce qui constituerait le couronnement de sa carrière, sans mauvais jeu de mots. Il se trompe totalement de cible, puisque je suis persuadé que ces aigles mènent aux livres, pas aux joyaux de la couronne. Je me suis souvent trouvé en face de lui dans des ventes aux enchères. Mais que Dieu m'en garde, je ne le connais pas personnellement et je m'en porte très bien. Quant aux informations confidentielles que je viens d'exposer sur vos missions récentes, il se trouve que j'ai certaines relations au sein de l'administration gouvernementale et que, disons, elles me doivent quelques services. Elles m'ont donc décrit très amicalement la teneur de vos brillantes actions. C'est un des tristes privilèges de l'argent dans une société obsédée par la possession matérielle. Mais j'en profite de temps en temps, je le confesse. Ah, et j'oubliais un détail. Sur les trois aigles qui restent à trouver, je vais vous aider aussi, car Horacio en possède deux…

Une nouvelle fois, Mary se sentit déstabilisée, et même blessée dans son orgueil. Elle qui était habituée à mener les entretiens, elle avait la désagréable sensation d'être en situation de faiblesse. Pour se redonner un peu de contenance, elle but elle aussi le verre posé devant elle.

Une seule chose était claire à présent : Wisslemore avait plusieurs coups d'avance, et venait de mettre K.-O. ses deux adversaires, dans un enchaînement savamment préparé.

À ce moment-là, le téléphone de Mary émit une vibration qui lui indiquait l'arrivée d'un message crypté. En provenance du FBI, et après déchiffrement par le logiciel de son smartphone, le message annonçait : Mission du jour non terminée. Reprenez contact au plus vite pour instructions.

Mary blêmit.

Alex reprenait non sans mal ses esprits.

James, confortablement installé dans le fond de son fauteuil, sirotait tranquillement une excellente poire williams grande réserve, en souriant avec amabilité à ses invités.

Égypte, 23 juillet 1798
Le Caire

La chaleur était aussi écrasante que la victoire l'avait été, deux jours plus tôt. Le général Bonaparte avait mené ses troupes pour défaire les mamelouks de l'armée de Mourad Bey, en Égypte, devant les pyramides. « Du haut de ces pyramides, quarante siècles vous contemplent », avait-il lancé à ses soldats avant de donner l'assaut final. *Et les quarante siècles à venir contempleront mon destin*, s'était-il dit intérieurement.

Ce jour-là, Bonaparte était entré dans Le Caire où il avait établi son quartier général. Fidèle à sa réputation d'efficacité, il avait déjà organisé la défense de la ville. Il se préparait à l'assaut des Anglais, qui ne tarderaient pas à arriver par la mer. Cette victoire des pyramides marquerait l'histoire, il le savait. En France, ils avaient voulu se débarrasser de ce général trop impétueux et trop victorieux, qui faisait de l'ombre à la clique qui commençait à s'installer au pouvoir. Ils s'étaient dit que Bonaparte allait se perdre dans les sables du désert, au sens propre comme au sens figuré, mais c'était compter sans les fulgurances de ce Corse et son esprit d'anticipation.

La nuit était tombée, apportant un semblant de fraîcheur sur la ville aux allures de capharnaüm. L'armée française prenait ses quartiers dans les maisons de la ville, et Bonaparte avait lourdement insisté sur le respect dû à la population et à leur religion. Il venait en libérateur, pas en conquérant.

Bonaparte, qui s'était fait servir un souper frugal, se concentrait sur les cartes de la ville ainsi que sur les accès à la mer. Il discutait des options possibles avec ses généraux, Desaix, Kléber, Murat et Menou, quand un capitaine entra dans la tente.

— Mon général, dit-il, un peu impressionné devant ses chefs, nous avons capturé un homme aux abords du camp, qui tentait de pénétrer nos lignes et demande à vous voir.

— Que voulez-vous que cela me fasse, capitaine ? Voyez cela avec votre supérieur.

— Il est parti en inspection sur le port, mon général. Et l'homme est… bizarre. Il a l'air de vous connaître très bien. Il dit qu'il souhaite vous parler, et que c'est urgent. Il a mentionné le nom de votre oncle, le cardinal Fesch.

— Tiens donc… et d'où vient cet homme ? De Corse ?

— Non, mon général, c'est ça qui est étrange. Et c'est pour cela que je me suis permis de vous déranger. Il vient des Indes.

L'étonnement se lut sur tous les visages, même sur celui de Bonaparte pourtant réputé pour son impassibilité. Dès les premières années de son ascension, Bonaparte avait compris la force du silence, la puissance de l'analyse froide et la retenue des émotions. Ce furent ces qualités qui lui avaient permis par exemple d'imposer son plan pour la prise de Toulon en 1793. Depuis, tout était allé si vite…

Il mettait un point d'honneur à ne pas se laisser surprendre par les gens ou par les événements. Cela étant, les Indes ne faisaient pas partie des réponses envisagées par son esprit acéré.

— Bien. Voilà qui est étrange en effet. Amenez-le-moi dans une heure, quand j'aurai fini avec ces messieurs.

— Bien, mon général.

Le capitaine salua et sortit.

Une heure plus tard, il revint avec l'Indien, qui était encadré de deux soldats en armes. Même s'il était vêtu de façon simple, il se dégageait du personnage une allure noble, des manières élégantes visibles au premier coup d'œil. Aucune inquiétude perceptible dans son regard, qu'il plantait dans les yeux du général en chef non pas comme un défi, mais plutôt pour évaluer subtilement l'adversaire.

— Détachez-le. Et laissez-nous.

Les soldats se regardèrent quelques secondes, et devant leur hésitation, Bonaparte insista :

— C'est un ordre. Vous l'attendrez juste à l'extérieur. Et ne vous inquiétez pas pour moi, dit-il en montrant le pistolet posé sur la table près de lui.

Les trois soldats s'exécutèrent et se postèrent à la sortie de la pièce. Bonaparte jaugea l'étranger en silence. Grand, le regard toujours planté dans celui du général, il esquissait un sourire énigmatique et ne bougeait pas. Bonaparte s'était approché, avait tourné autour de lui, et s'était replacé près de son bureau, toujours sans un mot. Il attendait le bon moment pour porter la première estocade.

— Que faites-vous si loin de votre contrée ? Et quel est votre nom ?

— Mon nom ne vous dira rien et n'a aucune importance. Je suis ici en mission. On m'a demandé de venir à votre rencontre.

— Je ne savais pas que ma renommée avait franchi tant de territoires, jusqu'à parvenir à des terres aussi exotiques, ironisa Bonaparte.

Son interlocuteur ne répondit rien, se contentant de reprendre son agaçant demi-sourire. Bonaparte n'étant pas réputé pour sa patience, il estima qu'il fallait passer à des affaires plus urgentes.

— Finissons-en. Pourquoi teniez-vous absolument à me rencontrer ? Pour me tuer ? Vous aurez du mal, soyez-en certain.

— Non, pas pour vous éliminer. Au contraire, je viens de loin pour vous révéler votre destin et vous aider à l'accomplir.

— Rien que cela ! ironisa Bonaparte. Je n'ai besoin de personne pour connaître mon destin, puisque j'en suis l'architecte. Et nul ne m'aidera à l'accomplir, puisque j'en suis le seul artisan.

— Vous ne connaissez pas tout, général. Et ce que je m'apprête à vous proposer vous propulsera à la tête du plus grand empire que la France connaîtra dans son histoire.

— Et quelle est cette arme si extraordinaire ? Je connais bien les méthodes des charlatans de votre espèce. N'essayez pas de me berner avec des histoires de bonne femme !

— Je vous offre de pénétrer la pensée humaine. Mais surtout, je vous propose un accès aux connaissances de puissantes civilisations qui nous ont précédés. Pour vous aborder, nous n'avons pas choisi l'Égypte au hasard. Regardez autour de vous. Ne vous êtes-vous pas demandé comment ces pyramides ont pu être érigées par une civilisation soi-disant moins avancée que la nôtre ? Serions-nous capables aujourd'hui de reproduire ne serait-ce que la moitié de cet édifice ? Nous avons eu accès aux savoirs ancestraux, qui s'avèrent être bien plus développés que ceux d'aujourd'hui. Nous sommes une société secrète qui rassemble depuis plus de vingt siècles les savoirs perdus.

Bonaparte garda le silence, ce qui encouragea l'homme à poursuivre.

— Sur votre flotte de quatre cents navires, vous avez embarqué des savants et des chercheurs. Vous savez au fond de vous que cette expédition d'Égypte est aussi une façon d'en découvrir bien davantage sur nos ancêtres. De notre côté, nous savons déjà comment ont été bâties ces pyramides. Nous en avons les plans, et les techniques n'ont plus de secrets pour nous. Vous avez été choisi, car votre destin peut aller bien plus loin que ce que vous avez imaginé. Ce n'est pas l'Europe que je vous propose de mettre à vos pieds. Ce sont tous les continents du monde. Je vous propose de vous transmettre cette connaissance perdue, afin qu'elle vous aide à la construction de votre avenir.

Devant tant de solennité, le général fut touché, lui dont la soif de pouvoir n'était plus à démontrer. Il avait l'habitude de dominer ses interlocuteurs par son aura. Il laissa le silence s'installer. L'étranger reprit sans se laisser déstabiliser :

— La décision vous appartient.

Bonaparte était intrigué et commençait même à être séduit. Ce que l'Indien venait de dire résonnait en lui, à double titre. Évidemment, face à l'immensité des pyramides, il s'était interrogé sur l'extraordinaire capacité à bâtir un tel édifice. De fabuleuses connaissances avaient dû être rassemblées pour en arriver là. Parmi elles, certaines ne manqueraient pas de contribuer à sa gloire et à celle de la France. Et puis, ce personnage étrange avait aussi su alimenter l'ambition démesurée de ce jeune général. Un empire ? Pourquoi pas, après tout ? Avec lui à sa tête, il serait le théâtre de merveilles.

Toujours debout depuis le début de leur échange, Bonaparte se dirigea vers un endroit de la pièce qui faisait office de petit salon. Il s'assit, et invita l'étranger à prendre place.

— Très bien. Je vous donne une heure pour me convaincre et me raconter votre histoire. Je ne vous accorderai pas une minute de plus. Et j'aviserai ensuite.

L'Indien sourit. Il était 22 heures. À 3 heures du matin, Bonaparte et l'étranger continuaient à parler. Ils se quittèrent à 4 heures du matin. Le Français ne dormit pas cette nuit-là. Ce qui lui avait été révélé et les perspectives qui s'ouvraient désormais à lui dépassaient toutes ses espérances les plus folles. Les détails donnés étaient très précis. Il avait même mentionné des éléments de la vie de Bonaparte que lui seul pouvait connaître.

Le lendemain, 24 juillet 1798, vers midi, l'homme revint avec une boîte scellée. Il fut escorté jusqu'au quartier général de Bonaparte. Après un échange d'une heure environ, dont rien ne filtra, l'homme repartit. Encore une heure plus tard, Bonaparte lui-même se dirigea vers le port avec la boîte en question. Il ordonna à une frégate de lever immédiatement l'ancre et de mettre les voiles vers la France, pour la remettre à son frère Joseph. Une escorte de trente de ses meilleurs hommes était affectée à la protection du précieux colis et à son bon acheminement. Si tout le monde se posait la question de son contenu, personne n'osa risquer une remarque cinglante du général en chef.

Une semaine plus tard, le désastre de la bataille d'Aboukir qui anéantit la flotte française aurait rendu un tel départ impossible. Comme si Bonaparte, aussi soudainement que mystérieusement, l'avait pressenti.

Venezuela, 29 novembre 2018
Estancia El Potrero,
60 km à l'ouest de Maracaibo

Un paradis. Nature sauvage, discrétion, confort, le tout à quinze minutes de vol de la frontière colombienne et à une heure des plages de Maracaibo. Un havre de paix qui assurerait à Horacio de quoi se remettre en selle après ses récents déboires.

Horacio avait acheté cette estancia dix ans auparavant, alors qu'elle était à l'abandon. La maison, une ancienne mission jésuite toute blanche, se composait de quatre bâtiments de plain-pied reliés par des patios arborés. On y accédait par une longue allée bordée d'immenses eucalyptus centenaires qui vous plongeaient d'emblée dans la magie de l'endroit. Au bout de ce chemin de terre, les palmiers et les bougainvilliers prenaient le relais, pour vous emmener doucement vers le patio principal. Natures sauvage et domestiquée cohabitaient paisiblement entre la maison et son jardin attenant. On ressentait la luxuriance de la jungle à proximité sans en être oppressé. Les quatre bâtiments de l'estancia éclataient de blancheur, rehaussant le rose fuchsia des fleurs de bougainvilliers butinées çà et là par des insectes exotiques, et même quelques oiseaux-mouches. De l'extérieur, l'ensemble respirait le dépouillement propre à ce type d'ancienne mission religieuse : aucune décoration, aucun bas-relief, des fenêtres simples et sans ornement. L'endroit proposait plusieurs petits espaces indépendants, qui s'emboîtaient les uns dans les autres, offrant tout à la fois intimité et espaces de vie communs. Seuls les patios, tels des traits d'union entre les bâtiments, avaient été aménagés de façon plus soignée : de charmants recoins meublés de jolies tables et chaises en fer forgé invitaient le visiteur à un temps de méditation à l'ombre des palmiers. À l'intérieur, le mobilier, sobre, en bois d'acajou, respirait l'élégance et le bon goût. Horacio avait poussé le style colonial à son paroxysme. Dès l'entrée et le salon, on se sentait projeté en 1930 : secrétaire ancien à volet roulant, lampes à abat-jour en tissu vert foncé, ou encore guéridons garnis de bibelots d'époque, dont un vieux téléphone en bakélite purement décoratif. Les murs étaient tapissés de tableaux de chevaux, animaux dont le culte ne faiblissait jamais en Amérique du Sud. Quelques trophées en argent prouvaient fièrement que les haras familiaux se plaçaient dans le peloton de tête du pays. Ces meubles provenaient essentiellement de l'héritage des grands-parents d'Horacio, grande fortune de l'avant-guerre. L'abondance des photos familiales et des références héréditaires démontrait de façon suspecte à quel point Horacio ressentait le besoin d'afficher une façade respectable.

La propriété s'étalait sur plus de 30 000 hectares, qu'Horacio avait progressivement optimisés : 10 000 hectares d'exploitation forestière, 5 000 hectares dédiés à l'élevage bovin, et 15 000 hectares de nature intacte qui, comme par hasard, formaient un corridor direct vers la frontière colombienne. C'est dans cet espace qu'il avait aménagé son petit aérodrome privé, qui lui procurait une voie de sortie rapide vers d'autres pays en cas de nécessité.

Le point d'orgue de la maison résidait sans conteste dans le petit musée Napoléon que s'était peu à peu constitué le propriétaire des lieux. Sa passion pour l'empereur frisait la démence obsessionnelle, et il commençait chaque journée par vingt minutes de recueillement dans cette chapelle dédiée à son dieu. Il arpentait lentement les deux pièces du musée, scrutait pour la énième fois tous les objets, les yeux aussi brillants que ceux d'un enfant ouvrant son premier cadeau de Noël. Il faut avouer qu'il y avait de quoi être émerveillé. Horacio était parvenu à acquérir (pas toujours de façon très légale, mais c'était le cadet de ses soucis) les reliques de cette glorieuse époque : un trône de Napoléon (on disait que c'était celui du sacre à Notre-Dame), des épées et des sabres de l'empereur ou de ses maréchaux les plus illustres, des objets décoratifs d'une exceptionnelle finesse, entre autres des vases monumentaux à col de cygne, un salon entier composé de deux canapés, trois fauteuils, une table centrale et deux guéridons, de la vaisselle aux armes impériales, peinte de minutieuses scènes bucoliques, ou encore des petites boîtes dont une tabatière en or ciselée et ornée d'un camée à l'effigie de Joséphine. Une grande pendule de cheminée en malachite, surplombée par deux aigles en or, était arrêtée à six heures moins dix, comme dans tous les musées napoléoniens du monde : l'heure de la mort de l'empereur. On y trouvait également des bustes en marbre blanc représentant Napoléon à toutes les époques de sa vie (de général à empereur en passant par Premier consul), une bibliothèque et des archives à faire pâlir d'envie les plus grands musées du monde, et bien sûr des tableaux glorifiant cette folle épopée, par les plus grands peintres de l'époque : David, Gros, Gérard, ou Vernet. Parmi ce foisonnement d'objets, deux petits aigles en argent revêtaient une importance toute particulière aux yeux d'Horacio. Ces deux volatiles, associés à leurs pairs, devaient selon lui le conduire à l'apogée de sa carrière de trafiquant d'art. Un trésor qui le rendrait riche au-delà de l'imaginable, et surtout, qui lui assurerait la confiance et le respect des puissants clients de ce monde. Les joyaux de la couronne d'Espagne, jusqu'ici introuvables, sans doute volés par Joseph à la fin de son règne dans la péninsule, allaient être retrouvés par Horacio, et mis en vente sous le manteau au plus offrant. Après cela, les riches collectionneurs du monde entier lui confieraient leurs recherches ou la constitution de leur musée personnel. Un avenir radieux s'offrait à lui… À la seule condition de parvenir à mettre la main sur les aigles manquants…

Quand Sylvia avait rencontré Horacio quelques années plus tôt, elle lui avait demandé d'où venait sa passion pour cette période de l'histoire.

— Je descends par ma mère du général Lallemand, lui avait-il répondu. Après la défaite de Waterloo, cet officier de l'Empire vécut de multiples aventures qui le conduisirent successivement à Malte, en Turquie et en Perse, et il finit par échouer aux États-Unis. Condamné à mort par la France et son nouveau régime monarchique, il décida de construire sa vie là-bas, en participant notamment à la création en 1817 d'une colonie française au Texas avec cent vingt officiers impériaux : la colonie de Champs d'Asile. L'endroit se développa, il y construisit des forts, et frappa même sa propre monnaie. Ils avaient reçu par décret du Congrès américain un peu plus de 200 kilomètres carrés de terres où ils devaient cultiver des vignes et des oliviers. Le rêve du colon américain, en somme.

— Et que s'est-il passé ensuite ?

— Mon ancêtre ne voulait pas se limiter à une activité agricole. Forgé par son passé napoléonien, il avait des ambitions militaires et politiques. Son projet était d'envahir le Texas, ce qui n'était évidemment pas du goût des Espagnols qui le possédaient en partie. Lallemand avait obtenu le soutien du pirate français Jean Laffitte, ce qui lui permit de tenir quelque temps. Après de multiples tentatives de négociations, la colonie française de Champs d'Asile fut détruite, et les soldats rescapés s'éparpillèrent aux quatre coins de l'Amérique.

À l'avènement de la monarchie de Juillet, en 1830, Lallemand fut autorisé à rentrer en France. Il fut rétabli dans son grade et commanda des garnisons. Son honneur finit ainsi par être sauf.

— Et c'est toute cette aventure qui t'a fait te passionner pour le premier Empire ? lui avait demandé Sylvia avec une pointe d'étonnement.

— Et comment ! avait rétorqué Horacio. Quel destin fantastique ! Quel aventurier fabuleux et inspirant ! C'était une époque qui taillait les hommes dans le granit, leur donnait des rêves et des ambitions qui ne connaissaient aucune limite. Il est temps que je lui rende hommage, à la fois à travers cette collection unique d'œuvres d'art et d'objets, mais aussi par mes actes.

Il avait fait une courte pause, puis fixé Sylvia avec des yeux exorbités, absorbé par la vision prophétique de sa gloire imaginaire :

— Tu verras, Sylvia, les puissants de ce monde feront appel à moi pour trouver leur perle rare. Tu verras…

Sylvia n'avait rien répondu, ayant du mal à cacher son regard dubitatif.

Deux jours plus tôt, Horacio avait tout juste évité la débâcle, à Ciudad Juárez, et foncé tout droit vers le petit aéroport privé qu'il utilisait en cas de problème, à 20 kilomètres de là. L'avion avait immédiatement décollé, et il avait pu organiser sa retraite et celle de ses troupes en bon ordre. Il avait d'abord rapatrié dans son estancia documents, ordinateurs et hommes. De quoi garder la main sur la plupart de ses secrets. Et réfléchir au meilleur moyen de prévenir ses associés américains. Entre la cargaison perdue et le fait qu'il était désormais « grillé », c'étaient deux mauvaises nouvelles à annoncer coup sur coup. Deux chances que ça se passe mal. Si encore il n'avait que ça à gérer ! Il avait demandé à Sylvia de prendre le premier vol pour Caracas pour entendre de sa bouche même ce qui s'était passé à Paris ; il ne digérait toujours pas sa défaite lors des enchères. Défense d'un côté, contre-attaque de l'autre, il ne fallait rien négliger.

Grisé par l'adrénaline de la situation hors norme, il n'avait pas fermé l'œil, et ce n'est qu'une fois arrivé à son estancia, El Potrero (« Le Pâturage »), qu'il s'était autorisé une heure de sommeil réparateur.

Le programme de la journée à venir était plus que chargé : Sylvia arriverait dans une heure, et les représentants de la mafia de Miami débarqueraient le lendemain matin pour demander des explications, et surtout des comptes. Il fallait jouer finement, il n'avait que très peu de marge de manœuvre… Ces hommes étaient réputés pour ne pas faire dans le détail, ni écouter les explications des fautifs, si légitimes soient-elles. Il avait en tête de nombreux exemples de « collègues » qui avaient fini dans une fosse commune pour avoir perdu un chargement. Horacio se devait de réagir vite et fort, pour que ses interlocuteurs ne soient pas tentés de régler le problème de façon… définitive.

Sylvia, de son côté, n'avait pas chômé non plus. Après les dix heures de vol entre Paris et Caracas, elle s'était engouffrée dans un autre petit avion, direction l'estancia d'Horacio. Elle avait eu tout le temps de préparer ses explications, et surtout de confirmer l'identité de l'acheteur qui lui avait soufflé « son » aigle, qui plus est aux yeux de tous. Elle avait instinctivement reconnu le « style » de James Wisslemore : domaine historique de l'objet convoité, arrivée tardive dans le jeu des enchères et discrétion téléphonique. Une rapide enquête avait corroboré ses doutes. Sa véritable surprise résidait dans la fortune qu'il avait été prêt à débourser pour remporter l'enchère.

L'avion se posa sur la petite piste aménagée dans l'estancia, et Sylvia descendit au milieu de trois hommes armés de fusils d'assaut. Elle monta dans la Jeep blanche qui l'attendait, suivie de près par la voiture des gardes du corps. Ce déballage de sécurité lui rappelait des séries Netflix qu'Horacio devait ingurgiter à trop haute dose ! Après quinze petites minutes de route chaotique, elle arriva enfin. Elle avait toujours été sous le charme de cette belle maison, si calme, si fleurie, et si protégée. Mais aujourd'hui, l'ambiance n'était pas franchement bucolique, et Sylvia fut vite ramenée à la réalité par la voix tonitruante d'Horacio :

— Bon alors, qu'est-ce que c'est que ce merdier ? Comment as-tu pu te faire flouer comme ça ?

L'entrée en matière était directe et attendue. Comme elle s'y était préparée, elle contre-attaqua aussitôt :

— Cela ne serait pas arrivé si les renseignements de ton indicateur français n'avaient pas été aussi pourris ! On s'est fait avoir, tous les deux. Mais j'ai le nom de l'acheteur, et j'ai préparé un plan pour récupérer l'objet. Alors on se calme.

Lui couper tout de suite l'herbe sous le pied, ça marchait à tous les coups.

Horacio ne se lassait jamais de la repartie à toute épreuve de Sylvia. Il sourit, à la fois désarçonné par la réponse de cette femme d'exception et rassuré de voir qu'elle n'avait pas perdu son temps ni sa capacité de réaction.

— Parfait, je n'en attendais pas moins de toi. Quel est le fou suicidaire qui a osé s'en prendre à mes aigles ?

— Tu le connais un peu, et tu ne vas pas aimer ma réponse. Il s'agit de James Wisslemore. Et ce n'est pas tout, il a monté une équipe. Je n'ai pas encore tous les renseignements, mais voici les photos prises il y a deux jours au restaurant Minibar à Washington. Le type, je ne sais pas encore trop qui c'est. Mais elle, tu vas l'adorer : c'est celle qui a chopé ta livraison à la frontière mexicaine, avec le FBI.

Horacio, écarlate, tenta désespérément de masquer sa rage : celle qui lui volait ses objets était maintenant aussi sur son dos pour lui prendre les aigles ! Quant à ce Wisslemore, il l'avait en effet croisé à des ventes d'objets Empire. Ce vieux renard se croyait tout permis, avec ses dollars, mais il allait vite comprendre qu'il devait changer de catégorie. Une catégorie dans laquelle tous les coups étaient permis, et où Horacio avait grandi.

— On va lui faire mordre la poussière, à lui et à sa chasseuse de primes. Viens avec moi dans le bureau et parle-moi de ton plan. Après, on préparera le rendez-vous de demain avec les Colombiens. Finalement, la bonne nouvelle, c'est qu'avec la seule tête de cette petite Américaine, je vais régler deux problèmes. Et ce sera bien sa *vraie* tête qui sera dans un carton.

Venezuela, 30 novembre 2018
Estancia El Potrero,
60 km à l'ouest de Maracaibo

Neuf heures du matin venaient de sonner à une vieille horloge à carillon quand un avion survola l'estancia à très basse altitude. Le pilote accomplit deux tours au-dessus de la maison et un au-dessus de la piste d'atterrissage, comme s'il était en reconnaissance. La mafia de Miami, quand elle se déplaçait, prenait toutes les précautions nécessaires. Une fois le repérage effectué, les trois personnages assis à l'arrière de l'avion, rassurés, ordonnèrent au pilote de se poser. Deux 4 × 4 les attendaient au pied de l'avion pour les emmener vers la maison d'Horacio. Aucune parole échangée, seulement des regards méfiants, des mâchoires serrées et des insultes sur le bout des lèvres.

Horacio et Sylvia accueillirent les trois hommes le plus simplement du monde, comme si de rien n'était.

— Bienvenue, mes amis, avez-vous fait bon voyage ?

Pour seule réponse, les hommes se dirigèrent vers le bureau qu'ils connaissaient déjà bien, d'un pas décidé. Horacio et Sylvia échangèrent un regard tendu et leur emboîtèrent le pas, se préparant à une confrontation qui s'annonçait délicate. Leurs pas résonnaient sous les arcades qui menaient à la pièce, et le silence pesant laissait présager un dialogue qui pouvait déraper à tout moment. Horacio s'apprêtait à peser chaque mot et à contrôler chacune de ses attitudes.

Tour de contrôle de la maison, d'une superficie très supérieure aux autres, l'endroit mêlait de façon habile et inattendue un décor parfaitement désuet et un équipement technologique dernier cri : ordinateurs, écrans radars, télévisions, téléphones satellites… Tous ces écrans qui illuminaient la pièce côtoyaient des meubles coloniaux du XIXe siècle et une bibliothèque de livres anciens, parmi lesquels on devinait de merveilleuses éditions originales. Tout, dans cette pièce, ressemblait à Horacio : à travers les meubles, on ressentait la nostalgie de son passé familial ; avec les livres anciens, Horacio montrait à quel point il était expert en art et en littérature ; quant à l'étalage de technologie, il illustrait parfaitement ce qui le motivait le plus : le contrôle et le pouvoir. Tout cela concentré dans 50 mètres carrés. L'antre d'Horacio, son lieu supposé de domination d'autrui.

Même s'il était sur son territoire et prenait soin de bien le montrer, Horacio se trouvait aujourd'hui « du mauvais côté du fusil », et ses gestes nerveux le trahissaient. Ses interlocuteurs s'assirent autour de la grande table centrale, Sylvia et Horacio firent de même. Après un long silence, Arturo, le chef du trio, prit la parole :

— Horacio, il y a plusieurs années de cela, on t'a fait confiance. Et tu connais la réputation de notre patron, non ? Il n'accorde pas sa confiance facilement, parce qu'il y a un truc qui lui fait vraiment péter les plombs : être déçu. Je ne sais pas si tu l'as déjà vu dans cet état, mais moi oui. Et je peux te dire que tu n'as pas envie d'être là quand ça arrive.

Il tourna la tête vers ses deux compagnons comme pour leur demander leur assentiment, mais leurs visages ne bougèrent pas.

— Horacio, on s'est montrés généreux avec toi, et tu t'es fait un paquet d'oseille grâce à nous. Jusqu'à présent, ça se passait plutôt bien : avec nos galeries d'art à Miami, on assurait un débouché légal et en or pour tous les objets que tu pilles allègrement en Amérique du Sud ou ailleurs. Avec nous, tes objets volés rentraient dans le circuit officiel du marché de l'art. Du blanchiment de première classe ! Non seulement on te paie pour les objets, mais aussi pour le transport et le réseau d'intermédiaires que tu as mis en place. Bref, on finance ton organisation, et la vente des objets, c'est que du bonus pour toi. Le pied, non ?

Horacio hochait la tête, espérant que la discussion n'irait pas plus loin que ces quelques compliments. Arturo prit un air plus grave.

— Pourquoi il a fallu que tu merdes comme ça, Horacio ? Pourquoi fallait-il que tu foutes tout en l'air, que le patron pète un câble, et que je sois obligé de me déplacer ? Car tu sais ce que ça veut dire, quand le patron m'envoie ? Mon job, c'est de régler les problèmes. Et je suis assez bon à ça.

Horacio, malgré tout le calme et le bluff dont il savait user (et abuser), sentit quelques gouttes de sueur perler dans son dos. Il fit en sorte de rester le plus impassible qu'il le pouvait. Arturo reprit :

— En temps normal, dans ce genre de situation, tu ne serais même pas là à m'écouter. Tu serais déjà mort, et jeté dans une fosse avec tous les merdeux qui ont osé nous décevoir. Nous aurions pris soin de bien t'asperger d'acide pour que l'identification soit plus compliquée. Mais tu vois, je suis là, je te parle, et tu m'écoutes attentivement. N'est-ce pas, Horacio ?

— Parfaitement, fit ce dernier sans baisser les yeux.

— Bien. Je te conseille de continuer à m'écouter, Horacio. Avec ce qui a été pris à la frontière, ce sont plus de vingt millions de dollars qui sont partis en fumée. Mais le plus important, c'est que les clients à qui nous avons fait miroiter ces objets, et qui étaient prêts à payer le prix fort, ils vont se barrer. C'est la confiance de ces putains de pigeons richissimes que l'on a perdue à cause de tes conneries. Tu sais combien ils pèsent en achats annuels, ces clients ? Tu en as la moindre idée, *cabron* ? Cent vingt millions. Tu entends bien ? Cent vingt millions filés par ces tarés de l'art, que l'on a mis des années à séduire, à s'assurer pour notre business. Tu comprends le problème un peu mieux, maintenant ? Alors on fait quoi, Horacio ? Tu proposes quoi, pour combler ces pertes ?

— Un trésor historique inestimable.

Les trois Colombiens se regardèrent, ne sachant pas s'il fallait s'esclaffer ou sortir de leurs gonds.

— Ne te fous pas de ma gueule, Horacio. Ce n'est vraiment pas le moment. Mon niveau de patience est au plus bas, et franchement, là, je n'ai qu'une envie, c'est de t'en coller une entre les deux yeux.

Il joignit le geste à la parole, et posa son Beretta 9 mm sur la table. La vision de l'arme fit vriller l'estomac d'Horacio, qui dut prendre une grande inspiration avant de répondre. Avec l'impression d'avaler sa dernière bouffée d'air avant une plongée en apnée, il se demanda s'il remonterait.

— Je suis sérieux. En fait, depuis que l'on se connaît, je pense que je n'ai jamais été aussi sérieux. Je t'ai écouté avec beaucoup d'attention, car crois-moi, je mesure bien la gravité des enjeux, aussi bien pour vos finances que pour ma propre vie. Maintenant, je te demande de m'écouter à ton tour. C'est vrai, vous m'avez accordé votre confiance, et comme tu l'as dit, nous en avons mutuellement bien profité. Je suis le seul à maîtriser l'ensemble de la chaîne du trafic : mes équipes de pilleurs sourcent les objets, l'intermédiaire régional les sécurise et transporte les pièces jusqu'au Mexique, et j'assure enfin la livraison internationale chez vous. De votre côté, le débouché final au client était garanti. Nickel. Pour ce qui vient de se passer, j'ai été visiblement balancé, mais ça, je m'en occuperai personnellement plus tard. Ce qui m'importe aujourd'hui, ce n'est pas seulement de sauver ma peau à court terme. C'est de regagner votre confiance à long terme. Je savais que ce moment allait arriver un jour ou l'autre. Aucune route de trafic n'est sûre à vie, ça se saurait. J'ai donc déjà prévu un plan B, un plan C, des plans de toutes les lettres de l'alphabet que tu voudras. Je t'en parlerai le moment venu. J'ai des éclaireurs dans tous les pays, et ils ont bossé pour reconstruire un réseau. On va changer de méthode.

Il regarda Sylvia pour retrouver le fil de tous les détails qu'elle lui avait minutieusement expliqués pour emporter la manche. Elle appuya son regard et opina de la tête pour l'encourager à continuer.

— L'endroit où nous nous trouvons, fit Horacio d'un large geste de la main, crois-tu qu'il se soit construit en quelques jours ? Toutes ces technologies, penses-tu vraiment qu'elles viennent d'arriver ici par Fedex ? Non, c'est le fruit de deux ans de travail, de deux années pendant lesquelles, avec Sylvia, on s'est préparés à ce qu'il vient de se passer à la frontière. Tu penses que je suis à terre ? Mais je suis déjà debout en train de trépigner d'impatience de mettre en place mes nouvelles routes. Elles sont prêtes, je les teste depuis plusieurs mois, avec de fausses cargaisons. À partir de demain, si tu le souhaites, j'ouvre la nouvelle route, avec de la vraie marchandise, cette fois.

Sortant les cartes de la frontière avec les États-Unis, Sylvia les déplia sur la table pour dévoiler le plan exposé par Horacio. Des traits au feutre, avec des signes codés, illustraient les nouvelles possibilités.

— Pour ce qui est de tes clients, je comprends bien l'enjeu. Finalement, avec toi, j'ai le même problème : regagner ta confiance. Je vais t'aider à les rattraper, tes petits pigeons. Je t'ai préparé un camion entier d'art précolombien de tout premier ordre. Et écoute-moi bien, ce camion, c'est cadeau. Il te sera livré à Miami la semaine prochaine si tu veux. Et tu peux récupérer tes clients en leur filant la came à prix cassé, en dédommagement du préjudice subi. Et pour les frais engagés par tes équipes, voilà déjà un million de dollars, fit Horacio en sortant une grosse mallette de sous la table.

Il jouait quitte ou double.

Un autre homme ouvrit la mallette, et d'un seul coup d'œil aiguisé, il put s'assurer qu'il y avait bien un million de dollars. Il fit un signe de la tête au chef, qui n'avait pas lâché Horacio du regard.

— Donc, en résumé, voilà le *deal* que je te propose : dès demain, je te réapprovisionne en marchandise, *via* la nouvelle route dont je vais te parler. Je veux que cette route ne soit connue que de toi, je veux éviter d'autres fuites. Tu prends le million qui est là, en signe de mon engagement et de ma confiance.

Horacio, qui pendant tout son monologue s'était tenu en avant, les coudes sur la table, se recula dans son fauteuil, indiquant ainsi à ses interlocuteurs qu'il avait terminé. Sylvia ne perdait pas une miette des réactions des trafiquants. Elle avait passé la nuit avec Horacio à élaborer cette proposition, se faisant tantôt l'avocat du diable, tantôt le défenseur du projet. Il était convenu qu'elle devait intervenir si la discussion dérapait. Tout allait se jouer maintenant, dans la réponse des adversaires. Elle se tenait prête, sur le qui-vive.

Les mafieux se regardèrent longuement, sans un mot. Depuis dix ans qu'ils travaillaient ensemble, ils avaient développé ce sens animal qui permet à toute meute de prédateurs de chasser de façon coordonnée, et sans un bruit. Plus rien ne semblait les atteindre, ils avaient vécu l'insurmontable et avaient commis l'indicible. Au bout d'un temps qui sembla interminable à Horacio et Sylvia, Arturo prit la parole, de façon posée, sûre et très ferme à la fois :

— C'est bien vu, Horacio. « La meilleure défense, c'est l'attaque », n'est-ce pas ? Mais j'ai tout de même l'impression que tu te fous bien de notre gueule.

Soudain il se leva d'un bond et hurla :

— Tu crois vraiment que je vais accepter ton pourboire de merde ? Tu te prends pour qui, espèce de connard ? Tu pensais me baiser aussi facilement ?

Il prit le Beretta sur la table et visa Horacio qui était tétanisé sur son fauteuil.

Quelques secondes s'écoulèrent, tous les protagonistes figés. Tout pouvait basculer dans un bain de sang.

Alors Sylvia se leva à son tour, mais avec une lenteur extrême, ce qui détourna le regard d'Arturo de sa cible. Elle fit le tour de la table, d'un pas félin, et s'approcha de lui en lui parlant.

— Voyons, voyons, Arturo, inutile d'en arriver là... On va t'expliquer, et on va trouver un terrain d'entente. Tu ressortiras d'ici plus fort, car tu apporteras une solution à ton patron.

Elle posa sa main sur le bras armé d'Arturo, et fit doucement baisser l'arme. Elle reprit :

— Asseyons-nous. Le partage du risque ne te paraît pas équitable ? C'était pourtant le principe de départ de ton patron. Mais quoi, tu veux plus qu'un million en dédommagement ? Quel est ton chiffre ?

Arturo se rassit, posa le revolver sur la table, et prit quelques instants pour réfléchir. Il ne pouvait pas perdre la face, ni vis-à-vis d'Horacio ni envers ses deux comparses.

— En dessous de trois, je reprends mon flingue.

— Trois ? fit Sylvia. Tu es gourmand, mon Arturo. Mais j'aime ça. On est venus avec une solution sur de nouvelles routes, tu es OK avec ça au moins ? Ou tu veux rentrer voir ton patron sans proposition ? Car je doute qu'il apprécie.

Arturo sentit que la pression changeait de camp et comprit qu'il lui fallait jouer serré.

— OK, tu viens avec une proposition, c'est déjà ça. Mais il y a quelques points de principe qui ne seront pas négociables.

À la prochaine perte dans l'année qui vient, tu peux dire adieu à tout ce que tu as, à commencer par ta vie. Il n'y aura pas de deuxième chance. Une perte par an, c'est tout ce que l'on acceptera de toi. Tu dois regagner notre confiance sur le terrain, pas dans un bureau. Côté argent, ta commission passe à 4 % pour les deux ans à venir et deux autres millions seront versés dans deux mois. Si ces trois principes ne t'empêchent pas de respirer, alors on peut continuer à parler et entrer dans les détails.

— 4,5 %, et trois mois. Pour le reste, c'est faisable, dit Sylvia qui avait pris un ton plus dur.

Horacio observait Sylvia en tentant de ne pas perdre contenance. Elle venait d'accepter de payer trois millions ! Mais comme prévu entre eux la veille au soir, il ne dit rien et la laissa continuer.

Arturo regardait Sylvia droit dans les yeux. Il s'était trompé d'adversaire. Horacio, en commençant la négociation, avait lancé des leurres. Il avait obligé Arturo à dévoiler son jeu, pour que Sylvia intervienne au bon moment. Et il était tombé dans le panneau.

Après un long moment pendant lequel Sylvia soutint son regard et où Horacio continuait à transpirer comme un bœuf, Arturo explosa de rire. Un rire gras et long.

— J'adore ça ! C'est bien joué ! Horacio, on peut dire que tu sais t'entourer. Elle est bien meilleure que toi !

Puis, reprenant son sérieux d'un seul coup :

— Pour les trois millions, un maintenant, un dans un mois, et un dans trois mois. 4,5 %, ça passe. Et on commence les nouvelles routes dans dix jours. *Deal* ?

— *Deal*, dit Sylvia.

Arturo rangea son revolver, signe que la négociation était terminée.

Horacio, sans laisser paraître le moindre soulagement, venait de gagner une grande bataille. Il sauvait sa peau, son business et ses contacts. Il savait que si la mafia n'avait pas accepté ce plan, il n'aurait pas vu la fin de la journée. À présent, il lui fallait trouver deux millions dans un délai très court. Mais le jeu en valait la chandelle, il venait de gagner plusieurs années de revenus garantis, ce qui était inestimable dans le métier. De quoi lui permettre de développer une issue de secours pérenne et discrète. Maintenant, c'était à lui de reprendre la main dans la discussion :

— Tu n'auras pas à te plaindre de ma nouvelle route, crois-moi.

— On verra cela. Mais avant de parler de cette route, qu'est-ce que c'est que cette histoire de « trésor historique » qui nous rendra riches et heureux ? ricana le Colombien.

— Quelque chose qui a disparu il y a plus de deux cents ans, et que tout un continent a cherché depuis. Quelque chose que le frère de Napoléon, Joseph Bonaparte, a tout simplement volé, puis caché.

— Tu m'intrigues avec tes mystères et tes fables.

— Il s'agit des diamants et des joyaux de la couronne d'Espagne. Certains spécialistes estiment le butin à plusieurs dizaines de millions d'euros. Et je suis le seul à savoir où les trouver et comment.

Washington, 29 novembre 2018
Bed and breakfast d'Alex

Après l'épisode de Minibar, Alex et Mary étaient rentrés dans leurs hôtels respectifs, pour une bonne séance d'insomnie, évidemment.

Alex avait retrouvé la quiétude de sa petite pension, qui contrastait terriblement avec le chaos qui régnait dans son esprit. Les révélations s'étaient succédé au cours de la soirée, distillées au compte-gouttes par Wisslemore, tel un poison qui s'était lentement diffusé dans son cerveau, le rendant à chaque heure plus désordonné. Lui qui était d'ordinaire si cartésien, si posé, avait du mal à accueillir sereinement une telle avalanche de nouvelles, et n'arrivait pas à les organiser dans son esprit. Se lancer dans cette inconsciente aventure, ou rester sur sa trajectoire, qui lui procurait un équilibre et un épanouissement recherchés depuis si longtemps ? Suivre les élucubrations quelque peu fantasques d'un milliardaire américain retraité en mal d'adrénaline, ou s'en tenir aux faits, rien qu'aux faits, scientifiques et prouvés ? Et enfin, faire équipe avec cette détective, qui semblait tout droit sortie d'un film, une Sherlock Holmes dotée des compétences des forces spéciales ? Lui qui avait toujours été habitué à travailler seul, imaginer partager des semaines de travail avec elle ne lui plaisait guère. Même s'il devait avouer qu'elle avait un certain charme…

Avec toutes ces réflexions et malgré une fatigue évidente, il lui fut impossible de trouver le sommeil, son imagination le gardant enfermé dans le labyrinthe intellectuel que James Wisslemore avait construit autour de lui. Durant près d'une heure, il essaya de s'endormir et passa l'heure suivante à faire les cent pas dans sa chambre. Heureusement, il se souvint de la boîte de somnifères légers qu'il avait emportée pour l'avion. Il se rua dans la salle de bains et, après avoir vidé rageusement le contenu de sa trousse de toilette dans le lavabo, trouva enfin la pilule salvatrice.

Le lendemain matin, après une nuit remplie de rêves peuplés successivement de Napoléon volant sur un aigle géant, des Neuf Inconnus aux visages cachés derrière des masques plus terrifiants les uns que les autres, de Wisslemore sur un trône doré qui regardait la scène en s'esclaffant, ou enfin de scènes plus apaisantes, mais non moins torrides en compagnie de Mary, Alex se leva avec la bouche pâteuse due au somnifère. Le bon café de Sarah et ses pancakes maison finirent de le réveiller de la meilleure des façons. Alex remonta s'enfermer dans sa chambre où il posa sur le bureau plusieurs feuilles de papier blanc. Il inscrivit tous les éléments de la veille, en essayant de les ordonner au mieux : les lettres de Napoléon, dont Wisslemore, en guise de bonne foi, lui avait confié certaines copies, l'existence indéniable des aigles, la légende des Neuf Inconnus (sur laquelle il avait tenté de glaner des renseignements sur le Net), les informations additionnelles que Wisslemore avait données, la présence inquiétante de ce trafiquant, Horacio del Monte, dans un jeu déjà complexe. Il avait aussi tapé le nom d'Horacio sur Internet, et n'avait évidemment pu trouver que des éléments de la version officielle de sa vie et de ses activités immobilières ou sur le marché de l'art.

Il était temps à présent de déployer la méthodologie qu'il avait élaborée durant toutes ces années et qui lui avait plutôt bien réussi. Il lui avait même trouvé un acronyme anglais : F.I.N.D., pour *Files*, *Insiders*, *Narration*, *Documents*.

Files, car Alex était avant tout un homme de dossiers. Il commençait toujours ses recherches par une arborescence extrêmement précise, qui l'aidait à bâtir une première cartographie mentale de l'énigme à résoudre. Dans cette affaire, avec ses multiples feuilles déjà griffonnées, c'était ce qu'il commençait à construire.

Insiders, « infiltrés » en anglais, signifiait qu'Alex devait faire appel à des personnes qui connaissaient le sujet de l'intérieur, et qui avaient accès à des informations confidentielles. En l'occurrence, il lui faudrait trouver des protagonistes proches des aigles de l'empereur, qui avaient pu en posséder ou en examiner. Ou, concernant les Neuf Inconnus, des spécialistes de l'ésotérisme qui ne manqueraient pas de l'abreuver de rumeurs plus ou moins fondées sur l'existence, l'histoire ou les activités de cette société secrète.

Narration était sa partie préférée. Il s'agissait de se replonger dans l'époque en question, et de laisser libre cours à sa pensée romanesque. Imaginer les personnages, les faire vivre et parler, se mettre le plus possible dans leur peau, afin de percevoir leurs pensées et intentions. Généralement, il se mettait dans un endroit calme et confortable, fermait les yeux, et se laissait porter par son imaginaire. Souvent, il découvrait ainsi une piste passée totalement inaperçue.

Il ne pouvait accomplir cet exploit qu'après avoir rassemblé le dernier élément de l'acronyme : *Documents*. La recherche documentaire alimentait le terreau de son imagination, et ses visions lui permettaient ensuite de rechercher d'autres documents, les deux se nourrissant réciproquement. Qualité rare dans le milieu de la recherche universitaire, Alex oscillait sans cesse entre romanesque et science.

Avec le décalage horaire, il fallait qu'il commence tout de suite par contacter les *Insiders* en Europe. Pour les aigles, la tâche se révélait assez simple. Il appela trois personnes dont il était à peu près sûr qu'elles connaissaient les aigles et leur histoire : le conservateur du musée de l'Armée aux Invalides, et les deux spécialistes de l'Empire dans les deux grandes maisons de vente aux enchères, Christie's et Sotheby's. Tous les trois lui confirmèrent la version de James concernant l'existence des aigles, et l'expert de Christie's lui indiqua le prix astronomique payé par Wisslemore lors de la dernière vente parisienne deux jours plus tôt. Il put ainsi, au fil des conversations et des recherches, rassembler une documentation assez fournie sur le sujet. *Bon, c'est bien, mais c'était la partie facile*, se dit Alex en guise d'encouragement lucide.

Les lettres de Napoléon à son frère Joseph étant inédites, elles représentaient un challenge plus sérieux. Il lui fallut rechercher dans le tréfonds de sa mémoire et de son carnet d'adresses ceux qui pourraient, ou auraient pu, connaître l'existence de ces documents. À court d'idées, il se ravisa. Sur le logiciel crypté Telegram, un groupe d'une quarantaine de fans de Napoléon et de l'Empire, triés sur le volet, avaient créé un forum de discussion très confidentiel. Alex avait mis plus de deux ans pour y être intégré, tant il fallait montrer patte blanche. Sa réputation d'universitaire et de chercheur avait joué en sa faveur, mais n'avait pas été suffisante. Les recommandations de trois autres membres avaient été nécessaires pour qu'il fût enfin coopté. Sur ce forum s'échangeaient en effet toutes sortes d'informations confidentielles sur l'histoire de l'Empire, si tant est que ce qualificatif s'applique à des recherches historiques. Cependant, pour les membres du groupe, dont Alex ne connaissait que les pseudo (« Iéna », « Grognard77 », « Hussard83 », etc.), divulguer des informations inédites sur l'Empire s'apparentait à la violation du secret-défense. Il faut avouer que bon nombre d'entre eux occupaient des postes dans des musées, des maisons de vente, des universités, dont les recherches étaient jalousement gardées.

Alex lança donc une bouteille à la mer sur le forum : « Correspondance inédite entre N et son frère J. Informations ? Provenance ? » Les messages étaient toujours écrits de cette façon : groupes nominaux, initiales des noms, très peu d'informations. On était à la limite du code. Au bout d'une heure ou deux, et après quelques premières réactions sans grand intérêt, une réponse attira son attention. Rédigée par « Sabre-au-clair », dont Alex connaissait la rigueur et la fiabilité, elle affirmait : « Correspondance réelle. En ai étudié une partie il y a quelques années. Provenance général B après STH. Rachetée par un riche collectionneur US. » Les pièces du puzzle s'emboîtaient : « général B après STH » se rapportait au général Bertrand après son retour de Sainte-Hélène. L'identité du « riche collectionneur US » n'avait plus de secret pour Alex, puisqu'il avait dîné avec lui la veille. Les lettres étaient donc authentiques. L'excitation monta d'un cran. Comment trouver des informations sur les Neuf Inconnus ? Il avait l'impression d'être dans un jeu d'arcades, où chaque niveau en annonce un plus dur.

Trouver des informations valables sur un groupe dont l'objectif était d'être invisible relevait de l'exploit. Mais il en fallait plus pour le décourager. En dehors de tout document scientifique, de tout ouvrage de référence, ou de tout contact évident, il lui restait son arme favorite : l'imagination (le *Narration* de l'acronyme F.I.N.D.). Peut-être qu'une idée lui viendrait.

Il s'installa donc dans le confortable fauteuil club de sa grande chambre, se servit un verre de chardonnay blanc bien frais, et ferma les yeux. Il se retrouva plongé dans le décor exotique de l'Inde de l'époque, telle que l'avait décrite James. Il s'imagina la suite du récit. La réunion exigée par

Asoka avec les neuf sages de l'empire, dans la salle souterraine secrète de son palais, la volonté de créer neuf livres de référence contenant toutes les dimensions du savoir, du plus ésotérique au plus scientifique, les mesures de préservation absolue autour de l'existence et les activités de ce groupe, et surtout, l'impérieuse nécessité de réussir à transmettre tout cela, « *pour les siècles des siècles* », comme le disait la liturgie catholique. Alex ouvrit soudain les yeux. L'association des mots « Inde », « ésotérique » et « liturgie catholique » avait déclenché une étincelle dans son cerveau. Il savait à qui il pouvait poser la question !

Pendant ses longues études universitaires, Alex avait fait un stage dans un centre culturel jésuite à Clamart, en banlieue parisienne. C'est là qu'il avait entendu parler pour la première fois de l'extraordinaire travail des jésuites en Inde, dans ce que l'on a appelé la mission de Maduré, du nom de la ville dans laquelle ils s'étaient implantés. Le premier jésuite à arriver en Inde fut saint François-Xavier en 1542, c'est dire qu'ils avaient une histoire ancienne avec ce grand continent. Alex avait eu la chance de croiser dans ce centre culturel le dernier jésuite français de la mission de Maduré, le Père Ceyrac, qui avait œuvré avec dévouement pour les pauvres sur place. Le vieil homme lui avait raconté l'histoire de Roberto de Nobili, un jésuite italien, en 1606, qui avait appris le sanskrit et le tamoul, analysé les textes de l'hindouisme et fondé un ashram. Il lui avait raconté comment Nobili avait réussi à se faire offrir là-bas une copie des Veda, textes de « connaissance révélée » transmis de sage en sage depuis des siècles.

« *La connaissance révélée transmise depuis des siècles* »… Cela ressemblait furieusement au concept des Neuf Livres. Alex devait en avoir le cœur net. Le Père Ceyrac était décédé, mais Alex savait à quelle porte sonner. Il avait gardé de très bons contacts avec le père jésuite qui dirigeait le centre. Il regarda sa montre : *22 heures en France, c'est juste, mais ça passe*. Il fouilla dans son répertoire, retrouva le numéro du prêtre, et l'appela. Après les politesses d'usage, Alex aborda la question des Neuf Inconnus :

— Mon père, j'ai été amené dans mes recherches à tomber sur le nom d'une sorte de société secrète qui serait née en Inde il y a bien longtemps, et que l'on appelle les Neuf Inconnus. En tant que grand spécialiste de l'Inde et de son histoire, j'ai tout de suite pensé à vous.

— Ah, mon cher Alex, c'est gentil. J'en ai vaguement entendu parler, mais si vous voulez mon avis, ce ne sont que des fadaises. Si vous saviez le nombre de sociétés secrètes que l'on attribue à ce continent, c'est effarant !

La réponse avait fusé comme si elle avait été préparée de longue date. Étrange que son interlocuteur n'exprime même pas la moindre curiosité sur la question. Alex tenta une diversion.

— Mais auraient-ils laissé une trace quelconque ?

— Pas à ma connaissance. Ni traces, ni fidèles, ni successeurs. Et d'ailleurs leurs neuf livres ont certainement disparu.

— Merci infiniment, mon père, et désolé de vous avoir dérangé. À très bientôt !

Alex sourit. Il n'avait jamais évoqué l'existence des Neuf Livres. Le prêtre s'était trahi et en savait certainement plus qu'il n'en disait. Sans être une preuve indéniable, il y avait donc une chance, faible mais pas nulle, que ce groupe existe pour de bon.

À première vue, tout semblait aller dans le sens de Wisslemore, qui affabulait peut-être moins que prévu. En quelques heures, Alex se rendit compte de l'aventure incroyable qui s'offrait à lui. Il relut la conversation Telegram avec excitation : il allait avoir accès à une correspondance quasiment inédite de l'empereur !

Tout cela sans oublier la somme proposée par Wisslemore pour mener à bien cette mission particulière (ses « émoluments », comme les avait pudiquement qualifiés le milliardaire), qui dépassait tout ce qu'il avait pu imaginer. Ça pourrait le faire vivre confortablement pour les deux années à venir, même en abandonnant toutes ses autres activités. Et cela lui permettrait par la suite de mener à bien des recherches qu'il avait mises de côté.

Finalement, parmi toutes les inconnues de l'équation, il y en avait une qu'il ne maîtrisait pas du tout, c'était sa potentielle future partenaire. Qu'avait-elle pensé de la soirée et de la proposition ? Quel était son état d'esprit ? Avait-elle déjà pris une décision ? Son parcours et ses connaissances lui seraient précieux si, comme on le leur avait expliqué, ils mettaient le pied sur le terrain d'un trafiquant d'art. Comme ils avaient échangé leurs coordonnées à la fin du repas, il en profita pour l'appeler et lui proposer une rencontre.

— Oui, tout à fait, on pourrait faire un débrief, dit-elle d'une voix enjouée au téléphone. Je vous envoie l'adresse d'un café sympa où l'on pourra discuter tranquillement.

Au mot « débrief », Alex avait levé les yeux au ciel, tant ce jargon l'exaspérait, mais il n'avait rien laissé paraître et avait attendu le message de Mary. Dix minutes plus tard, il recevait sur son téléphone l'adresse du Café Bonaparte pour un rendez-vous à 16 heures. Alex pensa que la fille ne manquait décidément pas d'humour et il était impatient de savoir quel était son état d'esprit après les révélations de la veille.

Fidèle à sa ponctualité légendaire (pour ne pas dire maladive), il arriva pile à l'heure au café. Il avait pioché dans sa garde-robe un jean noir un peu trop large, une chemise jaune et un pull marron. Il se sentait au sommet du chic. Il choisit une petite table à l'écart qui garantissait une certaine confidentialité. Deux minutes plus tard, la silhouette élancée de Mary apparut dans l'embrasure de la porte. Elle s'avança vers la table d'Alex avec un grand sourire, assez désarmant. En homme bien élevé, Alex se leva à son arrivée, et tira la chaise de Mary. Elle s'assit doucement, heureuse de le revoir.

Washington, 29 novembre 2018
Café Bonaparte

Le café Bonaparte, situé sur l'avenue Wisconsin au nord-ouest de Washington, était un établissement qui proposait une bonne cuisine française, dans un décor agréable. De petites tables en bois sombre étaient disposées dans une salle assez étroite, et au mur on pouvait voir de nombreux tirages de Paris. Une programmation musicale 100 % française donnait la touche finale à une ambiance un peu décalée dans le Washington trépidant des rues alentour.

Mary dévisagea Alex. Il était clair que l'homme n'avait pas beaucoup dormi et était en proie à de nombreux tourments, un peu tendu. Mais vu le contexte, c'était normal, elle non plus n'était pas particulièrement sereine. Ce fut lui qui rompit le silence le premier :

— Merci d'avoir accepté de me voir si vite, déclara-t-il d'une voix grave.

Il fit une pause volontairement trop longue, adoptant d'emblée une stratégie agressive et provocatrice, pour évaluer son interlocutrice. Il attaqua sur un ton sec :

— Je ne suis pas à l'aise avec cette histoire, et les méthodes de M. Wisslemore me déplaisent. Je rentre à Paris dès ce soir.

— Qu'est-ce qui vous a déplu en particulier ?

— On commence par quoi ? Son arrogance, son esprit manipulateur, sa fortune ostentatoire, ou bien la mégalomanie de sa toute-puissance infantile ?

— Joli portrait, ironisa Mary. Assez fidèle, mais très incomplet.

— Et comment allez-vous le corriger ? demanda Alex qui s'attendait à ce que Mary défende James.

— Égoïste, peureux, infidèle (en amitié, en amour, et dans sa vie professionnelle), dénué de tout sens de l'humour. Je continue ?

La riposte de Mary avait déstabilisé Alex. Elle ne lui laissa pas le temps de reprendre la main, et enchaîna :

— James est comme il est, et personne, et surtout pas vous, ne le changera. Maintenant, je lui reconnais deux qualités essentielles, qui pourraient nous servir si nous le suivions : persévérance, à la limite de l'obstination, et rigueur. Il ne se lancera pas avant d'avoir tout vérifié dix fois. Donc s'il nous a fait venir ici – habilement, je vous l'accorde –, c'est qu'il est sûr de son coup, et qu'il veut aller jusqu'au bout, coûte que coûte. Et si cela peut vous rassurer, je ne l'ai jamais vu aussi sympa avec quelqu'un qu'avec vous. Vous devez sacrément compter à ses yeux, car j'en ai vu plus d'un se faire dégager au bout de cinq minutes d'entretien. Mais libre à vous de rentrer à Paris ce soir. On laisse tomber et on continue chacun sa route, moi, ça ne me dérange pas. Ceci étant, vu votre tête, je suis sûre que vous avez passé une bonne partie de la nuit et de la journée à vérifier toutes les informations de James. Et si vous êtes là devant moi, c'est qu'il a vu juste. Je me trompe ?

Mary avait remarquablement retourné la stratégie d'Alex à son avantage. Ses années d'interrogatoires de police l'avaient rendue quasi imbattable à ce jeu-là. Cette réaction avait finalement rassuré Alex quant à la solidité de son interlocutrice et sa franchise. Il répondit plus calmement :

— Je suis partagé. D'un côté, les éléments qu'il a fournis, et qui de prime abord me paraissaient farfelus, se révèlent exacts. Depuis ce matin, j'ai en effet entamé pas mal de recherches et passé quelques coups de fil. Mis à part cette histoire de Neuf Inconnus qui demeure assez nébuleuse, le reste est vrai. D'un autre côté, je suis totalement étranger à ce genre d'enquête, et j'ai l'habitude de travailler plutôt seul. Et vous ?

— Eh bien, de mon côté, les choses sont sans doute plus simples. J'ai passé une partie de la matinée avec mon correspondant du FBI, qui m'a bien fait comprendre que la capture d'Horacio del Monte était prioritaire. Ils pensent en effet pouvoir ainsi remonter, preuves à l'appui, la piste d'un des plus importants réseaux de trafic d'objets d'art. Ils savent qu'Horacio garde des traces de tout, mais bien cachées. C'est son assurance-vie, en quelque sorte. Une monnaie d'échange pour le cas où il se ferait prendre par les Américains. Grâce à ces preuves, le FBI pourrait demander l'extradition de certaines têtes importantes de l'organisation. Ensuite, si la capture d'Horacio doit passer par une petite chasse au trésor, cela ne me pose pas de problème. En plus, avec vous aussi, j'imagine, Wisslemore a été plus que généreux financièrement. En gros, je n'ai pas grand-chose à perdre.

Alex avait écouté le raisonnement de Mary, et il était frappé par son évidente simplicité. Cette fille était une fonceuse, mais pas une tête brûlée. Quelle chance ! Lui qui se torturait l'esprit avec des dizaines de questions sans réponse, il avait en face de lui une personne déterminée et sans « prise de tête ». Il l'enviait presque.

Mary poursuivit :

— Je comprends vos questions. Ces enquêtes sur le terrain, ces profils un peu spéciaux (Alex apprécia l'euphémisme pour ne pas dire « dangereux »), ce ne sont pas vos fréquentations habituelles. Mais vous verrez, on s'y fait vite. Et on exagère toujours un peu les obstacles. En réalité, c'est bien souvent plus simple qu'il n'y paraît. Quant à travailler avec vous, qui reste en effet une nécessité pour atteindre notre but, je le vois comme une expérience nouvelle. Je n'ai jamais collaboré avec un historien, et il y a des tas d'éléments que j'ignore. Je pense que nous sommes assez complémentaires, et qu'on pourrait former une belle équipe. Et je crois que l'on a un bon *fit* tous les deux, non ?

Alex ne put s'empêcher de rougir, même s'il fit tout son possible pour ne pas trop le montrer.

— Exact. Mais j'ai encore quelques hésitations à me lancer. Ce que vous me dites a tendance à me rassurer, mais j'avoue que si on se risque là-dedans, tous les deux, je ne sais pas du tout par quoi commencer. Ce n'est pas mon terrain de prédilection !

— Ne vous inquiétez pas pour cela. La première chose à faire, ce sera de confirmer notre décision à Wisslemore. Ensuite, on passera une journée de réunion chez lui pour en savoir plus, afin qu'il nous livre ce qu'il a en sa possession. Ce vieux filou ne nous a pas tout dit, j'en suis sûre. Il faut d'abord lui soutirer tout ce qu'il sait, et lui demander de nous transmettre l'intégralité de ses documents. Après, nous pourrons mettre en place une stratégie et un plan d'action. La documentation, ce sera votre rôle. La tactique sur le terrain, c'est mon domaine. Et puis n'oubliez pas une chose : tant qu'Horacio demeurera une cible, nous ne serons pas seuls. Le FBI mettra des moyens considérables à notre disposition. Ce petit malin de Wisslemore le sait certainement, et c'est pour cela qu'il m'a mise dans la boucle. Je n'ai aucune illusion sur le fait qu'il se serve de moi pour actionner des leviers auxquels il n'a pas accès. Et de même, si je puis me permettre, il se sert de vous pour déchiffrer des données qu'il a tenté de cracker, sans succès. Une fois que l'on est bien conscients de cela, on peut continuer sans être déçus.

Alex était séduit par son assurance et sa lucidité. Il sentait au fond de lui que tout ce qu'elle disait était vrai. Et cette discussion, associée à son intime conviction, finit par le convaincre.

— OK, Mary. Je vous fais confiance. Ou plus exactement, j'ai envie de vous faire confiance. J'accepte de me lancer avec vous. Mais je ne suis pas Rambo. Il y a des choses sur le terrain que je ne ferai pas, tant par incompétence assumée que par choix éthique. C'est mon unique condition.

— Pas de panique ! s'esclaffa Mary. Nous ne sommes pas dans un remake de James Bond ! Et pour l'arrestation d'Horacio, c'est mon affaire et celle de l'unité d'intervention du FBI. Ne vous inquiétez pas, je vous épargnerai… fit-elle avec un large sourire.

Alex le lui rendit et ils trinquèrent à leur nouvelle association. Ils prirent un peu de temps pour apprendre à mieux se connaître sans pour autant se livrer entièrement. Chacun gardait envers l'autre un degré de méfiance qu'il leur faudrait dissiper au fur et à mesure de leur enquête.

Alex était non seulement satisfait, mais assez excité à l'idée de commencer cette quête. Il décida de rentrer à pied à son hôtel d'un pas léger et l'esprit déjà chargé d'idées pour résoudre cette énigme qui avait stimulé sa curiosité comme celle-ci l'avait rarement été ces dernières années.

Mary regarda Alex s'éloigner, puis envoya un SMS à destination de Wisslemore : C'est bon, il a plongé. La réponse ne se fit pas attendre : Parfait. Checkez votre téléphone. Quelques minutes plus tard, une notification de sa banque apparut sur son mobile : Vous avez reçu un virement. Elle ouvrit l'application et consulta son compte. Il s'était gonflé de 80 000 dollars, la somme que Wisslemore avait promise à Mary si elle arrivait à convaincre Alex de se joindre à la mission.

Houston, Texas, 1er décembre 2018
Ranch de James Wisslemore

Après avoir signifié son accord à Wisslemore, Alex avait organisé son agenda pour se rendre disponible pour les deux mois suivants. En priorité, il avait prévenu le recteur de la Sorbonne afin de lui dire qu'il ne pourrait pas assurer ses cours durant ce laps de temps. Alex travaillait toujours en binôme avec un collègue très compétent, aussi cela ne posa pas trop de difficultés. Il avait ensuite annulé ses rendez-vous, ainsi qu'une conférence. Enfin, il avait reporté à plus tard certaines recherches que des bibliothèques internationales lui avaient demandé de faire, et qui n'étaient pas urgentes.

Wisslemore avait donné rendez-vous à Alex et Mary au Ronald Reagan Washington National Airport, où son jet privé les attendait pour un vol vers son ranch près de Houston. C'était là que Wisslemore comptait établir son QG de campagne, où ils allaient compiler la documentation et établir le planning des semaines à venir. Pendant les trois heures de vol, Wisslemore en profita pour donner quelques éléments à « son équipe », comme il aimait à les appeler.

— Résumons : je possède déjà quatre aigles, en incluant celui que je viens d'acquérir aux enchères à Paris. Vous le verrez, chacun porte un ou plusieurs symboles au même endroit, dans le dos. Tantôt on trouve plusieurs occurrences de certains symboles, tantôt ils sont uniques. Nous savons qu'Horacio possède deux exemplaires. Après sa récente mésaventure, grâce à l'opération de Mary, il se terre quelque part au Venezuela. Demain ou après-demain, j'aurai l'information. Il a acheté il y a longtemps une estancia pour se cacher, mais nous hésitons encore entre plusieurs lieux. En bon professionnel, il aime brouiller les pistes. Il nous manque donc un aigle qui représente la clé de l'édifice. Même si l'on déchiffre les symboles des six autres, nous ne pourrons rien faire sans celui-ci. J'ai eu beau chercher, je n'ai pas le début d'une piste sur l'endroit dans lequel il pourrait être caché.

— Donc, si je comprends bien, nous allons devoir commencer à réfléchir en prenant en compte que, sans ce dernier aigle, tout sera peut-être vain. Vous pensez qu'il appartient à quelqu'un ou que les six premiers mènent au septième ? demanda Alex, très attentif.

— Bonne question. Les deux sont possibles. J'espère que l'analyse des symboles vous permettra d'avancer. Et je crois savoir que vous avez un réseau sûr. Vous pourriez évoquer le sujet ?

Aranea était effectivement une possibilité. Alex continuait à être surpris par l'étendue des connaissances de Wisslemore sur ses activités. Il ne laissait rien au hasard. Mais lancer un message et alerter toute la communauté napoléonienne à propos d'un aigle aux symboles gravés lui paraissait pour le moment une très mauvaise idée. Alex décida de changer de sujet.

— Et les lettres ? En quoi sont-elles liées à notre enquête ?

— J'y viens. Je suis persuadé que les aigles mènent à un livre des Neuf Inconnus. Mais je ne sais pas comment. Il faut reconstituer l'histoire pour arriver à comprendre. C'est là qu'interviennent les lettres entre Napoléon et Joseph. Napoléon devait expliquer son plan à son frère. Il lui confirmait sans doute, d'une manière ou d'une autre, le code sur lequel ils avaient dû s'entendre. La correspondance est complète, donc pas de souci de ce côté-là. Mais certains passages sont totalement incompréhensibles. Il parle par allusions, et des suites de lettres constituent à l'évidence un code. Certaines pages font référence à des éléments en lien avec le règne de Joseph en Espagne, et qui m'échappent également.

— Je n'arrive toujours pas à comprendre ce que vient faire la légende des Neuf Inconnus, intervint Alex qui prenait des notes sur son petit carnet de cuir vert. Et pourquoi un livre ?

— Comme vous le verrez, les lettres citent clairement, et à plusieurs reprises, « les livres Neuf », avec une majuscule à Neuf. Au départ, je pensais qu'il s'agissait tout simplement de nouveaux livres, jusqu'à ce que, dans une lettre, Joseph commette une erreur. Il y parle des « livres des Neuf ». Au cours de la campagne d'Égypte, je sais que Napoléon a été approché par un émissaire des Neuf Inconnus. Une description rapide, mais claire, en a été faite par le général Menou dans ses mémoires. Quand j'ai lu une lettre de Joseph où il était question des livres des Neuf, j'ai repris tous les passages où les livres Neuf étaient mentionnés et je les ai relus avec ce nouveau prisme. Et là, je peux vous dire que tout s'est illuminé d'un seul coup. Vous reprendrez ces lettres, et vous me donnerez votre avis.

Alex réfléchissait pendant qu'il notait. Cela pouvait se tenir, en effet. Napoléon, pendant la campagne d'Égypte, avait embarqué avec lui tout un groupe de scientifiques. Il ne voulait pas seulement conquérir d'un point de vue militaire, mais aussi faire avancer la connaissance sur certains mystères enfouis de l'Égypte. Peut-être avait-il entrevu certains savoirs, peut-être avait-il été initié à des mystères qu'il voulait approfondir ? Plusieurs témoins affirmaient que Napoléon était revenu changé de cette campagne. Qu'il avait une nouvelle vision de son destin. Étaient-ce simplement des impressions, voire des affabulations que quelques-uns avançaient pour justifier après coup de façon mystique les événements exceptionnels qui se dérouleraient sous les pas de Napoléon ? Personne ne le savait vraiment.

Mary, de son côté, toujours aussi pragmatique, ramena le sujet à l'époque présente, et sur Horacio.

— Vous pensez qu'Horacio a deux aigles en sa possession. Comment comptez-vous les récupérer ? Quelque chose me dit qu'il ne va pas nous les remettre parce qu'on le lui demande gentiment.

— Vous avez raison, c'est plus que probable. J'ai imaginé au début lui faire une offre financière avant de rapidement comprendre que l'homme a deux facettes. Pour les objets d'art en général, c'est un marchand cupide et sans scrupule. Il pille, vole et revend au plus offrant. Mais pour tout ce qui touche au premier Empire, il se transforme en collectionneur passionné et acheteur compulsif. Finalement, lorsqu'il s'agit de Napoléon, il passe du côté acheteur, sans tirer aucun enseignement de son expérience de marchand. On touche à l'irrationalité des fanatiques, probablement issue de son histoire familiale. J'ai entendu dire qu'il descendait d'un général napoléonien. Névrose familiale freudienne ou pas, je pense qu'il est persuadé lui aussi que ces aigles sont bien plus que des souvenirs de Sainte-Hélène, et qu'ils conduisent à quelque chose d'exceptionnel.

— Et donc la deuxième option ? demanda Mary.

— Eh bien… fit James assez mal à l'aise, cela consisterait à les lui prendre au moment de sa capture. Deux petits aigles qui disparaissent de son salon, cela ne devrait pas trop se voir, non ?

— En gros, vous me demandez de les lui voler.

— Disons que ces aigles seraient saisis comme « pièces à conviction » dans le cadre d'une enquête internationale de trafic d'objets d'art…

— Je vois que vous avez déjà pensé à tout, fit Mary, amusée.

Alex, quant à lui, n'était pas du tout amusé. Tout ce qui franchissait la frontière de la légalité le gênait profondément. Il ne voulait pas faire partie, ou tout du moins être acteur, d'un acte qui contreviendrait à la loi. Il laissait le soin à Mary de gérer ces aspects-là.

L'avion avait commencé sa descente vers la piste d'atterrissage privée du ranch de Wisslemore. Ils regardèrent par le hublot, et purent admirer l'incroyable propriété. Alors que l'on a une image désertique du Texas, le ranch de James était au contraire un paradis de verdure parsemé de trois grands lacs. Au bord de l'un d'eux, ils aperçurent l'immense maison à deux étages, tout en bois, bordée de jolies terrasses arborées. Une grande piscine jouxtait la bâtisse, et l'on voyait que le domaine était desservi par des routes goudronnées en parfait état. Situés un peu plus loin, le ranch possédait son propre parcours de golf, deux terrains de tennis, et, bien évidemment, des écuries qui accueillaient au moins une vingtaine de chevaux. C'était une propriété tenue au cordeau : la nature domestiquée à l'extrême, dans une logique purement esthétique. La civilisation avait façonné l'endroit, y avait introduit de nombreuses infrastructures modernes pour le rendre confortable. La volonté de contrôle se ressentait partout, à l'image de son propriétaire.

— Mon petit havre de paix, fit Wisslemore, fier de lui. La maison fait 3 200 mètres carrés, et la propriété s'étend sur près de 5 000 hectares. Je crois que vous aurez la place de vous amuser et d'étudier nos petits mystères.

Mary se demandait ce que l'on pouvait bien faire et mettre dans 3 200 mètres carrés, mais n'en demeurait pas moins éblouie par l'endroit.

— Il y a une salle des archives spéciale à la température constante, afin de conserver au mieux les documents, poursuivit James pendant que l'avion se posait sur la piste.

Je vous propose de vous rafraîchir et de vous reposer un peu, puis nous engagerons les hostilités.

Alex et Mary étaient très excités à l'idée de voir enfin les aigles et les documents. Ils échangèrent un regard complice, qui disait clairement : « Maintenant, on ne peut plus faire demi-tour… »

Houston, Texas, 1er décembre 2018
Ranch de James Wisslemore

Au ranch, Alex retrouva John Single, le fidèle majordome et homme à tout faire de Wisslemore qui l'avait abordé à Washington à peine quelques jours auparavant. Que de choses s'étaient déroulées de manière précipitée pendant ces dernières soixante-douze heures ! John Single conduisit Alex et Mary à leurs chambres. Ou plutôt à leurs appartements, puisque chacun disposait d'une très grande chambre, d'un petit salon, d'une salle de bains gigantesque, ainsi que d'une belle terrasse ombragée.

Après s'être brièvement rafraîchi, le trio se retrouva dans le salon. Wisslemore, un peu théâtral, leur annonça à voix basse :

— Je vous conduis maintenant dans l'antre des antres, là où tout se cache et où tout se trouve…

Bien que jugeant cette introduction un peu emphatique, Alex et Mary durent avouer que la pièce dans laquelle James les emmenait était particulièrement difficile d'accès. Ils commencèrent par descendre d'un étage, se retrouvant sous la surface du sol, et longèrent ensuite un grand couloir. Au bout de celui-ci, un premier sas s'ouvrait grâce aux empreintes de James. Comme dans les banques, il fallait attendre que la première porte se referme pour que la deuxième s'ouvre. Ensuite, ils arrivèrent dans une grande pièce au fond de laquelle se trouvait une porte blindée noire et massive. James apposa son œil sur un appareil, en même temps qu'il posait la main sur un scanner. La double lecture de ses empreintes rétinienne et digitales déclencha un gros *clic* qui signifiait que la porte était déverrouillée. Ils entrèrent enfin dans le saint des saints : une immense pièce d'une vingtaine de mètres de long, ressemblant à un musée. Sur la partie droite, une grande bibliothèque recélait une collection impressionnante d'éditions originales, de manuscrits, de récits de voyageurs. Ces livres, dont l'origine remontait parfois au Moyen Âge, constituaient de magnifiques témoignages de l'histoire de l'humanité, et on sentait la passion du collectionneur dans l'acharnement à amasser, au fil des ans, une telle somme d'ouvrages d'exception. Au milieu de la pièce trônaient quelques « trophées » des différentes chasses au trésor de James : l'ancre gigantesque du navire *SS Port Nicholson*, que James avait retrouvée et qui avait fait sa renommée, un vieux canon d'un galion espagnol, ou encore des statuettes amérindiennes qui rappelaient ses exploits au Mexique ou au Brésil. Et sur la gauche, à côté d'un mur tapissé de cartes modernes et anciennes de tous les continents, un imposant coffre-fort régnait comme une sorte d'empereur sur ses sujets. Bien évidemment, des caméras de surveillance et des radars d'alarme couvraient l'ensemble depuis les quatre coins de la pièce.

James se dirigea vers le coffre, et là encore, après une série de combinaisons et de présentations d'empreintes, ouvrit une sorte de petite caverne d'Ali Baba. Alex et Mary ne purent qu'entrapercevoir le contenu, car James se tenait devant, mais ils distinguèrent des amas de pièces d'or et de platine, des calices en or ornés de pierres précieuses, certains manuscrits très anciens, ou même une dague dont le manche en ivoire orné de diamants provenait sans doute d'un ancien monarque asiatique. James se saisit d'une petite boîte en acajou, ainsi que d'un dossier contenant plusieurs dizaines de manuscrits. Il referma le coffre, et posa le tout sur la grande table de travail qui se tenait au milieu de la pièce.

— Et voilà le sujet de tous nos tracas ! annonça-t-il d'un air triomphant en ouvrant la boîte et le dossier.

Dans la boîte, enfin visibles aux yeux impatients d'Alex et Mary, les quatre petits aigles en argent provenant de l'argenterie de l'empereur à Sainte-Hélène. L'émotion d'Alex devant ce petit morceau d'histoire était palpable. Il tremblait, le cœur palpitant, et souriait tel un enfant émerveillé. Il osa enfin approcher sa main de la boîte, et souleva délicatement un des aigles. On aurait dit qu'il portait une ogive nucléaire. Puis l'émotion se dissipa au profit de la curiosité, et son esprit scientifique reprit le dessus. Alex les examina un par un. Certains regardaient vers la gauche, d'autres vers la droite. Les ailes étaient repliées dans le dos, mais légèrement écartées, comme si l'oiseau était sur le point de prendre son envol. Un pas de vis était fixé sur le dessous de chaque aigle. Alex avait déjà commencé ses recherches, et il expliqua :

— Ces aigles proviennent de l'argenterie personnelle de Napoléon, qu'il avait pris soin d'emporter avec lui à Sainte-Hélène. En 1816, les Anglais, à travers le gouverneur de l'île Hudson Lowe, qui s'évertuait à rendre la vie de Napoléon toujours plus difficile, convoquèrent l'empereur pour lui signifier que son train de vie était beaucoup trop dispendieux, et qu'il fallait qu'il songe à participer aux dépenses. C'était bien évidemment une mesure vexatoire, et Napoléon, dans un acte un peu dramatique, décida de fondre et de vendre une partie de son argenterie pour combler les dépenses en question. Dieu merci, son majordome retira les aigles qui ornaient les cloches servant à maintenir les plats au chaud. Il y en avait trente-huit en tout, mais beaucoup furent eux aussi sacrifiés. Quatre aigles servirent à embellir le lit de l'empereur, à la place des boules en cuivre.

— Et seuls sept de ces trente-huit aigles mènent à ce que nous cherchons ? Comment savoir si les aigles en notre possession ou ceux que nous cherchons sont les bons ? Il suffit qu'ils aient des symboles gravés ? questionna Mary.

— Les sept aigles en question auraient été particulièrement choyés par Napoléon, car il les aurait distribués à un cercle d'intimes. Ces initiés pourraient alors un jour se réunir, assembler les pièces du puzzle, et découvrir la cachette des livres ou d'un trésor. C'est en tout cas mon hypothèse de départ, sur laquelle je vous propose de travailler. De plus, mes premières recherches montrent que la plupart des autres aigles sont conservés dans des fondations ou des musées : aux Invalides à Paris, et j'en ai dénombré vingt dans d'autres musées du monde. Mes amis conservateurs vont m'envoyer des photos, mais je suis prêt à parier qu'il n'y aura aucun symbole dessus. Donc oui, nous cherchons trois aigles qui portent des symboles.

James et Mary l'écoutaient bouche bée.

— Eh bien, Alex, fit James, admiratif, je dois avouer que vous avez été sacrément rapide et efficace ! Je n'espérais pas une telle avancée en aussi peu de temps, et vous m'apportez déjà de nombreux éclairages inédits. Chapeau !

— James, répliqua Alex, à la fois flatté et modeste, je ne me serais jamais lancé dans cette aventure sans ce travail préparatoire auprès de mes contacts. Pour reprendre un langage militaire que Mary doit bien pratiquer, j'ai fait « une reconnaissance du terrain » avant de venir…

Mary sourit à cette évocation et enchaîna :

— OK, admettons donc que ce soit les bons aigles. Nous en avons quatre sur sept. Comment sait-on d'ailleurs qu'il en faut sept pour rassembler les indices ?

— C'est là qu'interviennent les lettres de Joseph Bonaparte, fit James en ouvrant l'épais dossier. Il évoque dans une de celles-ci « les sept aigles qui mènent au livre Neuf ». À une autre reprise, il mentionne que « les sept aigles doivent être confiés aux initiés, sans quoi le savoir sera perdu ».

— Qu'avez-vous vu d'autre dans leurs échanges ?

— Nous partons d'un corpus de quatre-vingt-sept lettres que j'ai divisées en trois groupes : une vingtaine traitent de sujets sans grand intérêt, sur le quotidien de Napoléon sur son île prison. À mon avis, elles sont là pour noyer le poisson et endormir la méfiance des Anglais. Une trentaine de lettres, à un moment ou à un autre, font référence au règne espagnol de Joseph Bonaparte. Certes, c'est un épisode important de sa vie, mais les allusions répétées m'ont interpellé. Enfin, la dernière trentaine de lettres traitent de préoccupations matérielles comme les biens immobiliers de Joseph ou de Napoléon, de la famille, du sacre de l'empereur, mentionné à de multiples endroits, ou encore de considérations politiques assez générales. C'est plutôt dans ce dernier groupe qu'est évoqué le livre Neuf.

— Il faut que je me penche maintenant sur cette correspondance : c'est en effet elle qui doit révéler pas mal de choses. Napoléon était reclus à Sainte-Hélène, et toutes ses communications avec l'extérieur étaient sévèrement contrôlées. Il devait nécessairement s'exprimer de façon codée. On sait également qu'il a fait passer des documents cryptés grâce au comte de Las Cases, qui a pu quitter Sainte-Hélène avant la mort de l'empereur, explicita Alex.

— Je suis d'accord avec vous, fit James. Je vous propose que nous nous répartissions les tâches, afin d'être plus efficaces : Alex, pendant que vous étudiez cette correspondance et ces documents, je m'occupe avec Mary d'Horacio del Monte et de la façon dont nous pourrons récupérer les aigles en sa possession.

Alex et Mary acquiescèrent.

— Alex, vous ne pourrez étudier ces archives que dans cette pièce, elles ne devront pas en sortir. Je veillerai à ce que vous disposiez de tout ce dont vous avez besoin. John Single vous servira de guide, et étant le seul à pouvoir y entrer, je vous l'ouvrirai chaque fois.

— Je comprends. Eh bien, je commencerais bien par une bonne Thermos de café !

À peine avait-il fini sa phrase que la Thermos arrivait sur un plateau, portée par John Single, qui avait comme toujours anticipé les besoins de chacun. Si on avait dit un jour à Alex qu'il étudierait des lettres de l'empereur enfermé dans une sorte de bunker en plein milieu du Texas…

Dans l'euphorie générale, personne n'avait remarqué que deux caméras de surveillance avaient légèrement pivoté, et qu'elles n'avaient rien perdu de la scène qui venait de se dérouler…

Venezuela, 1er décembre 2018
Estancia El Potrero,
60 km à l'ouest de Maracaibo

Après avoir exposé les principaux éléments concernant le trésor de la couronne d'Espagne, Horacio était revenu à la carte indiquant les nouvelles routes par lesquelles il comptait faire transiter les objets d'art. Les hommes de Miami avaient été satisfaits de ses explications, et tout s'était terminé par un traditionnel *asado*, sorte de barbecue géant à la sud-américaine. Ils avaient ensuite repris leur avion, sans oublier d'emporter la valise remplie de billets qu'Horacio leur avait remise. Horacio et Sylvia avaient enfin soufflé à la vue de l'avion qui décollait vers l'Amérique. Horacio avait eu quelques affaires urgentes à régler, et Sylvia avait peaufiné le plan qui allait les occuper désormais : récupérer les aigles manquants.

En ce premier matin de décembre, ils se réunirent donc dans le même bureau où, la veille, ils avaient joué une dangereuse partie de poker avec leurs clients.

— Alors, fit Horacio, explique-moi en détail comment tu comptes t'y prendre pour récupérer ces aigles. N'oublie pas : pas d'aigle, pas de trésor, et pas de trésor, pas de *deal* avec les gars d'hier. Et si pas de *deal*, on peut tout de suite se considérer comme morts.

— Je sais, j'ai bien compris, fit Sylvia, quelque peu agacée. C'est Wisslemore, le problème, surtout avec sa nouvelle petite équipe. À ce sujet, j'ai plus d'informations sur le type. Il s'appelle Alex Merri, et il est professeur d'histoire, spécialisé dans les énigmes du passé. Et comme par hasard, sa période de prédilection est le premier Empire. Wisslemore a donc trouvé une tête qui va avec les jambes de la jeune amie qui te veut tant de bien, ajouta-t-elle en souriant.

Horacio ne trouvait pas cela drôle du tout. Sylvia enchaîna :

— La réunion des sept aigles nous fera arriver à l'endroit exact où se trouvent les joyaux. Et Wisslemore sait aussi que ces aigles mènent à quelque chose d'énorme. On ne va pas gentiment lui demander de nous les donner. S'il a embauché une équipe, c'est qu'il est déterminé à aller plus loin. Bref, il possède des aigles, il a constitué une équipe, et dispose de moyens considérables. Aucune offre ne sera susceptible de l'intéresser. C'est pourquoi il faut passer directement à une autre approche, plus opérationnelle.

— C'est-à-dire ?

— Cambrioler son coffre.

— Ben voyons. Tout simplement. Et tu ne penses pas qu'avec tous les moyens que tu décris, il a mis tout cela dans un coffre un peu plus épais qu'une boîte à chaussures ? Sais-tu au moins dans quelle partie du globe il cache tout cela ?

— Je connais non seulement l'endroit, mais également les différents niveaux de sécurité qui mènent à la salle du coffre. Je connais les horaires des rondes des gardes, le modèle du coffre, et le moyen d'entrer.

— Mais, mais comment ? balbutia Horacio.

— J'ai une taupe à l'intérieur. En revanche, tu vas devoir passer à la caisse, car je lui ai promis une belle somme, dont j'ai déjà avancé une bonne partie.

— Tu me surprendras toujours. Comment as-tu pu anticiper tout cela ? Et pour l'argent, ce n'est évidemment pas un sujet.

— C'est mon job de tout anticiper et de prévoir des plans B. Quand j'ai vu que Wisslemore commençait à accumuler les aigles, j'ai préparé une solution de secours. Cela fait maintenant deux mois que j'y travaille. Tant que ça n'a pas été absolument nécessaire, j'ai laissé cette option en sommeil. L'aigle acheté à Paris puis la constitution de cette équipe ont été les déclencheurs.

— Je suis bluffé, fit Horacio qui réfléchissait tout haut en marchant de long en large dans la pièce. OK, on est dans la place, c'est déjà énorme. Mais monter le coup et rassembler les pro pour faire le cambriolage, ça ne se décide pas du jour au lendemain. Où les trouver ? On ne peut pas se permettre d'embaucher les premiers venus pour un coup pareil. Il nous faut les meilleurs. Et ça, je sais que cela prend du temps. Or, c'est ce qui nous manque cruellement…

Sylvia sortit un dossier rouge de sa mallette. Elle en tira cinq sous-dossiers qu'elle étala sur la table.

— L'équipe est déjà sélectionnée. Je te présente les cinq personnes qui vont bientôt travailler pour toi : Greg Mc Carthy, un des meilleurs spécialistes en ouverture de coffre, de porte, etc. Il a participé à des dizaines de casses, dans des banques, des musées, chez des particuliers, sans jamais se faire prendre. Ou plutôt si, il a fait une fois de la prison, pendant deux jours, pour excès de vitesse. Il s'est débrouillé pour ensuite cambrioler le commissariat et voler son dossier afin qu'il n'y ait plus de traces de son passage. Tu as ensuite Avi Braun et Moshe Levidan, deux anciens de Sayeret Matkal, l'unité d'élite de Tsahal, l'armée israélienne. Après quelques années à opérer un peu partout dans le monde, ils ont décidé de quitter l'armée et de se mettre à leur compte. Et voici Shiren Shah, un Indien, crack en informatique et systèmes de sécurité. C'est un peu le binôme de Mc Carthy : il débranche les systèmes, et Greg ouvre. Enfin, Igor Swagger, russe par sa mère, australien par son père, un des meilleurs pilotes d'hélicoptère clandestin que je connaisse. D'ailleurs, il pilote aussi tout ce qui vole, des avions en passant par des deltaplanes ou des paramoteurs. Ils sont prêts à faire le coup pour 150 000 dollars chacun. 50 000 tout de suite, 100 000 à la fin, quand tu auras récupéré les aigles. Si tu es d'accord sur ces conditions, je leur envoie le message que j'ai déjà préparé, et ils sont tous là dans deux jours pour préparer l'opération, que je superviserai moi-même sur place avec eux. Si tout se déroule comme prévu, dans moins de dix jours, tu n'auras plus deux, mais six aigles alignés devant toi.

Horacio ne pouvait plus marcher. Il se laissa lourdement tomber sur un grand fauteuil en cuir de son salon, bouche bée.

— Là, j'avoue que tu es au sommet de ton art. Je ne sais pas quoi dire.

— Juste oui ou non, répondit Sylvia, impassible.

— Oui, évidemment ! C'est incroyable ! Mais comment as-tu fait pour les trouver, les convaincre, les rendre disponibles ?

— Ça, c'est mon secret. Toutes les femmes ont des secrets, non ? fit-elle avec un sourire charmeur.

Horacio sentit qu'il ne fallait pas pousser plus loin les questions. Après tout, seul le résultat lui importait. La façon dont elle avait réussi ce tour de force n'avait pas d'importance. Dans quelques mois, il comprendrait cependant qu'il aurait dû, à ce moment précis, poser plus de questions.

Venezuela, 3 décembre 2018
Estancia El Potrero,
60 km à l'ouest de Maracaibo

Un petit avion blanc était de nouveau en train d'atterrir sur la piste de l'estancia, qui n'avait pas connu une telle activité depuis bien longtemps. Cinq hommes en sortirent, composant un équipage étonnant et bigarré : deux grands baraqués tout habillés en noir, un Indien chétif qui regardait partout autour de lui, un autre homme que vous auriez pu croiser cent fois dans la journée sans jamais vous le rappeler, et un dernier, habillé avec un pantalon orange et une chemise bleu électrique, la casquette à l'envers. Les chauffeurs qui les attendaient dans les Jeep ne savaient pas trop s'il fallait rire ou faire très attention et, dans le doute, choisirent la deuxième option.

Une fois à l'estancia, Sylvia les conduisit au grand bureau d'Horacio, où celui-ci était au téléphone. En voyant entrer l'équipe hétéroclite, Horacio mit fin à sa conversation et se dirigea vers eux :

— Bienvenue chez moi ! Et merci d'avoir accepté de participer à cette opération. Vous êtes ici chez vous. Sylvia vous montrera vos appartements. La salle de réunion dans le bâtiment ouest vous est entièrement dédiée. Sylvia pourra vous briefer en détail. Je sais que vous n'êtes pas là pour faire du tourisme, alors voici déjà l'avance qui vous a été promise, dit-il en leur tendant cinq enveloppes bien garnies.

Je ne doute pas que vous ferez le nécessaire pour gagner le reste de la somme, et comme ça, tout le monde sera content.

— Merci, monsieur del Monte, fit Greg. Nous sommes en effet là pour mener à bien une opération, rapidement et proprement. Après, nous disparaîtrons et plus personne ne se connaîtra. Quoi que vous souhaitiez récupérer, on vous le rapportera dans moins de dix jours. Si cela ne vous dérange pas, nous allons nous mettre au travail dès maintenant.

— Je vous en prie, avec plaisir, répondit Horacio qui appréciait la froideur professionnelle du personnage. Si vous avez besoin de quoi que ce soit…

— Sylvia saura nous aiguiller, merci, monsieur, l'interrompit Avi.

Horacio n'insista pas. Il comprit que ces hommes respectaient Sylvia, et qu'il n'était que le banquier et client de l'opération. Un mauvais pressentiment l'envahit, mais il le chassa rapidement, mettant tout cela sur le compte de la fatigue des derniers jours.

Les cinq hommes et Sylvia quittèrent la pièce et se dirigèrent vers ce qui allait être leur quartier général pendant quelques jours. À l'intérieur, deux ordinateurs, un écran géant connecté à l'un d'eux, une carte du Texas, et un grand tableau blanc sur lequel étaient déjà inscrits quelques noms et quelques informations.

— Bienvenue à tous, dit Sylvia. Installez-vous. C'est là que l'on va travailler. Je vous ai déjà donné les grandes lignes, et ce que vous devez rapporter. Il faut que l'on entre rapidement dans les détails. Je m'occupe de la logistique et de vous mettre à disposition le matériel dont vous avez besoin. Il faut que chacun me fasse une liste précise. Un jet privé nous mènera d'ici au Texas, et retour. On se fera passer pour un groupe d'hommes d'affaires en visite pour du business. Sur place, je peux obtenir facilement un hélicoptère Agusta AW109 huit places pour l'opération. Igor, cela te va ? Ce dernier acquiesça. Greg et Shiren, je vous laisse poursuivre.

— Seule la maison est protégée, expliqua Shiren. Dans le parc, rien de particulier, si ce n'est quelques caméras de surveillance. Un PC sécurité se trouve dans l'aile sud de la maison, au rez-de-chaussée. C'est de là que tout est piloté : alarmes et caméras. Mais pour la salle du coffre, il y a une double défense : celle du PC sécurité, et un contrôle additionnel sur un terminal mobile qui ne quitte pas Wisslemore. Si on veut déverrouiller les accès, il faut le faire du PC sécurité, et ensuite valider *via* le terminal de Wisslemore. Je peux pirater le terminal mobile, même si cela me prendra au bas mot trente minutes. En revanche, pour le PC sécurité, il faudra être sur place, et donc forcer un peu les choses.

— Ce n'est pas un problème, fit Avi. Je m'en occupe. Il n'y a que cinq gardes entre minuit et 5 heures du matin. Deux sont dans le PC sécurité, les trois autres font des rondes. Notre taupe infiltrée sera dans le PC, mais il faudra faire semblant de ne pas le connaître pour ne pas le griller. Moshe se tiendra en retrait sur la petite colline à côté de la maison, avec Sylvia qui supervisera l'opération. Moshe, tu nous surveilleras les rondes des trois gardes et tu nous préviendras s'ils s'approchent trop. Pas de violence inutile, mais si cela dégénère, il faudra les neutraliser.

— OK, acquiesça Shiren, alors Avi s'occupe du PC, Moshe des gardes, et moi du terminal mobile qui nous permettra d'entrer. Reste le problème des empreintes digitales et rétinienne de Wisslemore, ça, je ne peux pas les inventer.

— Inutile, intervint Sylvia. Les voici. (Elle présenta sur l'écran des fichiers 3D qui reproduisaient les deux types d'empreintes demandées.) Il laisse des traces partout où il passe, cet imbécile. Les empreintes digitales, c'était la partie facile. Pour le scan rétinien, on a dû le choper pendant une de ses visites à son ophtalmo. Pas simple, mais on y est arrivés.

Le logiciel simulera le mouvement de la rétine, et tu placeras l'écran devant le lecteur. Pour les empreintes digitales, tu enfileras ce gant sur lequel seront reproduites les empreintes de Wisslemore.

— Parfait, fit Shiren. Reste maintenant le coffre.

— Selon les images des caméras de surveillance et les informations fournies par notre contact sur place, c'est un Hartmann de dernière génération, annonça Greg. Je dois encore rassembler quelques renseignements, mais je pense pouvoir en venir à bout en dix ou douze minutes avec le matériel adéquat.

— Tu l'auras, dit Sylvia. (Elle tendit à chacun une feuille blanche et un stylo.) Faites-moi la liste de tout ce dont vous avez besoin. N'oubliez rien, il n'y aura pas de deuxième service. On finit les préparatifs d'ici à demain. On répète tout dans le moindre détail pendant deux jours, jusqu'à ce que vous en rêviez la nuit. Ensuite, on décolle et on mène l'opération à bien. On rentre, vous touchez votre argent et vous disparaissez. Pendant ces deux jours, nous nous astreindrons tous ensemble à un entraînement sportif et militaire d'élite. Je veux que chacun d'entre nous soit dans une forme physique et mentale optimale. Au programme, course de quinze kilomètres le matin, sac sur le dos, puis entraînement au tir et parcours d'obstacles. J'ai préparé moi-même le circuit et je l'ai testé plusieurs fois, vous adorerez…

Sylvia avait la réputation d'être une grande sportive, et tous savaient qu'elle avait déjà vécu des expériences de combat réel. Ils s'attendaient donc à un parcours particulièrement exigeant. Mais ils connaissaient les enjeux et voulaient être à la hauteur.

— D'autres questions ? demanda Sylvia.

Sans un mot, ils se mirent à écrire leur liste de courses.

Houston, Texas, 4 décembre 2018
Ranch de James Wisslemore

Voilà maintenant quatre jours qu'Alex épluchait la correspondance de Joseph et tentait de percer à jour la symbolique des aigles. Chaque matin, il suivait le même rituel : après qu'on lui avait autorisé l'entrée dans la salle et que James avait ouvert le coffre, il disposait les quatre-vingt-sept lettres manuscrites sur la grande table de travail. Une retranscription tapée de chaque lettre était posée au-dessus de l'original. Alex avait également reproduit les différents symboles présents sur les aigles, et ils étaient projetés sur un grand écran de télévision en face de lui.

Inlassablement, il reprenait l'ensemble depuis le début : la lecture des lettres selon différents angles, ou différentes séquences, l'interprétation des signes selon des dizaines d'hypothèses, des plus simples aux plus incongrues, et la recherche d'allusions qui pourraient le mener vers une quelconque piste. À ce stade, et malgré les dizaines de feuillets de notes, rien n'avait véritablement émergé. Il continuait à patauger, à ne pas déceler le moindre indice qui pourrait lui faire entrevoir la lumière. Il savait que cette étape était nécessaire afin qu'un jour, au détour d'une énième lecture, un élément lui saute à la figure comme une évidence. Mais pour l'instant, il errait dans un labyrinthe, sans en voir le bout.

Malgré tout, l'intuition d'Alex lui disait que sa méthode était la bonne, et il avait acquis quelques grandes certitudes qui éclairaient l'affaire tout en la rendant plus complexe. En effet, les écrits, mais aussi les symboles sur les aigles renvoyaient de manière quasi certaine à deux buts. Deux livres ? Rien n'était moins sûr. Le premier objet ou lieu était lié à la période pendant laquelle Joseph Bonaparte avait été roi d'Espagne, soit entre 1808 et 1813, d'après les allusions marquées au pouvoir que Joseph exerçait sur ces territoires. Le second, comme l'avait déjà relevé James, faisait écho à la légende des Neuf Inconnus. Alex avait par ailleurs séparé les quatre aigles en deux groupes : un groupe sur lequel étaient inscrits des traits et les lettres « UP ». Et un autre groupe sur lequel étaient gravés des points. Chaque fois, les traits ou les points étaient suivis d'autres symboles ou de signes. Mais au moins, il y avait un début commun, ou un début de suite logique. Il avait établi les séquences en les reproduisant sur son carnet :

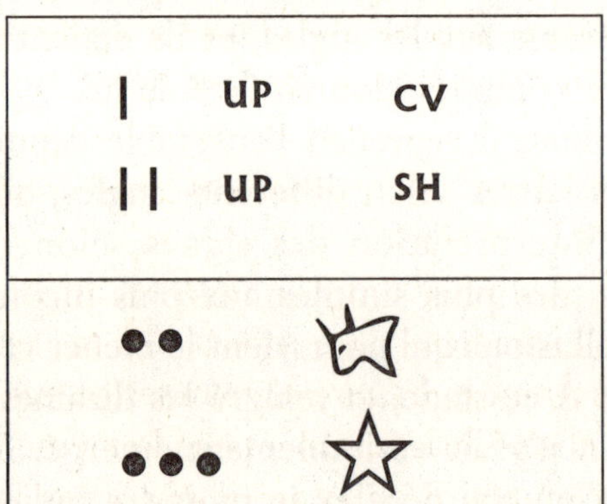

Cela demeurait quelque peu abscons, mais il sentait au fond de lui qu'un sens était à portée de main, même si pour l'instant il lui échappait. Comme lorsque vous assemblez les pièces d'un immense puzzle en sentant que telle et telle pièces doivent se rapprocher, même si vous ne savez pas encore comment. « C'est avec la logique que nous prouvons et avec l'intuition que nous trouvons », avait dit le président Raymond Poincaré. Alex vivait cette phrase intimement à cet instant.

Il décida de solliciter une personne de son réseau, dans l'espoir d'y voir plus clair. Édouard Vincent officiait en tant que conseiller spécialisé sur l'Empire pour le musée de l'Armée aux Invalides. S'il y avait une personne au courant de l'existence de ces aigles, c'était forcément lui : il en avait montré deux, lors de l'exposition « Napoléon à Sainte-Hélène » à la célèbre institution, deux ans auparavant.

— Édouard ! Comment vas-tu ? commença Alex du ton le plus enjoué possible, même si leurs relations personnelles étaient loin d'être chaleureuses en raison de vieilles querelles de spécialistes.

— Alex, quelle surprise ! Tout va super. On prépare une nouvelle exposition sur les grandes batailles de Napoléon. Il y a de quoi faire !

— J'imagine. J'admire ta capacité à monter de tels événements. J'ai une petite question à te poser. Tu te rappelles les aigles de Napoléon sur ses soupières de Sainte-Hélène ?

— Bien sûr. C'est moi qui ai insisté pour en exposer deux, l'autre fois.

— Aurais-tu connaissance de certains aigles porteurs de symboles dans leur dos ? Des signes, des marques…

— C'est marrant que tu me demandes ça, car l'autre jour, un expert de chez Christie's m'a posé la même question. Ils ont mis un exemplaire en vente il n'y a pas longtemps, il est d'ailleurs parti à un prix astronomique ! Je ne sais pas quelle est l'andouille fortunée qui a payé ce prix-là, mais il s'est bien fait avoir.

— Certes… fit Alex, ravi que James n'assiste pas à la conversation. Et donc, ces symboles ?

— Aucune idée. Au début, je pensais qu'ils avaient été ajoutés à une période ultérieure. Mais j'ai réalisé une analyse au microscope électronique au labo, à la demande de Christie's. Les symboles ont bel et bien été gravés aux alentours de 1800. Pas après. Tu sais, tu devrais interroger Jean-Paul Merlot, il en a vu passer un autre il y a quelques années.

— Super, merci pour toutes ces infos, et j'appellerai Jean-Paul. À charge de revanche !

Après quelques banalités d'usage, il raccrocha. Les symboles étaient donc contemporains de l'aigle. Seul quelqu'un très proche de l'entourage de l'empereur avait pu les graver. Il reprit son téléphone pour contacter le fameux Jean-Paul, collectionneur privé fanatique de l'Empire. Une vraie corvée. Alex savait qu'il en aurait pour une heure de conversation avant d'espérer lui soutirer une information valable. Il se résigna à composer le numéro.

Et ce qui devait arriver arriva : un interminable monologue du collectionneur sur ses dernières trouvailles, toutes plus inintéressantes les unes que les autres. Alex se forçait à lancer des exclamations d'encouragement polies, à coups de « Oh ! », « Ah ! », « Non ? Pas possible, incroyable ! » qui mettaient son interlocuteur en transe. Alex finit par orienter habilement la conversation sur les aigles et leurs symboles. La voix de Jean-Paul se fit tout à coup plus grave.

— Ah, oui, je vois. J'en ai eu un entre les mains il y a quelques années. Mais je n'en garde pas un très bon souvenir.

— C'est-à-dire ? fit Alex, soudain très attentif.

— C'était il y a un ou deux ans. Une femme est venue me voir avec un aigle comme celui dont tu me parles. Une belle plante, cette fille, ça, c'est sûr. Un accent nordique, mais je ne saurais pas dire d'où exactement. Elle m'a montré l'aigle et m'a posé la même question que toi. Je lui ai dit que, justement, j'en avais un autre spécimen, identique, et je le lui ai présenté. Elle a paru très intéressée et a regardé tout mon intérieur.

Elle a observé les aigles et proposé de m'acheter le mien. Une grosse somme. Très grosse, même.

— Et tu as accepté ? demanda Alex.

— Tu es malade ou quoi ? Jamais je ne me sépare d'un objet de ma collection ! Mes enfants feront ce qu'ils voudront, mais tant que je suis en vie, c'est sacré, je garde tout ! Je suis un collectionneur, Alex, pas un vulgaire spéculateur !

Dans sa bouche, ce mot vibra comme la pire des insultes. Il reprit :

— Bref, j'ai dit non, malgré la surenchère qu'elle n'a pas manqué de tenter. Quand elle a vu qu'elle ne pouvait rien tirer de moi, elle est partie en souriant de manière ambiguë. Je me souviendrai toute ma vie de sa dernière phrase : « Dommage, espérons que vous n'aurez pas à le regretter… »

— C'est sympa, comme adieu !

— Oui, eh bien, une semaine plus tard, j'étais cambriolé. Ils ont pris des broutilles pour camoufler leur objectif : l'aigle avait disparu. Juste l'aigle, alors que d'autres objets de ma collection valent cent fois plus.

— Je suis désolé pour toi, compatit Alex, qui avait l'impression que Jean-Paul lui racontait la mort d'un proche. Et avec ses coordonnées tu n'as pas pu la retrouver ?

— Tu penses bien que tout était faux : son identité, son numéro de téléphone, tout ! La police n'a rien retrouvé. Et sur place, ils n'ont laissé aucun indice. Du travail de pro. Alors tu comprends que ton aigle me laisse un goût un peu amer. Quant aux symboles, je n'ai pas la moindre idée de ce qu'ils peuvent signifier. Je n'imaginais même pas qu'il existait d'autres aigles avec des symboles. Je pensais que le mien était une sorte d'erreur.

La conversation dura encore quelques minutes, et ils se quittèrent en se promettant de se revoir à Paris prochainement. Alex resta pensif plusieurs minutes, le téléphone encore dans la main. Il était plus que probable que la femme travaillait pour Horacio, vu sa méthode d'appropriation de l'objet. Son stress augmenta. Travailler contre un adversaire de cette trempe ne lui disait vraiment rien.

Régulièrement, James et Mary venaient suivre l'avancement de l'enquête, mais sans insistance, car ils savaient qu'accentuer la pression ne ferait que ralentir le processus de recherche. Ils prenaient des nouvelles comme s'ils revoyaient un ami perdu de longue date, et lui demandaient « Alors ça va ? », sans forcément écouter la réponse, de peur d'être déçus. Alex appréciait cette délicatesse. Quoi qu'il en soit, il s'imposait à lui-même un niveau d'exigence bien supérieur à celui que James aurait pu exercer.

Alex avait pris soin de tout numériser : les lettres de Joseph et de Napoléon, des dizaines de photos des aigles prises sous tous les angles possibles, et bien sûr les retranscriptions. Il avait entreposé les données à la fois sur une clé USB, sur son propre PC, et sur un *cloud* sécurisé, accessible de n'importe où dans le monde. Une sorte de phobie de la perte de son travail le taraudait depuis des années, en fait depuis que le vol de son ordinateur lui avait fait perdre trois mois de travail et de recherches acharnés.

Dans la soirée, au cours du dîner, James bouscula tout de même un peu Alex, son impatience légendaire reprenant le dessus :

— Alors, Alex, où en est-on ? Nous avons soigneusement évité de vous en parler jusqu'à présent, mais je pense qu'un petit point ne serait pas superflu…

Alex se retrouva dans une position qu'il n'avait pas vécue depuis bien longtemps : l'étudiant qui soutient sa thèse devant un jury. Estomac légèrement noué, concentration maximale pour exposer de façon synthétique et convaincante les conclusions auxquelles il était arrivé. Il prit une grande inspiration et se lança. Pendant une dizaine de minutes, il exposa devant James et Mary ses théories sur les deux objets ou les deux lieux, les groupes d'aigles, et la première analyse des symboles.

— C'est une avancée indéniable, l'encouragea James. Mais je dois avouer que tout cela reste encore très flou. Que peut-on faire pour vous aider ?

C'était la question qu'Alex redoutait. L'impatience de James mettait Alex en situation de demande, ce qu'il détestait. Il brûlait d'envie de répondre « Me foutre la paix », mais il se retint.

— Il me faut encore du temps. Beaucoup d'éléments restent obscurs. Ce n'est pas le genre d'énigme qui se résout en deux jours. Un temps de maturation et de croisement des données est nécessaire. Il permet de…

— N'essayez pas de me noyer dans des généralités qui sont bonnes pour vos étudiants de première année, Alex, l'interrompit James. Je ne suis pas né de la dernière pluie. Et je ne vous paie pas ces sommes indécentes pour écouter vos salades. Je vous demande des résultats qui vont bien au-delà des standards habituels. Donc, je vais être plus clair. Nous sommes le 4 décembre. Dans trois jours, soit le 7 décembre, vous reviendrez avec une piste plausible. Il n'y a pas d'autre possibilité.

Sur ces paroles, James quitta la table sans qu'Alex ou Mary aient pu amorcer la moindre réplique. Ils venaient de changer de dimension. Le James affable et généreux, mécène des arts et de l'histoire, venait de laisser la place au James businessman, intraitable et autoritaire, focalisé sur le résultat. Alex savait que ce moment devait arriver un jour, il n'était pas dupe. C'était la fin de la lune de miel. Il ne put s'empêcher de se rappeler que ce 4 décembre intervenait seulement deux jours après l'anniversaire du sacre de Napoléon en tant qu'empereur des Français, le 2 décembre 1804. Ironie de l'histoire, qui ne le faisait pas vraiment sourire ce soir-là.

Houston, Texas, 5 décembre 2018
Ranch de James Wisslemore

Ces derniers jours, Mary avait passé tout son temps avec James et leurs contacts respectifs, afin de localiser précisément Horacio et monter une intervention pour l'arrêter. Mais elle s'était heurtée à plusieurs obstacles de taille. Le premier était que la Art Crime Team du FBI ne pouvait pas intervenir en dehors des États-Unis. Deux agences étaient habilitées à le faire, la CIA et la DEA, sauf qu'il fallait un accord spécifique avec le pays. Inutile de dire que dans l'affaire présente, ces deux agences ne seraient jamais motivées. Le deuxième résidait dans la corruption à très haut niveau des membres de l'administration ou même du gouvernement vénézuélien, tous plus ou moins mouillés dans le trafic de drogue. Certains ministres avaient été directement cités dans des enquêtes par la justice de New York, et les neveux de la première dame avaient tous les deux été arrêtés en Haïti lors d'une opération de la DEA en 2015. James fit part à Mary de ses craintes :

— Il y a fort à parier qu'Horacio a dans sa poche une bonne partie des officiels et gouvernants du pays, certains devant d'ailleurs être ses clients.

— Oui, c'est à peu près sûr. Et il sait aussi à quoi s'en tenir avec le FBI. Il doit se souvenir d'une affaire qui a défrayé la chronique il y a quelque temps : celle de l'*Odalisque à la culotte rouge*.

— De quoi s'agit-il ? demanda James, intéressé.

— C'est une œuvre d'Henri Matisse, qui avait été volée au musée d'Art contemporain de Caracas en 2002, très certainement avec des complicités haut placées. En effet, le musée ne s'est aperçu du larcin qu'un an plus tard, quand ils comprirent que l'original avait été remplacé par un faux... Un tel délai est la signature de dirigeants qui ont fermé les yeux. Dix ans plus tard, des agents de la Art Crime Team du FBI se sont fait passer pour des acheteurs auprès du voleur receleur, un membre de la mafia de Miami.

— Ah ! On retrouve nos amis de Miami ! Tout se tient, et Horacio exploite donc le filon créé il y a longtemps !

— Tout à fait. Le tableau avait déjà effectué la première étape du circuit d'évasion, et se trouvait désormais au Mexique. Un accord avait été trouvé entre les faux acheteurs et les vendeurs pour la coquette somme de 740 000 dollars, avec comme condition de le faire passer aux États-Unis. Le voleur et sa complice mexicaine ont été arrêtés au moment de l'échange, sur le sol américain. Une grande victoire pour la Art Crime Team.

— Et un cas d'école pour Horacio et ses clients mafieux, qui sont plus que jamais sur leurs gardes...

Ils avaient beau tourner le problème dans tous les sens, ils arrivaient toujours à la même conclusion : il n'y avait aucun moyen d'arrêter Horacio del Monte là-bas. Il avait bien calculé son coup, et s'était volontairement mis à l'abri de toute menace américaine légale. Cependant, James et Mary n'avaient pas complètement fait chou blanc. Ils avaient repéré l'estancia dans laquelle se cachait Horacio, et ils avaient pu obtenir des images satellite précises de la maison et de ses alentours. Mais ces informations, si intéressantes soient-elles, ne pouvaient être utilisées efficacement dans le cadre d'une opération de saisie. Il fallait attendre qu'Horacio fasse un faux pas. Et vu qu'il avait échappé de peu à une capture au Mexique, il n'était pas forcément près de remettre le nez dehors.

Mary était dans une impasse, et elle n'aimait pas ça. Son caractère réfutait cette notion. « L'impasse est une vue de l'esprit », aimait-elle à se rappeler. Elle tâchait de stimuler sa créativité en faisant tous les jours de longs joggings dans l'immense parc de James. Mais elle avait beau s'épuiser à courir, elle finissait toujours par buter contre ce mur.

Après le dîner de la veille, elle décida d'aller voir Alex. Le changement d'attitude de James avait été radical. Faire chou blanc sur deux tableaux, celui de l'arrestation d'Horacio (et donc la récupération de ses deux aigles), et celui de l'énigme confiée à Alex et Mary, lui était insupportable. Ce qui expliquait ce revirement brutal de stratégie. Mary, solidaire d'Alex, se surprenait à éprouver une forme de compassion. Lors de la charge de James contre le jeune homme, elle avait eu envie de se lever et de gifler leur employeur. Cette réaction l'avait troublée au plus haut point. Pourquoi se sentait-elle obligée de protéger Alex ? Il était assez grand pour se défendre, après tout.

Mue par le désir de le revoir, de l'aider, et frustrée de ne pas trouver de solution à son propre problème, elle se dirigea donc vers la salle souterraine dans laquelle Alex se battait en duel avec quatre aigles et quatre-vingt-sept manuscrits. En passant devant un miroir du couloir, elle s'arrêta quelques instants pour arranger ses cheveux en un savant « coiffé-décoiffé » dont elle avait le secret, et qui lui donnait un charme fou. Un dernier coup d'œil à l'ensemble, puis, satisfaite du résultat, elle se sentit prête à revoir Alex.

Mary se fit identifier par les caméras de surveillance, et le PC sécurité demanda à Alex d'aller lui ouvrir, eux-mêmes n'étant pas habilités à le faire seuls.

Elle aperçut le chercheur plongé dans ses notes. Toujours au summum de l'harmonie vestimentaire, il portait cette fois un pantalon en velours côtelé couleur rouille et une chemise vert pomme.

— Alors, j'ai l'impression que l'on patauge, tous les deux ! fit Mary pour entamer maladroitement la conversation.

Alex émit une sorte de grognement pour toute réponse. Puis, conscient de la grossièreté de sa réaction, il enchaîna :

— Euh, oui, pardon, j'étais en plein dans mes réflexions. J'avoue que je bloque sur l'interprétation de ces signes. Je sens que j'ai formé les bons groupes d'aigles, mais je ne sais pas encore pourquoi. Les lettres m'apparaissent comme une des clés de l'énigme, mais toutes les hypothèses que je formule s'effondrent systématiquement au bout d'un certain temps. Je n'arrive toujours pas à prendre les choses par le bon bout.

— Je peux te filer un petit coup de main ? Un œil neuf, cela ne peut pas te faire de mal, non ? Et puis, je vais te pousser dans tes retranchements, je suis assez bonne à cela. Dix ans d'interrogatoires, ça laisse des traces ! fit-elle avec un sourire éclatant.

Alex mit quelques secondes à répondre. Il était happé par son sourire, ses yeux marron clair pétillants de malice, et cette inextinguible joie de vivre qui émanait de tout son être. Il avait plusieurs fois été troublé par la volonté qui transpirait de chacune de ses décisions, ou son opiniâtreté à vouloir capturer Horacio, lorsqu'elle en discutait ouvertement avec James. Là, une fois encore, elle lui démontrait qu'il y avait une approche plus légère et sans doute plus optimiste de la vie, lui qui se faisait facilement des nœuds au cerveau. Au bout de ces interminables secondes, quand il s'aperçut que Mary attendait sa réponse, tout son visage se mit à rougir, et il finit par lui répondre, un peu trop fort à son goût :

— Oui, avec joie ! (Il regretta la spontanéité de sa réponse, se réfugia dans les manuscrits, et enchaîna aussitôt pour éviter une gêne encore plus embarrassante :) Bien, alors voilà le topo. J'ai formé deux groupes d'aigles dont les symboles gravés peuvent se ressembler, ce qui donne ce petit tableau, fit-il en projetant une image sur le téléviseur :

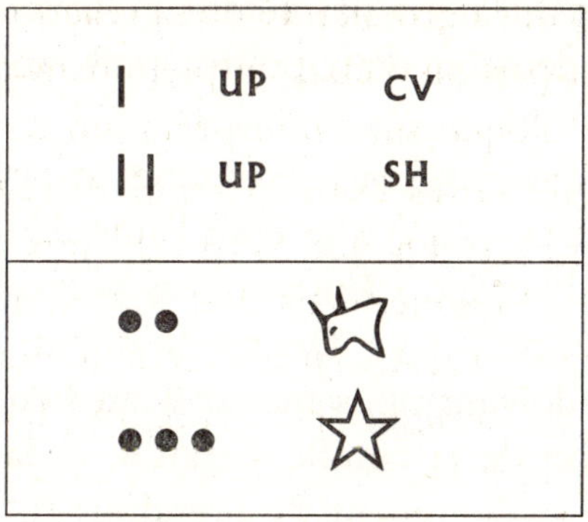

— Je comprends que tu cales un peu, commenta Mary, dépitée, en observant l'image. On ne peut pas dire que l'explication saute aux yeux !

— C'est le principe d'une information cryptée. Elle doit apparaître comme totalement incompréhensible au commun des mortels. Mais je te livre ici mes premières conclusions. Il n'est pas rare qu'un code commence par un signe qui désigne la famille thématique. Un peu comme si tu voyais un groupe de personnes dans une pièce, et que chacune commence par donner son nom de famille, puis son prénom. Cela te permettrait d'identifier les membres d'une même famille immédiatement, puis de t'intéresser à chaque individu. Ici, c'est pareil. Il y a la famille « trait » et la famille « point ». Ce qui conforte cette hypothèse, c'est que la famille « trait » est suivie de lettres, alors que la famille « point » est suivie de symboles. Maintenant que nous avons séparé les familles, intéressons-nous aux individus qui la composent. Dans la famille « trait », tu remarqueras que les lettres « UP » se répètent. Il y a ensuite deux lettres différentes, « CV » et « SH ». Je bute encore sur la signification de ces groupes de lettres.

— Je doute en effet que Napoléon ait voulu nous transmettre son CV en vue d'un futur job, ironisa Mary. Mais dans tes familles, il n'y a pas autant de traits ou de points. Un trait, puis deux, et deux points, puis trois. À ton avis, pourquoi ?

— Je pense que c'est pour déterminer un ordre de lecture. Un peu comme si « un trait » était l'aîné de la famille, puis « deux traits » le cadet. Idem pour les points.

— OK, pourquoi pas ? Depuis le début, nous pensons que ces aigles doivent nous mener à un lieu, ou peut-être deux. La maison de la famille « trait », et la maison de la famille « point ». Comment t'y prendrais-tu pour indiquer une localisation ?

— Je ne pourrais pas indiquer la longitude et la latitude, cela serait trop simple.

Alex marchait de long en large dans la pièce, essayant de se mettre à la place de celui qui cache, et non à celle de celui qui cherche.

— Je définirais une zone, puis je donnerais des indices au sein de cette zone, j'imagine, poursuivit Alex.

— Dans un tout autre style, j'ai été confrontée à une affaire, dans ma carrière, où un *serial killer* nous distillait des informations au compte-gouttes pour trouver où étaient planquées ses victimes. C'est comme cela qu'il procédait : il désignait une zone, puis fonctionnait en entonnoir. Chaque indice nous permettait de resserrer la zone. Le « jeu », si l'on peut dire, était d'arriver à l'endroit avant qu'il ne donne le dernier indice. Si l'on échouait, la victime mourait. Si on trouvait avant le dernier indice, elle était encore en vie.

Mais franchement, vu l'état dans lequel on a retrouvé certaines personnes, il aurait mieux valu qu'elles meurent.

— C'est vraiment… charmant, fit Alex qui venait de comprendre le quotidien de Mary.

Comment pouvait-elle faire pour se protéger de telles horreurs ? Comment la brutalité et la violence ne laissaient-elles pas de trace sur elle ? Il aurait été parfaitement incapable de subir le dixième de ce qu'elle racontait. Il se reconcentra sur l'instant présent, fixa de nouveau l'écran, et s'écria soudain :

— Tu as raison, c'est ça ! Un trait, c'est une zone large. Deux traits, la zone de recherche se resserre. Idem pour les points. Maintenant que l'on a la logique, que veulent dire ces lettres et ces symboles ?

— Tu disais que les manuscrits pourraient t'aider à trouver des réponses. Y a-t-il des éléments qui t'ont semblé pertinents ?

— Pas vraiment. Je ne sais pas encore. Il y a beaucoup de descriptions de la vie de Joseph aux États-Unis. Ou encore des souvenirs concernant des épisodes de l'Empire, beaucoup de batailles, ou même une longue évocation du sacre de Napoléon.

— Si l'on part du principe que les lettres et les aigles ne font qu'un, alors il faut se concentrer sur le contenu des lettres. Comme si elles étaient la notice de montage d'un meuble Ikea, en quelque sorte.

— Certes… concéda Alex en levant les yeux au ciel, tant il était dépassé par la comparaison entre ces prestigieux manuscrits qui avaient traversé les siècles avec une vulgaire notice d'un fabricant suédois dont la durabilité des meubles était plus que douteuse.

Passé un moment de flottement, il reprit :

— Je vais dresser une liste des thématiques contenues dans les lettres, et les mettre en rapport avec les grands éléments de la vie de Joseph ou de Napoléon. Il ne cite pas autant le jour du sacre de l'empereur par hasard. Il insiste lourdement sur son règne espagnol, qui a certes représenté le point culminant de sa carrière, mais cela me paraît exagéré dans les formulations qu'il emploie. Il va forcément en ressortir quelque chose.

Et pendant qu'il parlait, il était déjà en train de créer un tableau Excel des thématiques avec les numéros des lettres. *Ça y est, il est déjà reparti*, songea Mary en souriant. Elle avait fini par atteindre son objectif, à savoir faire avancer Alex dans son enquête, et relancer son implacable machine cérébrale qui bouillonnait déjà. Alex était si absorbé dans ses réflexions qu'il ne s'aperçut même pas du départ furtif de Mary. Quand il se rendit compte de son absence, il s'en voulut d'avoir été si impoli, et lui envoya aussitôt un SMS d'excuses. Elle lui répondit de se remettre au travail plutôt que de se préoccuper des bonnes manières. Il sourit. Ce n'était vraiment pas une fille comme les autres.

Houston, Texas, nuit du 6 au 7 décembre 2018
Ranch de James Wisslemore

Trois heures du matin. Pas de lune. Vent calme. Ciel légèrement nuageux. Un hélicoptère Agusta AW109, tous feux éteints, se posa discrètement dans une zone désertique, à cinq kilomètres de la maison principale du ranch de James Wisslemore. Quatre hommes et une femme en descendirent avec agilité et détermination. Sans un bruit, ils s'élancèrent au pas de course. Ils savaient visiblement où ils allaient, entraînés, alertes, et se déplaçaient sans bruit.

En tête de la colonne, Sylvia avançait à petites foulées dans un endroit qu'elle n'avait jamais parcouru, mais qu'elle connaissait par cœur, tant ses compagnons et elle avaient analysé et décortiqué la moindre aspérité, le plus petit accident de terrain, ainsi que tous les endroits où ils pourraient se mettre à couvert en cas de problème. Personne ne parlait. Tous les scénarios possibles avaient été envisagés, et chaque membre de l'équipe savait comment réagir en conséquence. Pour autant, pour ces professionnels aguerris, une seule certitude : une opération militaire ne se passait jamais comme prévu. C'était leur sens aigu de l'improvisation qui faisait leur force, ainsi que la solidarité dont ils sauraient faire preuve en cas de coup dur. Leur absence totale de compassion et leur flegme devant la possibilité de la mort se révélaient aussi être des points forts. Si vraiment cela dégénérait, ils savaient qu'ils pouvaient mourir, et ils sauraient aussi laisser mourir leurs camarades pour la réussite de l'opération. Rien ne les arrêterait.

Les quatre premiers kilomètres furent avalés en une vingtaine de minutes : l'entraînement physique concocté par Sylvia portait ses fruits. Le dernier kilomètre fut parcouru plus prudemment, à mesure qu'ils se rapprochaient de la grande maison. Arrivé à cent cinquante mètres de celle-ci, le groupe se sépara sans un mot : trois hommes se dirigèrent vers le poste de sécurité, tandis que le quatrième et Sylvia s'orientèrent vers une petite colline qui surplombait la propriété. Là, en quelques secondes, l'homme installa un fusil à lunette et communiqua par radio :

— Épervier prêt.

Pendant ce temps-là, Avi le mercenaire, Greg le cambrioleur et Shiren l'informaticien avaient discrètement atteint la porte du poste de sécurité, en ayant évité toutes les caméras de surveillance, et neutralisé les systèmes d'alarme extérieurs sans que le poste de sécurité n'en fût averti. Shiren et Greg se mirent en retrait, tandis qu'Avi neutralisait des gardes. Ce qu'il fit en moins de quarante secondes, et sans violence inutile, mais avec quelques coups tout de même très bien placés. Il émit simplement à la radio :

— Étape 1 OK.

Pendant qu'Avi se chargeait de tenir le poste de sécurité, Shiren et Greg se précipitèrent en direction de la salle du sous-sol. Shiren ouvrit son sac et en sortit un ordinateur qu'il brancha sur le système d'identification du sas. Il enfila le gant en latex sur lequel étaient imprimées les empreintes digitales de James, et présenta au lecteur un faux œil motorisé qui reprenait la forme exacte de l'iris de James et ses mouvements oculaires. Au bout de quelques instants qui parurent interminables, le sas s'ouvrit. Ils se regardèrent en souriant, et Shiren put éponger les quelques gouttes de sueur qui perlaient sur son front.

— Étape 2 OK.

Greg entra dans la pièce, Shiren restant à l'extérieur au cas où le sas aurait la mauvaise idée de se refermer tout seul. D'un pas décidé, il se dirigea vers le coffre-fort qui trônait sur la façade gauche de la salle et s'empara d'un attirail composé d'éléments électroniques dernier cri, ainsi que d'objets insolites et apparemment obsolètes, comme un vieux tournevis, une petite chignole à main, ou encore un stéthoscope. Shiren le rejoignit une fois le sas sécurisé, recula et put admirer l'artiste en pleine action. Avec des gestes d'une extrême précision, Greg entama le duel avec l'imposant monstre d'acier et d'électronique. Il sourit pendant qu'il branchait ses instruments sur la bête, ravi de pouvoir enfin se mesurer à elle. De longues minutes s'écoulèrent inexorablement. Shiren commença à s'impatienter, et put difficilement cacher la tension qui montait en lui. Greg, de son côté, isolé dans sa bulle, restait imperturbable. Plus rien n'existait en dehors de son combat. Parfois, une grimace ou un rictus faisait comprendre à Shiren que la bête avait remporté une manche. D'autres fois, le léger sourire de Greg indiquait que celui-ci avait mené à bien sa contre-attaque. Au bout de dix bonnes minutes, l'issue du combat était encore incertaine, et la situation aurait fait le bonheur des bookmakers anglais.

Soudain, un grésillement se fit entendre dans les oreillettes de chaque membre du groupe. « Ici épervier. Mouvement inattendu dans la maison, au premier étage. » Shiren se raidit d'un coup. Qui pouvait bien bouger à une heure pareille ? « Attention, lumières allumées dans le couloir et la cage d'escalier, ça bouge là-dedans. » « OK, fit Avi, j'y vais, tu me couvres. »

Shiren regarda Greg, qui avait retiré son oreillette pour se concentrer. Sans saisir tous les détails, ce dernier avait parfaitement compris qu'un obstacle imprévu avait surgi. Il redoubla d'efforts et assena les uppercuts et crochets nécessaires pour terrasser son adversaire.

Avi se dirigea alors lentement vers l'intérieur de la maison, pour atteindre l'entrée. La lumière était effectivement allumée, mais il ne vit rien de particulier. « Attention, Avi, je ne te vois plus », fit Moshe. Avi appuya deux fois sur l'intercom pour signifier la réception du message. Lentement, il avança de quelques pas… et évita de justesse un coup de batte de base-ball, qui s'écrasa contre le mur derrière lui. Avi se projeta en arrière et brandit son fusil d'assaut pour viser l'adversaire. Celui-ci ne lui en laissa pas le temps : il était déjà sur lui et lui portait un coup au bras qui lui fit lâcher son arme, uniquement retenue par la bandoulière. Avi poussa un cri de douleur et répliqua par un coup de pied qui fit vaciller son assaillant vers l'arrière. Le temps qu'Avi se recule et reprenne son arme, son agresseur était déjà retourné dans l'entrée. Avi se précipita à sa poursuite, mais à peine eut-il franchi le passage qui le séparait du hall d'entrée qu'une énorme détonation résonna. Une balle le frôla, et s'écrasa contre la bibliothèque derrière lui. Un éclat de bois l'atteignit au visage et il se mit à saigner. Avi, d'instinct, répondit par une rafale en direction du tireur, tout en reculant dans le couloir. « Code 21, code 21 ! » fit-il à la radio. C'était le signal en cas de problème majeur. Il fallait battre en retraite au plus vite.

Au sous-sol, Shiren, qui avait déjà compris, ordonna à Greg :

— Ça suffit, il faut y aller ! Dépêche !

— J'y suis presque ! Encore une minute !

— Non ! On n'a pas le temps ! On va se faire piéger comme des rats, on applique le plan et le protocole à la lettre, grouille !

— Encore trente secondes, ne me saoule pas !

— Je me tire, fais ce que tu veux.

Au moment où il tournait les talons, un grand *clic* se fit entendre. Il se retourna et vit Greg, en nage, un sourire triomphant aux lèvres, avec la porte du coffre grande ouverte.

— Je t'ai eue, saloperie, dit-il en s'adressant au coffre qui ouvrait ses entrailles au grand jour.

— Vite, les aigles ! fit Shiren.

Il se précipita, fouilla rapidement, trouva la boîte avec les quatre aigles, enfourna le tout dans son sac à dos, puis se précipita vers le sas avec Greg qui avait récupéré ses outils en catastrophe, et ils remontèrent à la surface. Là, le spectacle qui les attendait était terrifiant.

Lorsqu'il avait entendu les détonations, James avait appuyé sur un *panic button*, sorte d'alarme portative reliée au poste de police le plus proche. Ce bouton avait aussi pour fonction d'allumer toutes les lumières de la maison et du parc, et de faire retentir une sirène assourdissante. Shiren et Greg se retrouvèrent au milieu d'une grande fête foraine, alors qu'ils étaient arrivés comme des chats en pleine nuit. Tandis qu'Avi continuait à riposter contre son adversaire invisible à coups de rafales bien placées, Moshe, de son promontoire, tirait sur les alarmes pour les faire taire, ainsi que sur les projecteurs du parc. Il ne pouvait pas voir l'adversaire d'Avi et ne lui était donc d'aucune utilité. Sylvia s'était rapprochée de la maison pour guider les autres. Le hurlement des alarmes l'empêchait de communiquer correctement avec les membres du commando. Elle réussit néanmoins à leur faire comprendre qu'il fallait prendre la direction du point d'évacuation prévu dans le scénario. Moshe quitta son poste et rejoignit Sylvia et les autres, qui entamèrent une course effrénée vers un coin obscur et sans issue du jardin. Sylvia vit l'hélicoptère piloté par Igor qui passait juste au-dessus d'eux à très basse altitude et se posait cent mètres plus loin.

— Allez, on y est presque ! hurla-t-elle à ses compagnons.

Avi fermait la marche et continuait de les couvrir en faisant feu en direction de la maison, là où il supposait que son mystérieux et coriace adversaire se trouvait. Il leur restait une vingtaine de mètres à parcourir. Un terrain de tennis, en somme.

L'hélicoptère était posé, moteur à fond, prêt à décoller. Sylvia, Shiren, Greg et Moshe se jetèrent littéralement dans l'appareil. Au moment où ils se retournèrent, ils virent Avi s'effondrer. La stupeur s'empara d'eux. Moshe voulut descendre pour le secourir.

— Non ! fit Sylvia en le retenant. C'est trop tard, il est mort ! On y va !

Moshe s'aperçut qu'elle avait raison. Une mare de sang grossissait sous le crâne explosé d'Avi. Un tir parfait avait stoppé net son frère d'armes. Moshe n'entendait plus l'hélicoptère, il ne sentait plus les mains de Sylvia qui le tiraient vers l'intérieur de l'appareil, il ne voyait plus que le sang qui continuait de gagner du terrain sous la tête de son ami, au ralenti.

Dans une manœuvre sûre, Igor fit décoller l'hélicoptère à la verticale, puis en une accélération, ils s'évanouirent dans la nuit.

Sur la terrasse de la maison, Mary releva le canon de son fusil longue portée. Elle en avait eu au moins un, c'était déjà ça. Derrière elle, James et Alex, qui avaient accouru paniqués, avaient assisté au coup final. Les alarmes s'étaient tues. Le silence de la nuit avait à nouveau enveloppé cette grande et belle maison, conçue initialement par James comme une forteresse impénétrable. On entendait à peine, au loin, les pales de l'hélicoptère qui s'éloignait.

Houston, Texas, 7 décembre 2018
Ranch de James Wisslemore

Le soleil n'était pas encore levé et le ranch de James portait les stigmates de l'assaut de la nuit.

Une dizaine de voitures de police, gyrophares allumés, étaient stationnées devant ou près de la maison, et illuminaient la bâtisse comme une boîte de nuit. Des techniciens de la police scientifique en combinaison blanche s'affairaient à relever d'éventuels indices et empreintes. Mary savait pertinemment qu'ils ne trouveraient rien, ou tout du moins rien qui les aide à remonter une piste. Il s'agissait de professionnels aguerris, qui avaient extraordinairement bien préparé leur coup et n'avaient rien laissé derrière eux qui permette de les identifier. *À part un corps humain troué d'une balle dans la tête…* songea Mary. Tous ses espoirs reposaient sur ce cadavre, même si elle doutait qu'on trouve facilement son identité.

De leur côté, James et Alex mesuraient l'étendue des dégâts dans la maison, mais surtout dans la salle du coffre. Une fois l'hélicoptère évanoui, et passé le moment d'effarement à la vue de l'homme abattu si froidement par Mary, ils s'étaient tous les deux précipités au sous-sol, conscients que les malfaiteurs avaient pris tous ces risques pour ce qui était enfermé à l'intérieur. En découvrant le sas béant prétendument inviolable, James blêmit. Ensuite, dans la grande salle, à la vue du coffre ouvert, il s'effondra sur une chaise, abattu et apathique.

Alex s'approcha et constata la disparition des aigles, ce qui confirmait ses craintes initiales.

Il se retourna alors vers James, et assista à une scène qu'il n'aurait jamais imaginé voir un jour : James pleurait. Comme un enfant, à chaudes larmes, la tête enfouie entre ses mains. En quelques secondes, son dos s'était voûté, ses rides s'étaient creusées, et ses mains tremblaient comme si un Parkinson fulgurant l'avait atteint. Alex sentit que cet homme, pourtant rompu aux batailles de la vie, et dont la dureté légendaire faisait d'ordinaire frémir ses interlocuteurs, craquait. On venait littéralement de le violer, de pénétrer son intimité et la souiller à jamais. C'est à cet instant précis qu'Alex se rendit pleinement compte de l'importance que revêtait cette aventure pour James : depuis des années, James considérait cette quête comme l'œuvre de sa vie, une sorte de bouquet final qui viendrait clore un palmarès de découvertes exceptionnel. Il avait conçu cette pièce souterraine dans cette seule optique. Et James avait toujours vanté son inviolabilité. Il s'était lourdement trompé, le voleur ayant toujours une longueur d'avance sur le gendarme, et l'humiliation était violente. Alex s'approcha de lui, posa sa main sur son épaule tremblante et tenta de le rassurer :

— Ne vous inquiétez pas, James, c'est dur, mais on les retrouvera. Nous savons tous les deux qui est derrière cette attaque.

James leva la tête et essuya rapidement ses larmes, gêné de s'être laissé aller devant Alex. Après quelques secondes, il répondit doucement :

— Oui… je sais, Alex. Merci d'être là. Remontons voir Mary.

Il se releva péniblement, soutenu par Alex. Il marchait à petits pas, refermant derrière lui des portes qui n'étaient plus sécurisées. Ils remontèrent à la surface, laissant derrière eux cette vision de cauchemar, mais ce qu'ils retrouvèrent là-haut ne fut pas franchement réjouissant non plus. Des policiers grouillaient de partout, un sac mortuaire renfermait l'un des voleurs, et des impacts de balles trouaient la façade de la maison. Entre-temps, deux hommes en costume sombre étaient arrivés dans une berline banalisée. Ils discutaient avec le chef de la police locale. Il s'agissait de deux agents du FBI dépêchés sur place, et qui connaissaient bien les origines de l'histoire. Leur aide, si appréciable soit-elle, ne servirait pas à grand-chose. James, Mary et Alex se virent simplement confirmer ce qu'ils avaient imaginé : l'hélicoptère avait été retrouvé en rase campagne, calciné, les occupants avaient fui vers l'aéroport où un petit avion privé les attendait, puis au bout de trente minutes ce dernier avait disparu des écrans radar. On supposait qu'il se dirigeait vers Cuba ou l'Amérique du Sud. Du côté du mort, pas plus de bonnes nouvelles : ses empreintes digitales ou son ADN n'apparaissaient dans aucun fichier connu. Une demande avait été envoyée à Interpol, mais il n'y aurait pas de réponse avant plusieurs jours. Les numéros de série de son fusil et de son revolver avaient évidemment été limés, et les douilles des balles qu'il avait tirées semblaient *a priori* on ne peut plus courantes.

James remercia les agents et les policiers, et demanda à Alex et Mary de le suivre dans son bureau, vaste pièce richement décorée et couverte de cadres de photos le montrant avec des personnalités connues : de Bill Clinton à Kofi Annan en passant par Steve Jobs. Ce *wall of fame* visait indubitablement à impressionner les invités qui avaient l'honneur de pénétrer dans la pièce. James se laissa tomber dans son grand fauteuil, pendant qu'Alex et Mary prenaient place de l'autre côté de l'immense table. Après quelques instants de silence, il reprit des couleurs ; de manière stupéfiante, le combattant et homme d'affaires retrouvait son énergie, et son attitude rendit cette impression *palpable*. Son buste se redressa, son œil redevint vif, ses gestes reprirent leur rythme saccadé habituel. La colère venait préparer le terrain de la vengeance.

— Notre ami Horacio est allé trop loin. Il vient de commettre une grave erreur, qui illustre d'ailleurs la situation désespérée dans laquelle il se trouve. Prendre autant de risques est caractéristique d'un homme qui n'a plus d'autre ressource. Mais je dois lui reconnaître un certain talent. Il a bien calculé son coup, il l'a réussi. Et ce, dans un temps record, si l'on tient compte de sa récente déroute à la frontière mexicaine. Sous-estimer mes adversaires est une erreur que je ne commets pourtant jamais.

Mary, très concentrée, intervint d'un air grave :

— Je suis d'accord avec vous, cette attaque a nécessité une préparation toute particulière. Mais, même sans minimiser le talent d'Horacio, comment a-t-il réussi à contourner la sécurité ? Les gardes, passe encore, l'effet de surprise a joué, mais vos empreintes digitales et rétinienne ?

Elle titillait de manière directe l'orgueil de James, dont toutes les précautions avaient volé en éclats. Mais il était urgent de comprendre comment l'adversaire travaillait pour mieux le contrer.

— Ou ils ont accès à une technologie dont je n'ai jamais entendu parler ou…

James laissa un silence et Mary compléta ce qu'il n'arrivait pas à s'avouer :

— Ou il y a une taupe autour de vous.

— Vous vous doutez bien que je prends un maximum de précautions avant d'engager qui que ce soit, et je pense que vous deux l'avez bien saisi quand nous nous sommes rencontrés.

— Il faut croire que ce n'était pas assez. Et la question nécessite d'être résolue rapidement. Il est hors de question que je travaille avec l'impression qu'on va me tirer dans le dos à tout moment.

— Je m'en occupe. En attendant, Horacio détient les aigles maintenant, et nous sommes dans une situation catastrophique.

— Nous n'avons pas besoin des aigles, affirma Alex.

— Pardon ?

— Je dis que nous n'en avons pas besoin. La première chose que j'ai réalisée en arrivant ici, c'est de numériser les aigles et les lettres de Joseph. En plus de la numérisation 3D, j'ai même fait un bon vieux moulage à l'ancienne. Donc, en dehors de leur valeur financière et sentimentale, ces aigles n'ont plus aucune importance.

James, pour la première fois depuis plusieurs heures, retrouva un visage détendu. Il était à la fois ravi et admiratif :

— Mon cher Alex, vous êtes merveilleux, et surtout très prévoyant !

— Et j'ai été d'autant plus prévoyant que tous les fichiers sont sur deux disques durs qui ne sont pas reliés à votre réseau. Car ce que vous ne savez peut-être pas encore, c'est que pendant qu'une partie de nos amis forçaient votre coffre, une autre a piraté votre réseau, et a pu télécharger bon nombre de documents. Je pense qu'ils ont pris en vrac tout ce qu'ils trouvaient, mais dans tous les cas, il n'y aura rien qui concerne les aigles ou les lettres de Joseph.

— Eh bien, ils trouveront des factures relatives à la maison, quelques Deals Memo de boîtes que j'ai rachetées, ou des éléments comptables sans intérêt. Tous les documents importants sont numérisés ailleurs, je ne suis pas complètement fou. En tous les cas, bravo pour cette double initiative !

— Qui plus est, ajouta Alex, sans les lettres de Joseph, ils n'ont aucune chance de déchiffrer l'énigme des aigles. C'est comme avoir une serrure, mais pas la clé. Nous conservons donc notre temps d'avance.

— Mais cette fois-ci, ajouta Mary, nous savons à quoi nous en tenir. Nous savons qu'Horacio est prêt à tout, y compris engager une équipe de pro, et qu'il en a les moyens. Maintenant qu'il a mis la main sur les aigles, il s'apercevra vite qu'il est de nouveau dans une impasse. Il va tenter d'obtenir la clé dont tu parles, Alex. Il faut mettre les lettres en lieu sûr et sécuriser les numérisations.

— Pour le déchiffrage des symboles, je recherche des correspondances avec des éléments mentionnés dans les lettres de Joseph Bonaparte. J'ai des idées, même quelques pistes. Je tiens d'ailleurs à remercier Mary pour son aide, précisa-t-il en la regardant.

Mary esquissa un sourire. Alex la dévisageait. Aucun signe de stress, de remords, ou d'émotion ne venait altérer son attitude, son expression corporelle ou verbale. Elle parlait et agissait comme si elle venait de prendre son petit déjeuner. Alors qu'elle avait combattu contre un membre du commando et fini par l'abattre froidement. Alex n'arrivait pas à comprendre comment la violence et la mort pouvaient à ce point faire partie du quotidien de cette femme d'apparence si normale. Le contraste entre son attitude de façade et ses actes depuis qu'il la connaissait était à la fois effrayant et attirant. L'incompréhension de cette dualité le troublait autant qu'elle le fascinait, ce qu'il avait de plus en plus de mal à dissimuler. D'autant qu'il sentait que Mary n'était pas totalement hermétique à son charme… James interrompit les rêveries d'Alex :

— Je pense que nous pouvons remercier Mary à plus d'un titre aujourd'hui : grâce à elle, nous avons pu contrecarrer en partie les plans de ce commando. Qui sait ce qu'ils auraient pris en plus ? Et notre Calamity Jane a également amputé leur équipe d'un de ses membres, ce qui n'est pas négligeable. Comment avez-vous su qu'ils étaient là, Mary ?

— Un bon vieux hasard, comme on les aime, répondit-elle en riant. J'ai eu une insomnie, et je suis allée sur la terrasse de ma chambre pour prendre l'air. Et là, j'ai été surprise de ne voir aucun garde faire sa ronde, comme d'habitude. J'ai pris mon arme et je suis descendue pour aller voir le PC sécurité. Et c'est à ce moment-là que j'ai entendu un bruit dans le couloir en bas. J'ai pris le premier objet qui me tombait sous la main : une de vos très belles battes de base-ball, James. Après, une fois l'assaillant dans le jardin, je savais que le seul moyen de l'avoir, c'était mon fusil à lunette. Je me suis précipitée là-haut pour le prendre, et vous connaissez la suite. D'ailleurs, James, désolée, mais je pense que votre jolie batte de collection doit être quelque peu endommagée…

— C'est bien le cadet de mes soucis ! Vous avez été remarquable de courage et de sang-froid.

— Merci, James, mais je n'en tire jamais aucune gloire. Comme souvent, dans le cas présent, c'était lui ou moi. Et je n'allais pas le laisser s'en tirer à si bon compte. Vous avez raison sur un point : on ne sait pas ce qu'ils auraient volé en plus des aigles et des fichiers informatiques. Peut-être avaient-ils prévu de ne pas s'arrêter là, et de s'en prendre physiquement à vous.

— Nous avons deux ou trois jours pour avancer sur le décryptage du code, conclut James. Passé ce délai, soit Horacio aura avancé de son côté, soit il reviendra chercher la solution. Nous ne pouvons pas renouveler cette fâcheuse expérience.

Je compte donc sur vous deux pour trouver la solution. Je sais que vous en êtes capables.

Alex ne tenait sûrement pas à « renouveler cette fâcheuse expérience », lui qui en tremblait encore, sans savoir si cela était dû à la rémanence de la peur de la nuit passée, ou à la pression exacerbée des deux jours à venir.

— Je connais quelqu'un aux États-Unis qui peut sans doute nous aider dans nos recherches, si vous m'autorisez à le contacter, James.

— De qui s'agit-il, mon cher Alex ?

— De Peter de Berghausen, un des plus grands collectionneurs de livres rares et d'archives sur le XIXe siècle. Sa bibliothèque contient la quintessence des écrits de ce siècle, uniquement dans des éditions originales. Quant aux correspondances et archives qu'il a rassemblées, les plus grands musées du monde vendraient leur âme pour en posséder ne serait-ce qu'une infime partie.

— Fort bien, répliqua James, mais en quoi peut-il faire avancer l'enquête ?

— Je suis intimement convaincu que de nombreuses réponses résident dans les lettres de Joseph. Je souhaiterais les lui montrer et avoir son avis. Par ailleurs, je sais qu'il détient lui-même d'autres lettres de Joseph et de Napoléon, trésors qu'il ne montre à personne. Peut-être pourrons-nous y trouver d'autres indices ?

James n'était pas enclin à diffuser le contenu de « ses » lettres à d'autres, mais les événements de la veille lui avaient démontré que ses ennemis étaient prêts à tout. Il finit par lâcher :

— Bon… je vous fais confiance. Et de toutes les façons, le temps joue contre nous. Où se trouve-t-il, votre collectionneur ?

— À New York.

— Bien, je fais préparer le jet, déclara James en se dirigeant déjà vers la sortie. Et quand vous reviendrez, vous n'aurez plus de questions à vous poser sur mon entourage.

Alex et Mary se regardèrent. Ils savaient que ce voyage à New York serait l'une de leurs dernières cartouches pour résoudre l'énigme et qu'ils devaient prendre un maximum de précautions.

Venezuela, 7 décembre 2018
Estancia El Potrero,
60 km à l'ouest de Maracaibo

Pour Horacio, le succès était total. Il avait gagné sur toute la ligne. La mort d'Avi lui importait peu, et faisait partie des dommages collatéraux mineurs liés à ce type d'opération. En revanche, récupérer les aigles et infliger une sévère humiliation à James Wisslemore constituaient une source de jouissance infinie. Il leva son verre de champagne à l'adresse de Sylvia, assise en face de lui :

— Bravo, ma chère ! Un grand succès, qui est à mettre à 100 % à ton actif ! En un temps record, tu as réussi à récupérer tous les aigles qui me manquaient pour faire main basse sur le trésor de la couronne d'Espagne. Non seulement je vais pouvoir payer ces Colombiens, mais je vais aussi regagner leur confiance, et au passage, me faire quelques millions ! Voilà un plan comme je les aime ! Quand je pense qu'il y a quelques jours encore, je filais comme un lapin à la frontière mexicaine ! Quel retournement ! Excellent ! Tes hommes ont été payés ?

— Oui, ils ont pris leur argent et ils sont déjà repartis. Nous n'entendrons plus parler d'eux. Moshe veut régler son compte à celui qui a abattu Avi, c'est son problème. D'ailleurs, je pense que ce n'est pas « celui », mais « celle » qui a abattu Avi, mais je me suis bien gardée de le lui dire. Il ne faudrait pas qu'il vienne jouer dans nos pattes.

— Oui, chacun ses problèmes et ses vengeances. Maintenant, à nous les joyaux !

— Comment es-tu aussi sûr qu'il ne te faut pas un autre aigle ?

— Les informations que j'ai obtenues parlent de sept aigles, tu as raison. Mais avec les six premiers, je suis certain qu'on peut déjà s'approcher du trésor !

— À ta place, je ne paraderais pas aussi vite, Horacio. Il nous faut encore déchiffrer le code inscrit sur les aigles. Et d'après ce que j'ai pu rapidement voir, le moins que l'on puisse dire, c'est que cela ne saute pas aux yeux… Sans compter que si Napoléon en a donné sept, c'est qu'il y a une raison !

— Ne t'inquiète pas. J'ai des spécialistes en cryptographie ici. Ils sont déjà sur le coup. D'ici à quelques jours, ce sera réglé. Ces types-là ont réussi à décrypter pour moi des messages du FBI qui me concernaient. Alors tu vois…

Sylvia soupira devant tant d'ignorance.

— Il ne s'agit pas simplement de déchiffrer un code. Il s'agit aussi d'un contexte historique. Les aigles, et ce à quoi ils mènent, sont le fruit d'événements majeurs dont il faut avoir une fine connaissance. Il ne s'agit pas juste de « cracker » le code. Nous pensions trouver des éléments dans les fichiers dérobés sur le serveur de Wisslemore. Des notes de cet Alex Merri, ou même des lettres de Joseph dont nous savons qu'elles éclairent le codage des aigles. Mais cette raclure de Wisslemore a bien fait les choses, et nous n'avons rien trouvé d'exploitable.

— Tu crois quoi ? Que j'embauche des baltringues ? Mes gars sont des bêtes qui ne lâchent pas tant qu'ils n'ont pas trouvé. Ils bosseront jour et nuit sans même s'en apercevoir. Je veille juste à ce qu'ils aient des pizzas et du Coca frais.

— Je souhaite que tu aies raison, Horacio. Mais imaginons un instant le scénario catastrophe. Que se passe-t-il s'ils n'y arrivent pas ? On se retrouve avec des aigles qui ne nous mènent à rien. Que fait-on ?

— Bon, tout d'abord, on ne va pas crier avant d'avoir mal. Ils vont réussir. Et ensuite, si vraiment ils déclarent forfait, alors il faudra envisager un plan B. Et ça, c'est ta spécialité, ma chérie, non ? ironisa-t-il.

— Justement, c'est prévu, répondit-elle d'un ton sec. Je pense que l'équipe réunie par ton meilleur ami James Wisslemore a déjà pas mal avancé. Quelque chose me dit que ce petit prof d'histoire a plus d'un talent caché.

— Et donc ?

— Et donc j'ai activé une surveillance discrète et à distance du ranch de James. Je pense qu'il ne faut pas les laisser tranquilles. Ils peuvent nous mener, sans le savoir, vers ce que nous cherchons. Finalement, nous avons ainsi deux fois plus de chances d'y arriver : soit tes super cracks arrivent à une solution, soit l'équipe de James y parvient, et nous n'avons plus qu'à les suivre pour qu'ils nous conduisent gentiment au but.

— Tu vois, qu'est-ce que je disais ? C'est bel et bien ta spécialité, les plans B !

Dans ces moments-là, Sylvia était prise d'une irrépressible envie de lui mettre une grande claque. Afin d'éviter ce genre de situation regrettable, elle préféra tourner les talons et quitter la pièce. Elle se dirigea vers la salle de contrôle, d'où elle pouvait voir en temps réel des images du ranch de James, prises au téléobjectif. À cette distance, impossible d'être repéré par la sécurité de James. Les quelques jours à venir seraient déterminants. Au fond d'elle, elle était d'ailleurs beaucoup plus prête à parier sur Alex et Mary que sur les soi-disant cracks d'Horacio.

Manhattan, New York, 8 décembre 2018
Hôtel particulier de Peter de Berghausen

Le jet avait posé Alex et Mary à Teterboro, le principal aéroport d'affaires à proximité de New York. De là, une voiture avec chauffeur affrétée par James les avait conduits en plein centre de Manhattan, sur la 61e Rue Est, à deux pas de la 5e Avenue et de Central Park. La voiture s'arrêta devant la façade Beaux-Arts d'un magnifique hôtel particulier. Dans l'avion, Alex avait pris soin de briefer Mary sur le personnage qu'elle allait rencontrer, et sur lequel ils fondaient tous leurs espoirs.

Peter était le descendant d'une très grande famille aristocratique allemande. Possédant le titre de prince, son ascendance comptait des rois et des reines européens, et ce depuis le XIIIe siècle. Ses 55 ans ne reflétaient absolument pas sa mentalité ni son univers, restés bloqués au XIXe siècle : une armée de domestiques dirigée par un majordome en livrée, une secrétaire particulière qui gérait son existence et ses déplacements dans les soirées de la jet-set aristocratique, une vie de rentier assumée, et une passion pour les vieux livres. Marié à une aristocrate (évidemment), il n'avait eu qu'un seul enfant « afin de ne pas diviser l'héritage », pour reprendre ses propres termes. Par « chance », c'était un garçon, ce qui permettrait de perpétuer le nom, objectif essentiel de son existence. À côté de cela, Peter était un homme charmant, généreux et plein d'empathie. Il donnait à de nombreuses associations, et avait créé sa propre fondation caritative, avec pour assise son immense fortune. Celle-ci provenait du mariage de son père avec l'une des héritières du pétrolier Exxon. Le bon vieux procédé qui avait fait ses preuves depuis des siècles : je donne mon titre en échange de ta fortune.

Dès leur descente de voiture, un portier en livrée aux couleurs de la maison de Berghausen, beige et bleu, vint les accueillir et les fit entrer.

Mary dut reconnaître qu'elle n'avait jamais rien vu de pareil : une entrée monumentale, tapissée d'œuvres d'art exceptionnelles – Titien, Renoir, Matisse –, abritait un immense escalier ovoïde qui menait aux quatre étages de l'hôtel particulier. Quand on se plaçait au centre et qu'on levait la tête, la spirale parfaite semblait infinie. Le majordome apparut et conduisit les invités au petit salon, non sans leur avoir proposé des rafraîchissements.

— C'est ce que je crois ? demanda Mary en pointant un tableau accroché au mur.

— Oui… un des deux Van Gogh de sa collection… Je te l'avais dit, c'est quelque chose de dingue.

L'arrivée de Peter interrompit Mary dans son extase.

— Alex ! Quelle joie incommensurable de te revoir !

— Peter, merci infiniment d'avoir accédé si vite à ma demande. Je te présente mes plus sincères excuses pour cette façon très cavalière de te solliciter !

Mary écoutait, médusée, le dialogue exagérément pompeux, et se disait qu'Alex savait décidément s'adapter à son auditoire…

— Mais laisse-moi te présenter Mary Garza, avec qui je travaille sur l'enquête historique dont je t'ai rapidement entretenu hier au téléphone.

— Chère madame, c'est un honneur.

Mary tendit la main pour serrer celle de Peter, mais ce dernier la pivota légèrement à l'horizontale, et lui fit le baise-main, en un geste fluide et naturel. Mary, pour qui c'était une première, se sentit désemparée, voire un peu bête. Elle ne sut d'ailleurs quoi répondre et se contenta de sourire sans conviction.

— Écoute, c'est une chance inouïe, enchaîna Peter, j'étais à New York pour quelques jours, et je pars demain rejoindre mon chalet à Gstaad. Nous passons toujours Noël là-bas, tu sais.

— Gstaad est tellement agréable à Noël, répondit Alex qui n'en savait rien. Mais je ne veux pas abuser de ton temps. Je vais te parler de notre petite énigme et tu me diras si une idée germe dans ton esprit prolifique.

Alex lui dépeignit les grandes lignes de l'histoire, en mettant en avant le caractère exceptionnel de l'aventure, et le lien qui existait certainement entre les lettres de Joseph et les symboles des aigles. Évidemment, il ne mentionna pas la légende des Neuf Inconnus et se concentra sur l'histoire des joyaux d'Espagne, sachant qu'il trouverait en Peter une oreille attentive, si ce dernier voyait une occasion d'enrichir son trésor personnel. Il passa sous silence la nature dangereuse de leurs adversaires, ainsi que l'épisode de l'attaque du ranch. Pour illustrer son propos, il dévoila opportunément des photos des aigles, et un échantillon photocopié des lettres soigneusement tronquées. Au fur et à mesure de ses explications, les yeux de Peter s'illuminaient, il était happé par l'histoire, et toute sa bonne éducation ne parvenait pas à masquer son excitation.

— Extraordinaire ! s'exclama-t-il lorsque Alex eut terminé. Je suis sans voix.

— Pensez-vous avoir des éléments qui pourraient nous aider ? intervint brutalement Mary, qui n'avait pas encore ouvert la bouche.

La question eut le mérite de faire redescendre Peter.

— C'est possible, oui. Dans certaines de ses lettres Joseph mentionne beaucoup son règne espagnol et ses propriétés en Amérique. Cela correspond à ce que vous me dites. Peut-être y a-t-il d'autres éléments qui apparaîtront à la lumière de votre énigme. Venez.

Il les emmena à travers l'hôtel particulier de 1 000 mètres carrés. Un dédale de couloirs les conduisit à la pièce centrale de la maison : une gigantesque bibliothèque en boiseries du XIXe siècle. La pièce était tellement haute de plafond que la bibliothèque se composait d'un premier niveau, et d'un deuxième que l'on pouvait parcourir le long d'une charmante coursive. L'impressionnante baie vitrée, qui donnait sur le jardin, baignait la pièce d'une lumière naturelle apaisante. Au centre, une imposante table de cinq mètres de long permettait de poser les ouvrages. Des supports sur mesure exposaient çà et là quelques pièces d'exception : un des exemplaires originaux de la constitution française de 1789, une bible richement enluminée, ou encore une lettre de Napoléon à Joséphine, datée du 21 juillet 1796 à Milan. Mary s'en approcha et lut un passage :

« Que fais-tu à cette heure ? Tu dors n'est-ce pas. Et je ne suis pas là pour respirer ton haleine, contempler tes grâces et t'accabler de mes caresses. Loin de toi les nuits sont longues, fades et tristes. Près de toi l'on regrette qu'il ne soit pas toujours la nuit. »

— C'est beau, n'est-ce pas ? remarqua Peter qu'elle n'avait pas vu juste derrière elle.

— Oui, magnifique, répondit-elle en rougissant un peu.

— Reprenons, dit Alex, bizarrement agacé par l'émotion de Mary. Que peux-tu nous montrer ?

— Je vais te dévoiler des lettres inédites. Vous y trouverez peut-être un élément qui vous fera avancer. Attention, Alex, je ne les ai montrées qu'à trois personnes au monde jusqu'à présent : ma femme, le patron du Louvre et celui de la British Library.

— Ne t'inquiète pas, tu me connais, je serai muet comme une tombe.

— Je sais, c'est pour cela que j'accepte. Mais… à charge de revanche, Alex. Si ton James Wisslemore est vendeur de tout ou partie de ses lettres, j'espère avoir la primeur de l'offre. Sans parler des joyaux : il y en a un ou deux qui pourraient m'intéresser.

— Je te le promets, Peter, parole d'honneur.

— Parce qu'il y en a une autre ? dit Peter en souriant.

Il sortit d'un petit coffre habilement dissimulé dans un panneau de boiserie une pochette cartonnée dans laquelle il préleva une dizaine de lettres originales.

— Les voilà. Elles sont à vous pour « étude sur place », comme on dit dans les bibliothèques publiques. Je reviens dans deux heures et si d'ici là vous avez besoin de quoi que ce soit, vous tirez le gros cordon en tissu à côté de la porte, et le majordome satisfera à vos moindres désirs.

— Merci mille fois, Peter, dit Alex, et à tout de suite !

Sans plus attendre, ils se mirent à déchiffrer l'écriture de Joseph, dans l'espoir qu'un mot ou une phrase jaillirait dans la nuit.

Manhattan, New York, 8 décembre 2018
Hôtel particulier de Peter de Berghausen

Alex et Mary analysaient le moindre détail des lettres de Joseph, et son éventuelle correspondance avec les signes inscrits sur les aigles. Ils ne ménageaient pas leur peine, décortiquant chaque mot, chaque phrase, et leur sens explicite ou codé.

Alex était persuadé depuis le début que la clé de l'énigme résidait dans l'histoire de Joseph lors de son règne espagnol.

Après la chute de Napoléon, Joseph était venu vivre en Amérique. Il avait acheté une grande propriété près de Philadelphie, appelée Point Breeze. Il s'insérait dans la vie locale, et accueillait à bras ouverts tous les exilés français du règne napoléonien. Il fit un peu de commerce, et acheta des terres dans le nord du pays, dans l'État de New York, près de la frontière avec le Canada. Puis après la mort de sa fille Charlotte, il revint vivre en Europe, où il mourut en 1844, en Italie. S'il avait eu en sa possession le livre des Neuf Inconnus, il avait pu le cacher en Amérique ou en Italie, les deux seuls endroits plausibles, où il était resté suffisamment longtemps. En Amérique, notamment, il avait vécu de 1815 à 1839, ce qui lui avait largement laissé le temps de trouver une cache solide et sûre pour cet ouvrage d'exception.

Les États-Unis avaient occupé une place de choix dans l'esprit de Napoléon après sa défaite de Waterloo. L'empereur avait eu en effet comme projet de partir pour ce pays nouveau, où il souhaitait s'adonner à sa passion des sciences. Il avait même déclaré : « Désormais sans armées et sans empire, je ne vois que les sciences qui puissent s'imposer fortement à mon âme. » Et si l'étude du livre des Neuf Inconnus faisait partie de ce projet scientifique de longue haleine ? S'il existait bien un ouvrage d'érudition scientifique dont la profondeur pouvait égaler le génie de Napoléon, c'était le livre des Neuf Inconnus qui avait pour vocation de changer les âmes, de vous transformer. C'était d'ailleurs le vrai sens de la transmutation alchimique : il ne s'agissait pas, comme tout le monde le croyait, de la transformation du plomb en or, mais de celle de l'âme humaine et de la transformation de l'être tout entier. Le livre des Neuf Inconnus en était l'expression, indubitablement.

Alex avait expliqué à Mary cet engouement de Napoléon pour l'Amérique. Celle-ci découvrait totalement ce pan de l'histoire de l'empereur, et restait incrédule :

— Mais jusqu'à quel point ce projet a-t-il pris forme ? Était-ce quelque chose de concret ou une idée qui lui est passée par la tête, après sa déroute ?

— Non, il s'avère que c'était on ne peut plus concret, répondit Alex. Son trésorier devait remettre trois millions en or au banquier Jacques Laffitte, pour les faire passer aux États-Unis. Le général Bertrand, d'un dévouement inconditionnel à la personne impériale, avait organisé le transport de la plus grande partie de la bibliothèque, des meubles, porcelaine, argenterie, et il avait même prévu le transport de chevaux, de palefreniers, des selles et des harnais. Des frégates étaient prêtes à l'embarquer, mais Napoléon avait flairé un piège fomenté par Fouché, son versatile ministre de la Police, et au dernier moment, il préféra rester à Rochefort. Pour Napoléon, l'Amérique pouvait représenter le terrain d'une nouvelle page de sa vie, qu'elle soit intellectuelle, familiale – il souhaitait faire venir tous ses proches –, ou encore politique, car il imaginait aussi un grand empire américain.

— Et Joseph dans tout cela ? demanda Mary.

— Il a participé au projet d'exil de son frère aux États-Unis. Napoléon a demandé à être débarqué à l'île d'Aix, où Joseph l'a rejoint. Joseph était un haut dignitaire de la franc-maçonnerie. Il présenta à Napoléon un plan digne d'un film : la franc-maçonnerie mettrait à disposition une frégate qui l'emmènerait aux États-Unis, pendant que Joseph prendrait la place de Napoléon pour se livrer aux Anglais, profitant de leur incroyable ressemblance. Napoléon finit par refuser, Joseph embarqua à Royan et fila vers les États-Unis où il arriva sain et sauf malgré quelques barrages anglais. Cet épisode nourrira de nombreux fantasmes, certains étant persuadés que c'était Napoléon qui avait débarqué en Amérique, et Joseph à Sainte-Hélène !

— Incroyable, en effet. L'Amérique semble avoir une place toute particulière dans ce scénario. Mais comment Napoléon et Joseph pouvaient-ils correspondre ?

À ce moment, Peter entra dans la pièce, et entendit la question de Mary. Il prit le relais et répondit :

— Ils arrivaient à correspondre clandestinement, par des courriers chiffrés. Et Joseph put aussi avoir des nouvelles directes de l'empereur par des personnes qui furent chassées de Sainte-Hélène en 1817.

— Comme Rousseau et Archambault, continua Alex, qui rejoignirent Joseph en Amérique. Il est clair que ces deux personnages étaient chargés par Napoléon de transmettre un message des plus confidentiels à Joseph.

— Tout à fait d'accord, mon cher. Regardez, ajouta Peter en sortant de nouvelles archives. À la fin de cette même année, Napoléon reçoit une lettre chiffrée de la part de Joseph, et pour vous montrer un exemple de ce chiffrement complexe, je vous en lis une phrase : « Elle est de juillet. Il lui demande de ses nouvelles. Espérances. Écrit en Δ. »

— C'est en effet très abscons comme échange, fit Mary, captivée par le récit historique des deux hommes.

— Il y a notamment un point très frappant, poursuivit Alex, qui obsède Napoléon à Sainte-Hélène. Il réclame sans cesse que Joseph puisse publier sa correspondance avec les souverains d'Europe, dont il dit qu'elle est cruciale. Et il relancera son frère, *via* des intermédiaires, de multiples fois pendant son exil. Pourquoi était-il si attaché à ces lettres ? Que contenaient-elles de si important ? Dans les textes de Sainte-Hélène, Napoléon va même jusqu'à dire que cette correspondance « est un monument pour l'Histoire. Si Joseph l'a, il faut la faire imprimer en Amérique, si elle existe aux Archives, il faudra tâcher de se la procurer ».

Alex garda pour lui l'hypothèse selon laquelle la mention insistante de ces lettres serait le nom de code du livre des Neuf Inconnus. Joseph avait toujours clamé ne jamais avoir eu ces lettres. À moins que ce ne fût la réponse codée de Joseph pour signifier à son frère que le livre était toujours en sa possession et à l'abri.

— Est-ce qu'on ne complexifie pas trop le rôle de ces lettres et de leur code ? N'est-ce pas un peu tordu d'essayer en permanence de décrypter chaque mot ?

— Oh non, très chère, répondit Peter. Rappelez-vous que Napoléon est prisonnier des Anglais, et que tout est épié, épluché et retransmis à Londres. La paranoïa est une règle de survie sur une île comme Sainte-Hélène, gardée par un régiment anglais. Rien n'est assez tordu, à ce stade !

— Oui, vous avez sans doute raison, concéda Mary. On ne replace jamais assez les événements dans leur contexte. Mais je me posais une question tout à l'heure quand on parlait de sa maison de Point Breeze et de l'achat de ses terres : comment Joseph vivait-il ? Avec quel argent ?

— Pour cela, pas d'inquiétude, enchaîna Peter qui s'y connaissait en constitution de richesse. La fortune des Bonaparte était immense, et ils avaient su bien garnir leur patrimoine durant leurs règnes respectifs. Napoléon avait conscience des moyens financiers importants dont disposait Joseph, et il y a toujours eu ce mystère autour des joyaux de la couronne d'Espagne qui nous intéresse au premier chef.

Mary ne put s'empêcher de jeter un œil à Alex, qui lui fit un geste discret de la main pour ne rien laisser transparaître du vrai but de ces lettres.

— C'est-à-dire, quel mystère ? s'enquit Mary innocemment.

— Joseph était roi d'Espagne entre 1808 et 1813, date à laquelle il dut abandonner le trône et rentrer en France. Le fait est que, depuis son départ d'Espagne, personne n'est arrivé à remettre la main sur les joyaux de la couronne, et notamment sur les diamants. Tout le monde pense, depuis longtemps, que Joseph s'est servi et a emporté avec lui une partie du butin. On n'a jamais rien retrouvé, et il est possible que Joseph ait progressivement vendu ou desserti les joyaux pour subvenir à ses besoins ou à ceux de ses proches.

— Et que ce soit en Amérique ou en Italie, rien n'a refait surface ? voulut savoir Mary, abasourdie, qui se dit qu'après tout Horacio avait peut-être raison.

— Non, répondit Alex. Il y a là encore un épisode digne d'un film, tant il est incroyable, et pourtant véridique, qui peut éclairer nos affaires. Tu te rappelles que je viens de te parler de Rousseau et d'Archambault, les deux proscrits de Sainte-Hélène qui avaient rejoint Joseph en Amérique en 1817 ?

— Oui, ce qui a donné lieu au message crypté que tu m'as lu.

— Absolument. Eh bien, en cette même année 1817, Joseph envoie son fidèle secrétaire, Louis Maillard, dans la propriété qu'il avait gardée en Suisse, à Prangins. Il lui demande d'aller récupérer des objets précieux que Joseph avait enterrés avant de rejoindre l'empereur en France après les Cent jours. On pourrait tout à fait imaginer que parmi ces « objets précieux », il y avait les diamants de la couronne d'Espagne. Maillard était le seul, avec Joseph, à connaître la cachette. Il s'embarque pour l'Europe, se déguise en touriste anglais, et se rend à Prangins où il revoit l'administrateur des biens de Joseph en Suisse. Joseph et Maillard avaient caché une petite caisse avec ces fameux « objets précieux » et des documents… dans un terrier de renard ! On croit franchement rêver. Mais en grand chasseur, il avait choisi un endroit truffé de terriers où même ses chiens se perdaient. Maillard et l'administrateur creusent pendant deux jours, et finissent par extraire la cassette de son trou. Maillard retourne en Amérique sans histoire, en ayant caché son contenu dans une ceinture spéciale. Il avait avec lui également, selon les archives dont j'ai reçu la copie par mail *via* un ami conservateur à Paris, toute une correspondance entre Joseph et Napoléon.

— Tu me fais marcher. C'est trop gros pour être vrai.

— Eh bien, non, pour ce qui est des aventures de Maillard, je te donne ma parole que c'est la vérité historique, aussi incroyable puisse-t-elle te sembler. Pour les joyaux, cela reste une hypothèse, vu qu'ils n'ont jamais été formellement retrouvés. Et donc, à partir de là, plusieurs questions se posent : les objets précieux sont-ils effectivement les diamants de la couronne d'Espagne ? Et si tel est le cas, aux yeux de Joseph, quels documents pouvaient avoir autant d'importance que ces diamants ? Que contenaient-ils de si déterminant pour qu'il les enterre dans ce terrier avec des joyaux aussi incroyables ?

Alex commençait à voir se dessiner une théorie. Fidèle à sa méthode F.I.N.D., il s'était transporté dans l'époque, et avait imaginé les personnages se mouvoir au gré de ses hypothèses.

Ce voyage mental et temporel l'avait conduit à un scénario très précis. Le postulat de départ était que Joseph et Napoléon étaient les seuls à savoir où se trouvait le livre des Neuf Inconnus. Alex imaginait Rousseau et Archambault porteurs d'un message de l'empereur à Joseph, lui demandant de rapatrier chez lui les diamants et surtout les papiers qui indiquaient le lieu où se cachait le livre. Il voyait Joseph recevant les deux hommes à Point Breeze, les accueillant après leur long voyage, les pressant de questions sur l'empereur, son état de santé ou son moral. Sur la terrasse ombragée de la grande maison, tel un spectateur imaginaire, il regardait les trois hommes discuter autour d'un thé, échafaudant toutes sortes de projets ou se remémorant les gloires passées. Mais très vite, la discussion reprenait sur les instructions de l'empereur dont Rousseau et Archambault étaient porteurs. Alex voyait Joseph repartir dans son grand bureau, et écrire la missive cryptée à Napoléon pour lui dire qu'il avait bien reçu le message et qu'il s'en occupait. Il la remettait ensuite aux deux hommes. Et dans la foulée, il envoyait Maillard récupérer le tout, pour le rapporter aux États-Unis : les diamants et les documents qui précisaient l'emplacement du livre.

Alex conclut :

— Maillard était le seul dans la confidence et épaulait Joseph dans cette entreprise. Tout cela se passait la même année, en 1817, cela ne peut pas être une coïncidence.

— Ça se tient, admit Mary après un long moment de réflexion. C'est incroyable et vraiment fascinant.

Sans un mot, Peter sortit alors un exemplaire du testament de Joseph Bonaparte. Il le parcourut frénétiquement, comme s'il cherchait quelque chose en particulier. Il s'exclama soudain :

— Ah ! Ça y est ! J'en étais sûr !

— Sûr de quoi ? demanda Alex, curieux.

— Quand tu as évoqué le nom de Maillard, j'ai repensé au testament. Quelque chose m'avait étonné à l'époque où je l'avais analysé. Regardez, devinez qui est l'exécuteur testamentaire de Joseph Bonaparte, et qui est autorisé à habiter Point Breeze à vie ?

— Je ne sais pas. Les enfants de Joseph, j'imagine, répondit Mary.

— Non, Louis Maillard.

Mary sentit un frisson la parcourir. Ils étaient sur la bonne piste, son instinct ne l'avait pas trahie.

Houston, Texas, 10 décembre 2018
Ranch de James Wisslemore

Après avoir pris congé de Peter et l'avoir chaleureusement remercié pour son aide, Alex et Mary reprirent le jet qui les ramena au ranch de James.

À peine descendus de l'avion, ils lui exposèrent leur théorie. Il en fut surexcité. Les avancées de « l'enquête » étaient spectaculaires, et James adhérait totalement à leurs hypothèses.

— L'implication de Louis Maillard est évidente ! s'enthousiasma-t-il. Il avait la confiance absolue de Joseph Bonaparte. S'il avait la garde du livre, et pouvait en plus habiter à Point Breeze, pourquoi le livre ne se trouverait-il pas là-bas ?

— Une importante littérature existe sur cette maison, car elle fut considérée selon certains comme « la plus belle maison des États-Unis après la Maison-Blanche ». Tous ceux qui ont pu y séjourner en admirent la richesse : mobilier Empire, bibliothèque de huit mille ouvrages – plus que celle du Congrès à l'époque ! –, plus de cent cinquante toiles de maîtres, dont Rubens, Le Titien, Murillo, Rembrandt, Goya, Léonard de Vinci… C'est la plus importante collection d'art européen en Amérique. Du coup, il a été assez facile de suivre l'histoire de ce lieu unique. La première maison de Joseph a brûlé. Il l'a reconstruite un peu plus bas. Elle a ensuite été rasée dans la deuxième moitié du XIXe siècle. Aujourd'hui,

Point Breeze est un quartier résidentiel de Philadelphie, il ne reste plus rien de la maison de Joseph. Et puis autre raison : cela aurait été trop évident. Il a d'ailleurs été dit que le premier incendie n'était pas un accident et que certaines personnes avaient mis le feu à la maison pour faire disparaître des papiers liés à l'empereur, ou peut-être le livre des Neuf Inconnus… C'était en 1820, donc, en effet, après que Joseph eut rapporté les documents et objets précieux de Suisse.

— C'est plausible, intervint Mary. Si ce livre a tant de valeur, le dernier endroit où je le cacherais, c'est chez moi. Il est ailleurs, dans un lieu plus inaccessible et beaucoup moins évident.

— Entre-temps, j'ai découvert quelque chose qui vient conforter notre hypothèse, ajouta Alex. Comme je vous l'ai exposé, Maillard, qui était l'exécuteur testamentaire de Joseph Bonaparte, pouvait habiter Point Breeze jusqu'à la fin de ses jours, et il était désigné comme le gestionnaire de tous les domaines américains de Joseph jusqu'à la majorité du fils de ce dernier, Lucien. Mais ce n'est pas tout. Il y a une clause très étonnante dans le testament de Joseph, et je vous la lis textuellement : « Je charge M. Maillard (Louis) d'un legs spécial de dix mille dollars, dont je lui ai indiqué l'usage, et pour l'exécution duquel je veux que l'on s'en rapporte absolument à son honneur, sans qu'aucune question ou réclamation ne puisse jamais lui être adressée à cet égard. Les dix mille dollars seront comptés à M. Maillard dans l'année de mon décès. Il n'en devra jamais aucun compte. »

— Concrètement, fit Mary, cela veut dire que Maillard s'était entendu avec Joseph pour disposer de cette somme sans aucun contrôle sur son usage ?

— C'est tout à fait cela, dit Alex. Visiblement, il y a eu un accord secret et verbal entre Joseph et Louis Maillard, pour protéger quelque chose ou quelqu'un qui devait être aux

États-Unis puisque Maillard avait la jouissance de la maison et administrait tous les biens de Joseph.

— Et 10 000 dollars en 1844, fit James en pianotant sur son téléphone, cela fait… l'équivalent de 300 000 dollars, aujourd'hui ! Ce n'est pas rien, tout de même !

— Qu'est-ce que cela pouvait être ? demanda Mary. Une personne ou un bien ?

— Ou peut-être les deux, reprit Alex, songeur.

Alex se demandait si cette somme n'avait pas servi à entretenir une ou plusieurs personnes qui protégeaient un bien. Alex se téléporta mentalement encore une fois au XIXe siècle. Il retourna en 1844, avant la mort de Joseph. Il se retrouva à Florence, au milieu des calèches qui passaient devant la cathédrale Santa Maria del Fiore et son imposant dôme de tuiles rouges. Il continua vers la Piazza della Signoria où il put contempler le célèbre Palazzio Vecchio, l'hôtel de ville de la capitale toscane. Il déambulait au milieu des messieurs élégants et des dames aux riches toilettes, évitant les attelages qui traversaient la cité. Il vit enfin Joseph, attablé à la terrasse d'une auberge. Il le dévisagea : ses années étaient comptées. Il voyait que l'homme, les yeux dans le vague, se rappelait comment Maillard avait rapporté le livre (ou les papiers qui indiquaient où se trouvait le livre) en 1817, et comment Joseph l'avait caché. Seuls les deux hommes connaissaient l'endroit. Joseph avait dû s'entendre avec Napoléon pour attendre le moment de révéler l'existence de ce livre, ou au contraire le laisser cacher le plus longtemps possible. L'objet devait se transmettre uniquement à des initiés, comme une sorte de confrérie missionnée pour être la gardienne de ce trésor secret. Il avait monté et organisé cette confrérie. Joseph avait alors noué un pacte avec Maillard et lui avait assuré les moyens financiers pour protéger le livre après sa mort, et Maillard devenait ainsi le premier maillon de la chaîne des initiés. Joseph, à sa table florentine, affichait un sourire nostalgique. Son frère avait disparu depuis longtemps, mais il avait réussi à exécuter son dernier plan de bataille, le plus grand de tous, sans doute. Joseph se leva, aidé par un domestique qui se tenait derrière lui. Il rentra péniblement à son palais. Le jour tombait sur Florence et la vie de Joseph s'éteignait doucement. Alex l'imagina une dernière fois avant que le crépuscule florentin de 1844 fasse place à la lumière texane de 2018.

Alex sortit de sa rêverie et exposa le scénario de la confrérie à James et Mary.

— C'est une hypothèse séduisante, admit James. Et relativement crédible dans le contexte de nos recherches. Ce scénario tendrait à privilégier la thèse d'une cachette américaine, contemporaine de l'époque de Joseph, non ?

— C'est ce que je crois, répondit Alex. Mais cela reste très vague, tout de même !

— Oui, mais rappelle-toi la technique de l'entonnoir, fit Mary. Petit à petit, les indices resserrent le cercle des recherches. C'est exactement ce que nous sommes en train de faire. Les lettres de Joseph nous ont aidés à réduire le spectre aux États-Unis. Et l'on sait par ailleurs qu'il y a de fortes chances pour que cela soit sur l'un des domaines de Joseph aux États-Unis. Et enfin, parmi ces domaines, on a éliminé Point Breeze. Il lui fallait une cache solide et durable. Ou alors, quelque chose de si éloigné qu'il était à peu près sûr que cela serait épargné par la civilisation. Tu as la liste des domaines et terres de Joseph ?

— Oui, j'ai cela quelque part, fit Alex en fouillant dans ses papiers. Ah, voilà ! C'est ça, ajouta-t-il en sortant un papier légèrement froissé, sous le regard un peu perplexe de Mary et de James, qui se demandaient comment il pouvait s'y retrouver dans un tel bazar. Voyons voir… des terres autour de Philadelphie, des plantations, des forêts, et des terres au nord de l'État de New York, à la frontière du Canada.

— À la frontière du Canada ? Pourquoi avoir acheté des terres aussi loin de Point Breeze ? Avait-il des liens là-bas ?

— Il faut que je creuse cette histoire. J'avoue ne pas y avoir attaché beaucoup d'importance quand je l'ai vu sur la liste, mais c'est troublant. Il y a eu beaucoup d'immigrés français en Amérique après la chute de Napoléon. Et Joseph, en tant que frère de celui-ci, bénéficiait d'une aura particulière auprès d'eux. Peut-être y avait-il une communauté française, ou des liens spécifiques.

— Mes amis, déclara James en se levant, je sens que l'étau se resserre et que nous sommes à deux doigts de mettre la main sur ce livre, on y est presque !

Ce que James ne savait pas encore, c'est qu'il n'y avait pas que sur le livre que l'étau se resserrait.

Venezuela, 11 décembre 2018
Estancia El Potrero,
60 km à l'ouest de Maracaibo

— Qu'est-ce que c'est que ce travail de merde ! Vous êtes nuls, pourris, minables ! ¡ *Carajos, pendejos !* Je vous paie des fortunes pour que vous n'arriviez à aucun résultat ! Préparez les cercueils pour vous et vos familles…

Horacio hurlait depuis maintenant dix bonnes minutes sur les « cracks » supposés déchiffrer le code des aigles. Ces derniers tremblaient de tous leurs membres, pensant à leur vie et à celle de leurs proches, les menaces d'Horacio n'étant jamais à prendre à la légère. En quatre jours, les pauvres bougres, pour qui les codes de la NSA ne conservaient aucun secret, n'avaient pas réussi à trouver la moindre logique dans les symboles des aigles. Sylvia assistait à la scène qu'elle avait déjà anticipée plusieurs jours auparavant. Elle tâchait de ne pas sourire, partagée entre une forme de compassion pour ces informaticiens, pris au piège d'une énigme qui dépassait leurs compétences, et une indicible satisfaction de voir la vanité d'Horacio mise à si rude épreuve. Elle sentit tout de même le besoin de voler au secours de ceux qui avaient déjà un pied dans la tombe :

— Horacio, ces gars sont des geeks imbattables pour des problèmes informatiques. Mais ils abordent l'énigme des aigles comme un problème de maths, et non comme une énigme historique. Tu demandes à une poule d'ouvrir une boîte. Cela ne peut pas marcher.

— Alors comment fait-on, madame-je-sais-tout ? hurla Horacio en se retournant vers Sylvia.

— En premier lieu, on se calme, lui répondit-elle sèchement en le fusillant de son regard vert émeraude. Ensuite, on applique le plan B qui sera plus efficace et moins consommateur de ressources.

— Ah, très bien, et quel est ce plan B génial ? fit Horacio plus calmement, refroidi par la trempe de cette amazone.

— Le plan B, c'est de laisser les autres travailler. C'est de laisser ceux qui savent, ceux qui ont les compétences, nous mener gentiment à la cache des joyaux. Le plan B, c'est de suivre l'équipe de James, et quand ils auront trouvé ce que l'on cherche, on leur saute dessus et on récupère le butin.

Horacio se taisait. Il intégrait les informations qu'il venait de recevoir et il dut admettre que le plan de Sylvia était bien mieux conçu que le sien. En plus de cela, il ressentait une certaine jouissance à profiter de son adversaire et à le faire trimer à son profit.

— Certes, c'est intéressant, finit-il par admettre. Mais comment saura-t-on ce qu'ils trouvent, quand ils le trouvent et où ? On ne peut plus solliciter notre indicateur chez Wisslemore, celui qui s'est fait tabasser dans le PC sécurité, c'est trop risqué pour lui.

— Exact. On ne peut plus compter sur lui, tout du moins pas autant qu'avant. Mais j'ai une petite équipe sur place qui observe les faits et gestes de la maison. On n'entend pas, mais on voit, c'est déjà pas mal pour l'instant. Et normalement, d'ici à quelques heures, on pourra entendre une partie de ce qui se trame.

— Et comment ?

— Notre gars sur place reprend du service. Son statut de grand blessé le rend encore plus insoupçonnable. Il est en train de coller des micros dans quelques endroits discrets. L'accès à la salle du coffre est totalement bloqué, on ne pourra pas écouter cette pièce. Mais le hall d'entrée, la porte qui mène au bureau de Wisslemore, ou la terrasse extérieure, par exemple, pourront être couverts. Ce n'est pas l'idéal, mais c'est mieux que rien.

— Tu penses que cela suffira ?

— J'ai aussi une équipe à l'extérieur, dans une petite bicoque que l'on a louée, à deux kilomètres de là, avec vue sur la grande maison de James. Ils ont l'apparence d'un gentil petit couple sans histoires. On a dû allonger quelques milliers de dollars en plus, mais ça vaut le coup.

— Excellent. Et ça donne quoi, ces derniers jours ?

— Ça donne que ça commence à bouger. De plus en plus de réunions entre James et son équipe. Le type, Alex, est un petit génie en énigme historique. Je suis sûre qu'il est sur la piste, comme un bon chien de chasse.

— OK, parfait. Prépare une équipe d'intervention prête à décoller à tout moment. Quand ils auront trouvé la solution de l'énigme et qu'ils vont partir vers l'endroit, nous devrons les suivre à la trace sans délai.

— Je m'y mets tout de suite, répliqua Sylvia en se dirigeant vers la sortie.

— Sylvia ! lança Horacio. Dans ton équipe, tu ne fais surtout pas appel à ce Moshe, que l'on vient d'embaucher. Son désir de vengeance envers la fille qui a tué Avi risquerait de faire tout capoter, pas de risque inutile.

— Ne t'inquiète pas, je sais ce que je fais. Il n'a pas digéré, et il est sur la touche. À l'heure qu'il est, il est en train d'essayer de trouver qui a tué son binôme. Je prendrai quelqu'un d'autre.

Pendant que Sylvia quittait la pièce, Horacio se retourna vers les quatre développeurs qui priaient pour leur peau en attendant de connaître le sort qu'Horacio leur réservait. Il leur lança un sourire sadique, et quitta lui aussi la pièce en leur faisant subir le pire des châtiments : l'incertitude.

Houston, Texas, 12 décembre 2018
Ranch de James Wisslemore

Alex courait à perdre haleine. Il se précipita dans le bureau de James, suivi par Mary qui l'avait vu passer et se doutait que quelque chose d'important avait été découvert.

— J'ai trouvé ! fit Alex avec une liasse de papiers dans la main droite, et une carte des États-Unis dans la gauche.

Bondissant de son grand fauteuil en cuir, James se dirigea vers la grande table de réunion sur laquelle Alex étalait la carte et les papiers. Mary se joignit à eux, trépignant d'impatience. Alex leur exposa ses trouvailles.

L'hypothèse des terres du Nord les menait vers la bonne piste. En consultant les archives en ligne de la région, Alex avait pu retracer leur histoire. En 1814, en France, Joseph avait remis à James Le Ray de Chaumont, un Français très implanté outre-Atlantique – dont le père avait été un des pères de la Révolution américaine –, une somme de deux cent mille francs à investir aux États-Unis. Le Ray de Chaumont remboursa cette somme en terres situées sur la Black River, à la frontière du Canada, et plus précisément à Cape Vincent. En creusant un peu plus, Alex s'était étonné qu'en 1818, Joseph partît soudainement visiter ses acquisitions dans le Nord, soit à peine un an après avoir rapporté de Suisse ce qu'Alex pensait être le livre, ou les documents qui y conduisaient. Il aurait pu s'en occuper n'importe quand avant, mais il l'avait fait comme par hasard après avoir récupéré le livre. Et quelle ne fut pas la surprise d'Alex quand il s'était aperçu qu'une fois sur place, Joseph ne s'arrêta pas là : il agrandit ses terres pour une valeur de six cent trente mille francs, portant son territoire à près de dix mille hectares. Au centre de cette propriété, un immense lac de cinq cents hectares parsemés d'îles boisées, qu'il baptisa modestement « lac Bonaparte ». Fait encore plus intéressant, le cadastre mentionnait que James Le Ray de Chaumont avait commencé à construire, en 1815, la première maison en pierre de la région, que l'on appela naturellement « Stone House ». Mais pour une raison que l'on ignorait, la construction fut interrompue pendant plus d'un an, et les travaux ne prirent pas fin avant… 1818, année où Joseph vint visiter la maison et les terres. Donc, moins de six mois après la visite de Joseph, la demeure fut miraculeusement finie.

La conviction d'Alex était la suivante : Joseph avait ordonné à James Le Ray de Chaumont de construire solidement « le sanctuaire » du livre, ce qui avait donné naissance à la première maison en pierre de toute la région. Il avait attendu de récupérer le livre et les diamants en 1817 pour venir en visite en 1818 et cacher le trésor dans cette fantastique maison. Il « avait scellé le tombeau » en 1818, et donné pour mission à James Le Ray de Chaumont de protéger ces biens, et de transmettre cette mission après sa mort. Les dix mille dollars de son testament alloués à Louis Maillard devaient subvenir à cette protection.

— Incroyable, fit James, qui dut à nouveau s'asseoir. Mais cette maison existe-t-elle encore ? Qui la possède ?

— C'est là que cela devient génial, jubila Alex. La maison fut transmise à Vincent Le Ray, fils de James, puis, à sa mort, à trois anciens soldats de l'armée napoléonienne, Hyacinthe, Louis et Théophile Peugnet. L'un d'eux la transmit à l'une de ses filles. Tout cela nous fait arriver en 1922, date à laquelle la maison sort du cercle napoléonien. Mais il n'empêche que pendant plus d'un siècle, cette maison, la plus ancienne et la plus solide de Cape Vincent, a pu abriter un secret dont les propriétaires actuels ignorent sans doute l'existence.

— La théorie selon laquelle une sorte de confrérie aurait été gardienne du livre de génération en génération semble donc prendre corps autour de Stone House, déduisit Mary.

— Tout à fait. Et en faisant quelques recherches rapides, ajouta Alex, cette présence française à Cape Vincent a laissé des traces jusqu'à nos jours : chaque année, en juillet, il y a un « festival français » dans la ville, où les gens se déguisent en personnages du Premier Empire ! Ce qui est absolument incroyable, c'est que le fascicule de ce festival mentionne Joseph Bonaparte et les émigrés français établis dans la région. Ils disent même qu'une maison construite par un certain comte Pierre François Réal possédait une pièce dédiée à Napoléon au cas où ce dernier aurait réussi à s'enfuir de Sainte-Hélène.

— Je ne veux pas jouer les trouble-fêtes, dit James, mais sur un territoire de dix mille hectares, et fort de l'expérience du terrier de renard en Suisse dans lequel Joseph avait déjà caché son trésor, qui nous dit que cette maison est vraiment le coffre-fort ? Et pourquoi pas aussi dans cette maison construite par votre comte Réal ?

— La maison du comte Réal n'existe plus, et ce dernier ne faisait pas partie du cercle des initiés napoléoniens. Mais surtout, ce qui me conduit à la certitude que le livre se cache à Cape Vincent et plus précisément dans Stone House, ce sont les aigles…

— Pardon ? s'exclama Mary. Comment ça, les aigles ?

Alex sourit et sortit un papier parmi un fouillis de feuilles griffonnées.

— Rappelez-vous les symboles présents sur deux des aigles.

I	UP	CV
II	UP	SH

— Nous avions conclu que les traits formaient une suite logique, comme pour grouper les symboles entre eux. Ces deux groupes de symboles sont donc à lire ensemble. Les initiales CV et SH ne vous disent rien ?

Après quelques secondes, le visage de Mary s'illumina soudain et elle cria :

— Mon Dieu ! Cape Vincent et Stone House ! C'est dingue !

— Alex, vous êtes un génie, lança James qui s'était relevé d'un coup. Ça ne peut pas être une coïncidence. On y est !

Alex, lui-même impressionné d'avoir si bien combiné ses talents de paléographe et ses capacités de déduction historique, ne se lassait pas de regarder les visages radieux de ses interlocuteurs, comme la meilleure récompense à sa découverte.

— Mais que signifient les initiales « UP », selon vous ? demanda James.

— J'avoue que c'est le chaînon manquant, répondit Alex plus calmement. Je pense que cela fait référence à ce que l'on doit trouver dans la maison de Stone House. Est-ce une référence au livre ou à son contenu ? Ou bien une référence à d'autres objets précieux rapportés par Joseph ? Je ne sais pas encore. Mais le lieu me semble certain.

Sur la table étaient étalées des dizaines de feuilles, représentant des portraits de Joseph, des photos des aigles et de leurs symboles, des notes griffonnées dans tous les sens, des références et des illustrations de la carrière de Joseph, des reproductions de tableaux de Stone House, ou encore les armoiries de la couronne d'Espagne. James était un passionné d'héraldique, l'étude des blasons. Cette dernière image le fit réagir :

— Vous avez dit que les lettres de Joseph faisaient exagérément référence à son règne espagnol, non ?

— Oui, répondit Alex. Même si cela a constitué un élément très marquant de sa vie, cela m'a semblé bizarre.

— Et d'un autre côté, on sait qu'il y a une énigme autour des joyaux de la couronne d'Espagne, dont on pense qu'ils ont été subtilisés par Joseph ? ajouta James.

— En effet. Il y a de très fortes chances qu'il ait tout pris avec lui. Et comme on le disait avant, il est très possible qu'avec le livre dans le terrier, Louis Maillard ait récupéré les fameux joyaux.

James étudia plus en détail les armoiries de la couronne d'Espagne. Sur fond rouge et or, on pouvait y voir les symboles de différents royaumes (aujourd'hui des provinces) : royaume de Castille, royaume de León, couronne d'Aragon, royaume de Navarre, etc. James connaissait bien ces armoiries. Il les avait vues des centaines de fois, lors de ses précédentes chasses au trésor. La traque des galions espagnols avait représenté une grande part de ses expéditions, et il y avait forcément un gros travail de recherches préparatoires pendant lequel il avait étudié ces armoiries. Quelque chose le gênait, mais il ne savait pas quoi. Il demanda à Alex :

— Les armoiries qui sont là, ce sont celles du règne de Joseph ?

— Oui, d'ailleurs vous pouvez voir l'aigle impérial qui trône au centre du blason, pour bien rappeler la domination française sur le royaume.

— Il y a un truc qui cloche. Avez-vous des images des armoiries précédentes ? s'enquit James.

Alex pianota sur son ordinateur, et une série d'armoiries apparut à l'écran. De loin, elles semblaient toutes identiques, mais chaque fois, un détail, une couleur ou une représentation différait. On voyait en une seule page, et à travers les évolutions de ces armoiries, toute l'histoire de l'Espagne se dérouler, avec ses jeux d'influence, ses guerres politiques, ou ses dominations sanglantes.

— Alex, fit James, quelle est la devise de l'Espagne ?

— C'est « Plus Ultra », ce qui signifie « Plus loin ». Elle est souvent associée aux colonnes d'Hercule, car ces dernières étaient positionnées sur le détroit de Gibraltar, qui représentait la fin du monde connu à l'époque des Grecs. Et il était indiqué « Nec Plus Ultra », à savoir « Il n'y a rien au-delà ». C'est d'ailleurs ce que l'on voit sur les différentes versions de ces armoiries : il y a la représentation des colonnes d'Hercule.

— Il n'y a rien qui vous choque ? Quand vous étiez petits, vous avez joué au Jeu des 7 erreurs ? Alors retournez un peu en enfance cinq minutes, intima James d'un air espiègle.

Alex et Mary se penchèrent sur les armoiries de l'époque de Joseph, et celles des époques antérieures. Soudain, Alex laissa tomber son stylo qu'il ne quittait pourtant jamais, et s'exclama :

— Bon sang, mais comment ai-je pu louper cela ?

— Quelques décennies de chasse aux galions espagnols doivent tout de même finir par servir un jour, plaisanta James en riant.

Mary semblait n'avoir pas compris, alors Alex lui expliqua :

— Regarde, dans toutes les autres armoiries, la devise de l'Espagne est bien retranscrite : « Plus Ultra ». Mais dans les armoiries du royaume de Joseph, la devise est devenue « Ultra Plus ». C'est une sorte de réécriture et d'appropriation de la devise pour marquer son empreinte. Et donc les initiales d'Ultra Plus sont…

— « U. P. », compléta Mary, incrédule. Les symboles de ces deux aigles font donc référence à un élément lié à l'histoire de l'Espagne, qui serait caché dans Stone House.

— Sans doute les joyaux, dit James. Mais il est très probable que Joseph ait voulu tout mettre au même endroit. Le livre se trouverait là aussi. Dans tous les cas de figure, quoi que l'on trouve là-bas, il n'y a que le livre qui m'intéresse. Retenez bien ça. Si vous trouvez les joyaux, je ne dis pas non, bien sûr. Mais c'est le livre qui compte !

Un silence enveloppa la pièce. Tous les trois venaient de prendre conscience de l'incroyable avancée qui venait de se produire durant ces dernières heures. Les trouvailles d'Alex, complétées par le sens aigu de l'observation de James, avaient eu raison de la première partie de l'énigme. Ils se sentaient à la fois transportés d'excitation et paralysés de peur. Tellement d'efforts et d'aventures, de dangers et de joies avaient précédé ce moment qu'une forme de torpeur tomba sur eux. Elle fut cependant brève, car le bon sens de Mary reprit vite le dessus :

— Bien, allons nous préparer. Il faut que nous partions là-bas pour en avoir le cœur net.

Alex et James sortirent brusquement de leur rêverie, et en se dirigeant vers la sortie du bureau, l'homme d'affaires, sentant la solennité du moment, fut pris d'un élan d'éloquence.

— Mes amis, je ne peux que vous féliciter pour ce travail exceptionnel. Je savais que je ne m'étais pas trompé en vous choisissant, mais j'avoue que votre talent dépasse mes espoirs les plus fous. Préparez-vous à partir pour Cape Vincent, et fouiller Stone House. Je reste ici pour superviser l'opération et assurer la base arrière. Je suis trop vieux pour aller à la frontière canadienne en plein mois de décembre. Le jet sera prêt dans deux heures, il vous emmènera là où vous voudrez.

Alex et Mary remercièrent James, et montèrent dans leurs chambres faire leurs sacs. James se dirigea vers son bureau pour donner des ordres.

Le micro qui avait été dissimulé dans le hall d'entrée n'avait rien perdu de la petite tirade de James.

Au même moment, à un kilomètre de là, un « jeune couple sans histoires » dans une maison banale était en train de ranger son puissant matériel optique et s'engouffrait dans un imposant véhicule.

Et encore au même moment, au Venezuela, un autre jet se positionnait sur la piste de décollage avec à son bord une équipe de quatre hommes armés et déterminés, accompagnée de Sylvia qui frissonna.

Ça y est, on touche au but. Le duel va pouvoir enfin avoir lieu et je pourrai récupérer ce qui nous appartient depuis si longtemps.

Cape Vincent, État de New York, 13 décembre 2018

Au mois de décembre, la petite ville de Cape Vincent, au nord de l'État de New York et à la frontière du Canada, ne connaît que des températures négatives, la neige recouvre le paysage à perte de vue. Les trois mille habitants, habitués à ce climat rigoureux, ont depuis longtemps adapté leurs activités à cet environnement. À leur arrivée, Mary et Alex eurent la surprise de voir un tournoi de volley-ball en extérieur qui faisait visiblement partie des événements les plus courus de l'année. Cape Vincent avait tout de la charmante bourgade américaine, où tout le monde se connaissait, où les activités étaient tournées vers la nature, que ce soit pour des sports nautiques ou pour des loisirs terrestres. De jolies maisons bordaient les larges rues qui composaient le quadrillage traditionnel de l'urbanisme américain.

Le jet de James les avait déposés à une trentaine de kilomètres de là, au petit aéroport de Watertown, où un puissant 4 × 4 les attendait à l'agence de location, pour se rendre à Stone House. Alex s'était mis au volant et avait pris la route de Cape Vincent. Ils ne s'attendaient pas à une si petite ville, si paisible, et le magnifique panorama sur la source du fleuve Saint-Laurent apportait une touche spectaculaire à l'ensemble. Ce bout de fleuve se jetait, plusieurs milliers de kilomètres plus loin, dans le célèbre golfe du même nom, fierté de la province du Québec.

Après une trentaine de minutes, Alex bifurqua vers une rue légèrement à l'écart du centre-ville : West Broadway. Au numéro 443, Stone House apparut enfin. La première réaction d'Alex et Mary fut un mélange d'euphorie et de déception. Euphorie, car ils arrivaient enfin devant le lieu qu'ils avaient traqué au péril de leur vie, et déception, car la maison différait quelque peu des tableaux d'époque et même des photos qu'ils avaient pu voir sur Internet. Moins spectaculaire, moins romantique que leur représentation mentale, la maison se distinguait malgré tout des habitations environnantes. De la voiture, Alex et Mary prirent le temps d'observer la bâtisse. Un petit chemin qui partait de la rue menait à une grille d'entrée basse et, une vingtaine de mètres plus loin, une fontaine d'ornement trônait dans la cour. La porte, encadrée par deux ifs, donnait une touche italienne à la maison. Une volée de marches conduisait enfin à l'imposante porte d'entrée.

La maison était composée d'un rez-de-chaussée, d'un étage, et au niveau du toit, une singulière coursive donnait la fausse impression qu'il y avait un deuxième étage. Ce n'était qu'un chemin de promenade sur le toit, mais le trompe-l'œil était réussi. Le bâtiment était percé de nombreuses fenêtres, si bien que l'on se demandait où il pouvait y avoir des murs à l'intérieur. Alex compta deux grandes fenêtres de chaque côté de la porte, et cinq au premier étage. Sur le côté de la maison, encore des fenêtres. L'architecte avait visiblement voulu accueillir le maximum de lumière possible dans le riche intérieur. Enfin, deux grandes cheminées dépassaient du toit en tuiles. En se penchant un peu, Mary vit que la façade arrière donnait sur un grand jardin qui bordait le Saint-Laurent, et elle put même apercevoir un ponton et un garage à bateaux. Les propriétaires semblaient absents depuis longtemps, car les volets étaient fermés, la maison devait être en hivernage. Il était 16 h 30 et, à cette heure-là, le jour commençait à tomber, il faisait presque nuit.

— Bien, fit Alex, pensif, nous y voilà... Maintenant, comment fait-on ? Les propriétaires ne sont pas là, on ne va pas non plus les appeler pour leur demander de rentrer chez eux en leur absence.

— En effet, répondit Mary, on ne va pas les appeler.

— C'est-à-dire ? demanda Alex qui craignait déjà la réponse.

— C'est-à-dire que l'on va entrer dans cette maison discrètement, et tenter de retrouver l'emplacement de ce foutu livre. Je ne me suis pas tapé deux mille sept cents kilomètres et quatre heures de vol pour voir une maison et repartir.

— Mais... Mary, on ne va tout de même pas rentrer par effraction chez ces gens !

— Si. Mais on va le faire proprement. Je t'assure qu'ils ne s'en rendront même pas compte quand ils reviendront ouvrir leur maison au printemps. En plus, je viens de regarder : pas d'alarme, et les voisins non plus ne sont pas là. Et la maison est à l'écart de la ville.

Alex n'en revenait pas. Cambrioler une maison semblait pour Mary aussi évident que d'aller au supermarché. Une telle assurance, une telle désinvolture et aussi une telle détermination ne pouvaient que le troubler, et surtout le rendre encore plus stressé qu'il ne l'était déjà. Il songea un instant à argumenter sur l'éthique, le respect d'autrui, et les risques encourus s'ils étaient pris, mais il n'en eut pas le loisir : Mary était déjà descendue de la voiture, avait ouvert le coffre, et sortait de son sac de voyage tout le nécessaire du « parfait petit cambrioleur ». Un jeu de passe-partout à peu près adapté à tous les types de serrures standard, quelques outils simples, une lampe torche furent rapidement fourrés dans un sac à dos, et, munie de son arme qu'elle chargea, elle se dirigea sans sourciller vers la maison. Se retournant, elle lança à Alex :

— Bon alors, tu viens ou tu restes dans la voiture ?

Alex descendit si précipitamment qu'il manqua tomber dans la neige. Il faisait moins cinq degrés, mais il était en nage. Ils escaladèrent aisément la grille, qui n'était qu'à hauteur de la taille, et se retrouvèrent dans la cour. Une fois les quelques marches du perron montées, ils approchèrent de la porte d'entrée. Par simple précaution, Mary colla son oreille à la porte. Rien. Pas un bruit. Dans la pénombre, elle s'agenouilla devant la serrure et sortit ses outils. Alex tenta un dernier baroud d'honneur :

— Je persiste à penser que c'est une très mauv…

Mary lui fit un geste de la main qui lui imposa le silence.

— Tais-toi, tu m'empêches de me concentrer, et ça, c'est vraiment une très mauvaise idée.

Alex grommela une phrase inintelligible dans son écharpe, signifiant tant bien que mal son mécontentement et son désaccord. Au bout d'à peine une minute – une éternité pour Alex –, la serrure émit un petit *clic* qui signifiait qu'elle venait de capituler devant Mary. Celle-ci tourna la poignée, et ils entrèrent dans la maison, froide et sombre, en refermant tout de suite derrière eux. Mary fit signe à Alex de rester immobile. Le long silence qui suivit leur confirma l'absence d'alarme. Elle avait sorti sa lampe torche et éclairait doucement les différentes pièces, toutes décorées de façon simple et cossue à la fois. Pas de surenchère, pas de style ampoulé, pas de tentures opulentes, mais chaque meuble était beau, de très belle facture, et avait été soigneusement choisi. Les propriétaires avaient du goût et aimaient vraiment leur maison, cela se voyait.

Dans le salon, quelques tableaux représentant des paysages sans grand intérêt ornaient les murs. Au-dessus de la cheminée, un grand miroir au cadre doré rendait la pièce encore plus spacieuse. En s'approchant un peu, Alex remarqua qu'un aigle ornait le dessus du miroir : les propriétaires connaissaient visiblement le passé impérial de la maison, et avaient voulu rendre un hommage à cette période. C'était très bon signe.

La salle à manger accueillait une très grande table qui fleurait bon les repas de famille nombreuse. Une grande desserte en bois brut, quelques tableaux nautiques, et des lampes rétro ornaient le reste de la pièce. Cet agencement, simple et intime, rappelait de nombreux souvenirs à Alex. Il se remémorait les nombreux repas dans la maison d'Hossegor, où lui et ses cousins entretenaient des discussions enflammées sur l'émergence de l'extrême droite, l'équilibre du système de santé en France, la politique d'immigration des différents gouvernements, le rôle du maréchal Pétain dans la défaite de 1940 ou bien le style narratif de Malraux dans ses romans. Ses parents étaient tous les deux d'une insondable culture. Alex avait pour jeu d'arriver à les piéger sur des sujets pointus, comme la genèse du surréalisme ou l'influence des jésuites sur la gouvernance du Vatican. Ils pouvaient soutenir une argumentation construite sur n'importe quel sujet. Et les joutes verbales s'enchaînaient avec passion, mêlant éclats de rire, mauvaise foi patentée, colères, et beaucoup de démonstrations sans fin. Ces discussions avaient construit la personnalité d'Alex : une insatiable curiosité, un goût pour la démonstration analytique, et surtout une impressionnante persévérance. En regardant la grande table, il imaginait sans peine les repas animés qui pouvaient s'y tenir. Mais le temps n'était pas aux souvenirs, ils avaient une mission à accomplir, et plus vite elle serait réalisée, mieux ce serait.

Ils entreprirent d'abord un tour complet de la maison, montèrent silencieusement à l'étage, s'arrêtant au moindre bruit suspect. Les murs de l'escalier étaient couverts de photos, dans un agencement savamment désordonné. Ils purent ainsi mettre un visage sur les propriétaires et leurs proches, le tout se résumant en une forme d'archétype de la famille blanche catholique aisée du nord de l'Amérique : beaux, souriants en toute occasion, et visiblement soudés.

En haut de l'escalier, un couloir distribuait différentes chambres, que les propriétaires avaient décorées de façon unique : la chambre jaune, la chambre chinoise, la chambre africaine… Alex et Mary purent ainsi voyager de pièce en pièce, et en même temps s'assurer qu'aucune cachette ne pouvait abriter le trésor. Ils redescendirent au rez-de-chaussée et se retrouvèrent dans l'entrée, au point de départ.

— Bon, maintenant on commence par où ? demanda Mary.

— Comment veux-tu que je le sache ? répondit Alex, effaré. Je n'avais pas du tout prévu d'entrer dans cette maison par effraction ! Je comptais trouver les propriétaires et les interroger pour obtenir leur aide, je ne sais pas, moi !

— Eh bien, il faut qu'on sache rapidement, parce qu'on ne peut tout de même pas s'éterniser ici. Réfléchissons. Quel endroit serait le plus adéquat selon toi ?

Malgré le stress intense et le contexte, Alex fit un effort surhumain pour se concentrer, et se mettre à la place de celui qui devait cacher un objet de la taille d'une grande boîte dans une maison, pour des décennies. Quelle partie de la maison était la mieux adaptée à une cachette durable ? Comment ces hommes, habités par une mission quasi mystique, avaient-ils imaginé la protection d'un trésor universel ?

— Bon, procédons par élimination. Les murs non porteurs sont à exclure tout de suite. En cas de travaux d'aménagement, ce sont les premiers à sauter. Le toit est également une mauvaise idée, c'est une partie de la maison qui est souvent refaite. Les murs extérieurs ne sont pas non plus la solution la plus géniale : sous ce climat froid et humide, les infiltrations sont fréquentes, et l'humidité aurait rapidement raison du livre. Pour moi, il ne reste que trois possibilités : le sol du rez-de-chaussée, car c'est celui auquel on ne touche jamais, la cave s'il y en a une, et le mur porteur du salon.

— Lequel ? fit Mary en pointant sa torche dans la direction du salon.

— Celui où il y a la cheminée. C'est un mur fondateur de la maison, et il est bien au centre donc préservé du froid ou de l'humidité.

— OK, je prends la cave, et toi, tu commences par le sol. Je te rejoins pour le mur du salon dès que j'ai fini.

— Et comment on doit chercher ? Je n'ai jamais fait cela de ma vie !

— Prends ça, fit-elle en lui tendant un petit marteau. Tu tapes doucement sur les parois ou sur le sol, et quand ça sonne creux, tu m'appelles. À toute.

Mary était déjà partie à la cave, plantant là Alex avec son marteau dans la main, dans une attitude aussi incongrue que ridicule. *Si mes élèves me voyaient...* pensa-t-il, horrifié, même si cette vision du grand professeur Alex Merri, en doudoune et après-skis, dans la pénombre d'une maison vide, avec un marteau dans la main, était risible.

Petit coup par petit coup, il commença par tester le sol de la salle à manger. Chaque coup de marteau le faisait sursauter. Il imaginait que quelqu'un allait entrer et les prendre sur le fait. Le silence de la maison et des alentours augmentait la résonance, et il dut s'y reprendre à plusieurs fois pour être sûr que certains endroits ne recélaient pas la fameuse cache. C'était un travail fastidieux, car à quatre pattes, il tapotait sur chaque mètre carré de la pièce. La salle à manger lui prit une vingtaine de minutes. L'entrée, plus petite, fut couverte en cinq minutes. Il attaqua enfin le salon, un peu découragé.

De son côté, Mary avait trouvé l'entrée de la cave par une porte de la cuisine. Elle descendit les marches, éclairées par sa lampe torche. Chaque pas résonnait comme dans une cathédrale. Dans le petit escalier, elle ne manqua pas de tapoter les murs avec son marteau, afin de vérifier qu'aucune cavité n'avait été dissimulée. Arrivée dans la pièce principale de la cave, elle trouva l'interrupteur, et la lumière crue de l'ampoule qui ballottait au plafond lui fit plisser les yeux. Elle se trouvait dans une magnifique cave à vin, remplie de casiers à bouteilles méthodiquement ordonnés. Elle parcourut rapidement les allées et put constater que les propriétaires s'y connaissaient en œnologie : vosne-romanée premier cru Les Chaumes de chez Louis Latour, château-angelus saint-émilion grand cru, cos-d'estournel saint-estèphe, pessac-léognan haut-brion, crozes-hermitage Les Varonniers de chez Chapoutier, gevrey-chambertin premier cru Les Cazetiers de chez Bouchard Père & Fils… Toutes les plus belles appellations et vignobles français se succédaient dans les compartiments, attendant sagement d'être ouverts. Mary ne put s'empêcher de se rappeler son grand-père, grand amateur de ces fameux nectars, qui lui avait enseigné le goût et l'art du vin dès sa plus tendre enfance. Chaque mercredi, elle allait déjeuner chez lui, seule, et il prenait un malin plaisir à lui faire tester les plus grands vins en éduquant son goût et en lui faisant découvrir les subtiles différences entre les cépages, « en cachette » de sa mère, qui, si elle l'avait su, n'aurait pas manqué de pousser des hurlements d'indignation. La prohibition maternelle de ce petit cérémonial ajoutait à l'excitation de Mary dès qu'elle arrivait chez son grand-père. Celui-ci ne cachait pas sa nette préférence pour sa petite-fille, comme le montrait la merveilleuse complicité qui les unissait. Mary avait su, au fil des ans, se forger un véritable palais de compétition, sachant reconnaître le moindre terroir, dans toute sa complexité et sa finesse. Et là, à cet instant précis, devant les centaines de bouteilles prestigieuses, elle se sentit soudain transportée trente ans en arrière, dans la cuisine de son grand-père, à déguster avec lui les vins de sa sélection.

Pour autant, elle ne se laissa pas perturber et continua avec application. Mais elle dut se rendre à l'évidence au bout de dix minutes : rien ne permettait de croire que la cave était l'endroit recherché. Elle se décida à rejoindre Alex.

— Aucune anfractuosité apparemment dans la cave, qui est très humide, en plus. En revanche, les propriétaires sont des œnologues avertis, il y a de très bonnes bouteilles à prendre…

— On va éviter, répondit Alex. De mon côté, rien non plus dans le sol. Il ne reste que le mur de la cheminée. Allons-y et sortons d'ici !

— C'est forcément dans cette maison, tout concorde ! On ne lâche pas !

— Je sais que tout concorde, mais peut-être y a-t-il eu des travaux durant les dernières décennies et que le livre n'y est plus.

— Et personne n'en aurait parlé ? J'en doute. Allez, on continue.

Ils se placèrent chacun d'un côté du mur de la cheminée, et convergèrent vers le foyer froid. Petit coup par-ci, petit coup par-là. Alex était arrivé à la jointure du mur et de la cheminée, quand un bruit sourd répondit à son coup de marteau. Ils sursautèrent. Quelques secondes de silence. Alex reprit le sondage. Sourd. Ils se regardèrent, la tension était palpable. Alex frappa un peu plus haut puis un peu plus bas. Plein. Au milieu de nouveau. Sourd. L'endroit se situait à la base de la cheminée, dans un petit décroché très léger par rapport au mur. Impossible d'y prêter attention si l'on ne cherchait pas. Et comme l'endroit était collé à l'imposante cheminée en pierre, pas de travaux d'aménagement possible. Juste un coup de peinture, éventuellement.

— Bon, on se calme, dit-elle comme pour se convaincre elle-même. Ce n'est peut-être qu'une cache d'aération de la cheminée.

— Oui, c'est sûrement ça, répondit Alex en tremblotant tant il avait peur d'avoir trouvé.

À petits coups précis, ils prirent le temps de délimiter le périmètre de la partie creuse. Mary traça un trait au crayon à papier pour mieux définir la surface, d'environ quarante centimètres de long sur trente centimètres de haut. Cela pouvait correspondre…

— Bien. Quand faut y aller, faut y aller, déclara Mary en souriant à Alex.

Avant qu'il n'ait pu esquisser le moindre mot, elle frappa violemment sur le centre de la surface creuse avec le marteau. Le bruit leur parut celui d'un tremblement de terre et ils se figèrent quelques secondes. Une grande fissure apparut sur la partie frappée. Il suffit d'un nouveau coup bien placé pour éclater la paroi, qu'ils purent élargir pour dégager entièrement l'espace. Ni Alex ni Mary n'osaient y plonger la main. Là, dans cette petite ville du nord de l'État de New York, devant cette cheminée, ils allaient enfin savoir si leur intuition et leurs déductions étaient justes, s'ils avaient eu raison de frôler la mort, ou si la puissance du fantasme engendrerait une profonde déception. Mary engagea sa main. D'un geste aussi vif qu'inattendu, Alex lui prit le poignet. Mary comprit, à travers le regard intense et fébrile d'Alex, que c'était à lui qu'incombait la responsabilité de jouer les éclaireurs. Elle s'exécuta, compréhensive. Alex mit sa main dans l'orifice, et tâtonna. Il sentit un objet dur, recouvert d'un tissu. Tous ses muscles se tendaient à mesure qu'il évaluait les dimensions de l'objet. Il s'agissait sans doute possible d'une boîte en bois enveloppée dans une sorte de couverture. Alex avança l'autre main pour arriver à l'extraire très délicatement. Mary avait l'impression qu'il manipulait une grenade dégoupillée. Alex posa l'objet par terre. Il regarda Mary avec un mélange d'anxiété et de puissante excitation, et avec une pointe d'euphorie. Il n'osait plus rien toucher. Mary prit alors le relais, et défit la couverture, comme si elle démaillotait un nouveau-né.

Cape Vincent, État de New York,
13 décembre 2018
Stone House

La nuit était tombée sur Cape Vincent. Seul le halo des lampadaires de la rue éclairait timidement Stone House. La neige se remit à tomber, enveloppant encore plus la maison dans un cocon de silence.

À l'intérieur, la scène avait quelque chose de cocasse. Un homme et une femme, emmitouflés dans leurs blousons, se tenaient à genoux devant une cheminée, éclairés par une petite lampe torche, avec à leurs pieds un objet protégé par une couverture. On aurait presque dit une cérémonie de magie noire. Alex et Mary venaient de découvrir le couvercle de la boîte, et l'inscription qui y figurait les figea sur place. Un aigle impérial posé sur un « N » majuscule entouré de lauriers indiquait sans équivoque la provenance napoléonienne de l'objet. En dessous, deux initiales, J et B, pour Joseph Bonaparte, leur confirmèrent qu'ils avaient bien en face d'eux ce qu'ils recherchaient. Alors, pour la première fois, ils laissèrent éclater leur joie :

— On l'a ! s'exclama Alex, c'est bien ça ! Tu te rends compte, c'est dingue !

— Tu es un génie, dit Mary en rigolant. Je n'en reviens pas !

La boîte était fermée par une petite serrure, mais Mary n'en fit qu'une bouchée, et un autre *clic* se produisit. Alex l'ouvrit, éclairé par la lampe torche de la jeune femme.

À mesure que le couvercle se soulevait, un feu d'artifice de scintillement éclairait leurs visages. Des joyaux par dizaines, diamants, rubis, émeraudes, saphirs, tous richement montés sur des parures d'une exquise délicatesse. Les joyaux de la couronne d'Espagne étalaient leur magnificence sous les yeux ébahis d'Alex et de Mary. Ils avaient un trésor à leurs pieds. En regardant de plus près, Alex put admirer un magnifique diamant ovale de plusieurs carats, monté sur un anneau en or blanc pavé d'émeraudes, ou encore une tiare sertie de diamants avec un énorme rubis en pierre centrale. Mary, de son côté, admirait un bracelet souple en saphirs et diamants qui étincelait sous la lumière de sa lampe. Chaque saphir était espacé d'un centimètre et entouré de petits diamants ronds. Une broche en or, représentant un scarabée aux yeux de saphir et au corps de jade, semblait prendre vie dans cet océan métallique. La boîte regorgeait de bijoux exceptionnels, chargés d'histoire, et qui étaient restés cachés plusieurs siècles sans prendre une seule ride. Au milieu de ces joyaux, un objet insolite vint capter l'attention d'Alex. Un aigle en argent, similaire à tous ceux qu'il avait étudiés ces dernières semaines, trônait parmi les pierres précieuses. Alex prit l'aigle et le regarda. D'autres symboles étaient gravés au dos de l'objet. C'était la confirmation de ce qu'ils recherchaient afin de compléter le puzzle. Alex était submergé par l'émotion.

Mais ils n'eurent pas le loisir de contempler longtemps ce spectacle éblouissant. Ils sursautèrent en entendant une voix féminine cinglante s'exclamer dans leur dos :

— Pas trop tôt !

Sylvia se tenait là, derrière eux, entourée de quatre hommes. Mary porta vivement la main dans son dos pour prendre son arme.

— Tsst tsst, à votre place je ne ferais pas cela, ma chère, menaça Sylvia en souriant et en désignant les quatre revolvers pointés sur eux par ses hommes de main.

Mary redescendit lentement sa main, puis un des hommes s'approcha d'elle et la désarma. Alex et Mary ne s'étaient rendu compte de rien et n'avaient rien vu venir. Entièrement absorbés par leur découverte, ils n'avaient entendu ni l'ouverture de la porte d'entrée, ni le commando qui s'était déplacé jusqu'au salon aussi furtivement qu'un chat.

— J'avoue que vous m'avez impressionnée. Je vous suis depuis quelques jours et vous avez été d'une efficacité et d'une ingéniosité extraordinaires. Ce que je vous ai pris dans le ranch l'autre nuit n'a finalement pas été d'une très grande utilité, et j'ai préféré vous laisser travailler à ma place.

La femme parlait avec un accent étranger, nordique, sans doute suédois ou norvégien. Mary bouillonnait. Cette femme était donc aussi présente l'autre nuit, et elle semblait avoir systématiquement un coup d'avance sur eux. Elle avait bien cru apercevoir une longue chevelure blonde dans la pénombre du jardin de James, lorsque le groupe s'enfuyait vers l'hélicoptère. Maintenant c'était limpide.

— Veuillez vous écarter doucement de la boîte, nous allons regarder cela.

Alex et Mary obtempérèrent et allèrent se placer contre le mur, toujours sous la menace des revolvers. Sylvia s'approcha et pointa sa torche en direction de la boîte. Le scintillement des pierres reprit et illumina la pièce comme dans une boîte de nuit. Elle fit un examen attentif du contenu, inspecta la boîte et son fond, puis alla sonder le trou sur le côté de la cheminée. Avec sa torche, elle regarda attentivement, tâta plusieurs fois les parois, puis se retourna vers Alex et Mary.

— Il n'y avait rien d'autre ?

Alex et Mary se regardèrent et firent non de la tête.

Alex avait presque envie de hurler de rage. Tout le fruit de leur travail, de cette intelligence collective qui était venue à bout de cette partie de l'énigme, tous les risques encourus, tout cela partait en fumée, sous la menace des armes et de cette femme dont il se demandait d'où elle sortait et quelles étaient ses intentions. Il voulut se jeter sur elle. Mary, qui avait pressenti son intention, lui jeta un regard sévère qui le freina aussitôt.

— Bon... Parfait, dit Sylvia avec son accent si reconnaissable. Vous avez bien travaillé. Et j'avoue que, sans vous, il nous aurait été impossible de trouver ce trésor. Mais je ne veux pas vous laisser sur une mauvaise impression, poursuivit Sylvia en souriant. Je vais vous rendre ce que je vous ai pris l'autre soir, et je vous donne même un bonus : les aigles que vous n'aviez pas, y compris celui qui était dans cette boîte ! Comme ça, vous aurez la collection complète et vous pourrez vous amuser avec ! Nous n'en avons plus besoin maintenant que nous avons les joyaux.

Sylvia rassembla les sept aigles en argent, et les tendit à Mary. Alex et elle se regardèrent, interloqués. Ils oscillaient entre la rage et la perplexité devant ce pourboire condescendant destiné à les humilier un peu plus. Mary prit les aigles et les fourra dans les deux poches intérieures de son blouson, bien au chaud et à l'abri, formant deux petites bosses sur le manteau.

— Nous allons partir, maintenant, annonça Sylvia en faisant un signe à l'un de ses hommes pour qu'il embarque la boîte. N'essayez pas de nous suivre, ce serait dommage que cela finisse mal. Laissez-nous une ou deux minutes avant de sortir. Tout se passera bien pour vous, et nous aurons peut-être l'occasion de nous revoir, qui sait ?

Sylvia recula doucement avec ses hommes, pendant qu'Alex et Mary gardaient les mains en l'air. Le commando sortit. Mary n'attendit pas le délai imposé par Sylvia et se dirigea rapidement vers la porte, avec Alex sur ses talons. Sur le pas de la porte, ils virent la femme et ses hommes monter dans un puissant véhicule. Celle-ci les regarda et se figea soudain.

Mary, qui s'était avancée sur le perron de la maison, eut un mouvement de recul.

Alex se trouvait juste derrière elle quand il la vit projetée en arrière et qu'elle tomba sur lui. Le temps se mit à ralentir. Il finit par entendre une détonation, qui avait mis plus de temps à parcourir la distance que la balle qui venait d'abattre Mary. Alors, il remarqua une tache rouge grandir au niveau de la poitrine de Mary. Il hurla :

— NON ! Mary, non !

Cape Vincent, État de New York,
13 décembre 2018
Stone House

Alex était tétanisé. Il ne comprenait pas, ou plus exactement ne voulait pas comprendre ce qui se passait sous ses yeux. Mary gisait, inanimée à ses pieds, du sang perlant de son blouson. La détonation avait retenti comme un glas : un tir mortel venait de la percuter. Il tremblait de tous ses membres. Il se maudissait dc l'avoir entraînée là-dedans, il maudissait James et ses quêtes ésotériques absurdes, il abhorrait les aigles, Napoléon et les Neuf Inconnus. La disparition de Mary le terrorisait. Durant les dernières semaines, il avait découvert chez elle sa joie de vivre, sa vivacité intellectuelle, sa force de caractère, et il sentait à présent toute la douleur et la rage qui montaient en lui. Il serrait les poings sur le blouson de Mary, comme s'il pouvait, à travers ce geste, effacer les quelques secondes précédentes.

Soudain, il vit une ombre s'approcher en courant, et il eut à peine le temps de réagir. C'était Sylvia, qui s'était précipitée hors de la voiture. Elle écarta brutalement Alex, et traîna le corps de Mary à l'intérieur, à l'abri d'un éventuel deuxième tir. Elle agrippa Alex par le col et le fit basculer aussi dans le vestibule. Alex ne comprenait rien à ce manège diabolique. Sylvia prit le visage d'Alex entre ses mains et le força à l'écouter.

— Alex, regardez-moi ! Je ne suis pour rien là-dedans. Je ne veux pas sa mort. Les sept aigles vous conduiront à ce que vous cherchez. Sauvez-la, et terminez le travail !

La scène avait duré quelques secondes à peine. Et tout aussi rapidement qu'elle était arrivée, Sylvia bondit hors de la maison, sauta dans la voiture qui démarrait déjà en trombe. L'intervention de Sylvia n'avait fait que plonger encore un peu plus Alex dans l'incompréhension et le chaos. Pourquoi cette femme, qui était leur ennemie depuis le début, avait-elle pris la peine de revenir sur ses pas, et surtout, de lui dire cela ? Elle en savait beaucoup plus sur les sept aigles que lui, c'était certain. Que voulait-elle dire par terminer le travail ? Tout se bousculait dans la tête d'Alex avec une violence inouïe : avoir enfin trouvé le trésor de la couronne d'Espagne, se le faire voler dans la foulée, le coup de feu sur Mary, les Neuf Inconnus, le livre, Bonaparte… c'en était beaucoup trop pour lui. Il n'était pas préparé à tant de brutalité, de confusion et de contradictions. Son univers était celui de la quiétude des bibliothèques nationales, des archives dont l'odeur séculaire respirait l'éternité. Il rejetait avec force la violence de la situation. Il se pencha vers Mary et regarda son visage inanimé. Il était perdu.

À sept cent cinquante mètres de là, un homme camouflé en blanc dans la neige rangeait son fusil haute précision et sortait de son affût.

— Je t'ai vengé, mon Avi. Cette salope est morte.

Moshe n'avait rien perdu de sa hargne, et il avait une nouvelle fois démontré son talent de tireur d'élite. Il avait pisté Mary et Alex, à l'instar de Sylvia. Il n'avait rien lâché depuis la nuit où il avait vu la cervelle éclatée d'Avi près de l'hélicoptère. Il était immédiatement retourné sur place, certain que le tireur (et il avait découvert qu'en l'occurrence c'était une tireuse) était encore sur les lieux. Il avait observé et disséqué les moindres faits et gestes des habitants de la maison de James Wisslemore. Il avait vu Mary s'entraîner au tir dans le jardin et avait alors tout compris. Depuis cet instant, tel un redoutable chien de chasse, il n'avait pas lâché sa proie. Il avait remarqué qu'il n'était pas le seul sur la piste, mais peu lui importait. Il ne s'intéressait qu'à Mary, le reste était accessoire. Après avoir suivi Alex et Mary jusqu'à Stone House, il avait repéré l'endroit idéal pour le tir parfait. Et là, comme il avait été entraîné à le faire pendant des années, il avait attendu. Le flegme du tireur d'élite, qui peut passer quarante-huit heures dans un endroit sans se faire détecter, pour une seule seconde d'un tir fatal. Et une fois encore, il avait réussi.

Alors Moshe se retourna. Son visage prit une expression de stupéfaction, mais il n'eut rien le temps de faire. Le silencieux d'un revolver venait de cracher trois balles. Une dans la tête, deux dans le cœur. Du travail de pro. Moshe s'écroula dans la neige, qui absorba doucement son sang.

L'homme qui venait d'actionner la détente déclara en regardant Moshe :

— Imbécile.

Il prit son téléphone, composa un numéro et parla en hindi à son interlocuteur.

— C'est fait. Mais je suis arrivé un peu trop tard. Il a eu la fille.

De l'autre côté du fil, à Bombay, la voix lui répondit :

— Dommage. Mais c'est surtout l'homme qui compte. Reste sur place et surveille-le. Il ne doit rien lui arriver.

— Bien. Je vous tiens au courant.

Cape Vincent, État de New York,
13 décembre 2018
Stone House

Alex était resté pétrifié quelques instants dans le vestibule où Sylvia l'avait entraîné. Un silence total avait succédé au chaos des dernières minutes. Alex essayait de rassembler ses esprits, et de reprendre la main sur une situation qui le dépassait totalement. *Ressaisis-toi*, *allez*, *calme-toi*, se répétait-il en boucle comme un mantra. C'est alors qu'il vit la poitrine de Mary se soulever. Comme pour faire écho à la volonté d'Alex de lutter, Mary avait bougé. Il se précipita sur elle et rapprocha son oreille de sa bouche : elle respirait. Faiblement, mais elle respirait.

Fébrilement, il commença par ouvrir le blouson, pour voir où elle avait été touchée, et mesurer la gravité de la blessure. Et là, il eut un choc. Il vit précisément la trajectoire de la balle : le trou dans le blouson, puis le trou dans le pull et la chemise, mais beaucoup plus petit. La tache de sang avait effectivement percé les vêtements, mais cela coulait beaucoup plus doucement à présent. Il ne comprenait pas, quand soudain, il sentit des objets lourds dans la poche intérieure. Il sortit les objets, et tout devint clair. Il tenait dans sa main trois aigles en argent que Sylvia leur avait donnés quelques minutes auparavant. La balle avait transpercé le premier et déformé les deux autres. Avec un couteau, il déchira les vêtements de Mary à la hauteur de la blessure, et l'examen de la plaie put confirmer son hypothèse : les aigles avaient fait office de gilet pare-balles. Il retrouva même le projectile, complètement écrasé, à la surface de la peau, et la blessure, bien qu'ayant beaucoup saigné, était en fait superficielle. Les aigles avaient accompli une mission protectrice, à leur insu.

Mary se mit soudain à tousser, et se redressa d'un coup en poussant un grand cri, avant de s'écrouler à nouveau.

— Ne bouge pas ! Tu as été touchée par un tir, mais les aigles t'ont évité le pire, chuchota-t-il en lui montrant les objets déformés ou déchiquetés. Tu as reçu un choc qui t'a fait perdre connaissance, et ta plaie saigne encore un peu. Mais ce n'est pas profond, ne t'inquiète pas.

Elle toucha l'endroit de la blessure et regarda son sang sur ses mains. Elle reprenait peu à peu son souffle, et rassemblait ses esprits.

— On peut dire que j'ai eu le nez creux de les mettre dans ma poche intérieure, dit-elle d'une voix presque éteinte, mais avec une grimace moqueuse.

— Je vois que tu n'as rien perdu de ton humour, constata Alex en lui caressant doucement les cheveux. On va te sortir de là. Je vais appeler James pour qu'il envoie une ambulance et qu'il nous assiste un peu.

— Non, surtout pas, fit-elle dans un toussotement de douleur. Tant que l'on ne sait pas qui a fait ça, on reste sur nos gardes. Le tireur me croit morte, profitons-en.

— Mais… tu n'insinues pas que James pourrait avoir quelque chose à voir là-dedans ?

— Je n'en sais rien, je suis juste prudente. Je commence à en avoir marre des surprises. Laisse James en dehors de cela pour l'instant. Va voir dans la voiture, il y a une trousse d'urgence avec tout ce qu'il faut pour me soigner. Comme tu l'as dit, c'est superficiel, et ça va aller. Avant de rameuter tout le monde et de se faire arrêter par la police locale qui ne comprendra rien à nos affaires, on va d'abord essayer de se débrouiller seuls.

Devant la perplexité et la résistance d'Alex à exécuter ses ordres, Mary lui prit la main et lui dit doucement :

— S'il te plaît, fais-moi confiance.

Quelque chose venait de changer entre eux. Le regard de Mary se faisait plus doux, elle prenait tendrement la main d'Alex, tandis qu'il lui caressait les cheveux pour la rassurer. Les dernières semaines, nourries d'admiration réciproque, avaient peu à peu construit une relation qui dépassait le cadre professionnel de leur mission. L'intelligence d'Alex fascinait Mary, et en retour la détermination de Mary impressionnait Alex. Il avait commencé à remarquer qu'il écoutait et regardait Mary avec une attention appuyée. Il attendait avec impatience les moments où ils se retrouvaient tous les deux à déchiffrer les symboles des aigles et échafauder des hypothèses parfois si fantasques qu'elles débouchaient sur de longs fous rires. De son côté, Mary était touchée par la fragilité d'Alex dans les situations de stress intense. Et maintenant, alors qu'elle était à terre et blessée, elle découvrait une nouvelle facette de son partenaire : protecteur, tendre, attentionné, et maître de ses émotions pourtant mises à mal.

Alex se résolut à obéir à Mary. Il admit que son expérience de la duplicité des êtres devait être très supérieure à la sienne. Il sortit donc en direction de la voiture, pour revenir quelques instants plus tard avec la trousse en question. Entre-temps, Mary s'était assise par terre, et adossée à un mur, elle avait enlevé ses vêtements pour dégager la plaie. Quand Alex la vit à demi nue devant lui, il se sentit embarrassé et se mit à rougir. Mary sourit en lui prenant la trousse des mains :

— Ne sois pas gêné, c'est plutôt moi qui devrais l'être ! Allez, aide-moi à nettoyer tout cela.

Alex suivait docilement les instructions de la jeune femme. Avec des compresses imbibées d'antiseptique, il nettoya la blessure. Mary avait conscience que ce pauvre Alex n'était vraiment pas dans son élément naturel. Elle voyait bien à quel point tous ces événements pouvaient constituer un choc physique et psychologique monumental pour cet homme si posé et si mesuré. Pourtant, il réussissait à se contrôler, à écouter, et surtout à être si attentionné que Mary en avait les larmes aux yeux.

Bon nombre de ses anciens collègues n'auraient pas réagi avec autant de flegme et de douceur. Devant cet enchaînement d'événements si violents et rapides, certains auraient même sûrement perdu leur sang-froid. Alex, non. Il désinfectait la plaie, méthodiquement, s'enquérant sans cesse de l'état de Mary. Elle le regardait faire, et prit conscience qu'il pouvait exister d'autres types d'hommes que ceux qu'elle avait rencontrés. Elle qui avait tendance à se mesurer à eux, à leur prouver qu'elle valait autant qu'eux – voire plus – dans cette profession virile (pour ne pas dire machiste), pour la première fois, avec Alex, elle ne ressentait aucunement le besoin d'établir un rapport de force. Lui n'était jamais dans un esprit de compétition. Au contraire, il ne concevait la relation de travail que dans la coopération, simple, sans se poser de questions tordues.

Mary n'avait jamais vraiment eu de liaison sérieuse et durable. Soit elle vivait une relation de bras de fer avec l'autre, à celui qui se montrerait le plus fort ou qui aurait raison, soit elle tombait sur des hommes qui finissaient par prendre la fuite devant son caractère peu enclin à la docilité et à la soumission parfois tant désirées par la gent masculine. Et au milieu de tout cela, elle se réfugiait dans des aventures toxiques qui débouchaient sur une impasse : hommes mariés, pervers narcissiques, financiers à l'ego surdimensionné excités à l'idée de « se taper une jolie flic », sans doute pour s'en vanter ultérieurement devant les membres de leur club. Et puis Alex était arrivé. Un peu perdu dans son monde, passionné par les énigmes du passé, toujours curieux de tout, et capable d'une vraie empathie, sincère et spontanée, qu'elle avait immédiatement perçue. Au début, elle n'avait pas prêté attention à ce personnage décalé. Elle l'avait considéré comme un collègue de travail pour une mission assez particulière, mais rien de plus. Puis petit à petit, elle s'était aperçue qu'il occupait de plus en plus souvent ses pensées. Le matin, quand elle se réveillait chez James, elle espérait le croiser au petit déjeuner, ce qui était rarement le cas, Alex travaillant tard dans la nuit. Elle se faisait une joie de le voir enfin au déjeuner. Ils passaient ensuite souvent un long moment ensemble pour échanger sur leur énigme, et elle était fascinée par son érudition et sa persévérance. Elle aimait la façon parfois maladroite et touchante dont il s'inquiétait aussi de l'avancée des recherches de Mary sur Horacio. À présent, dans l'entrée glacée de Stone House, elle se rendait compte de la place qu'il avait prise dans sa vie.

Elle le regarda poser le dernier sparadrap du pansement qu'elle lui avait demandé de faire. Ses gestes doux la firent frissonner. Il leva les yeux vers elle. Sans un mot, elle lui sourit. Leurs visages étaient très proches l'un de l'autre. Mary posa sa main sur la joue d'Alex qu'elle attira doucement vers elle. Elle posa un baiser, tendre et appuyé, sur ses lèvres. Alex plongea son regard dans le sien, avant de l'embrasser passionnément.

Venezuela, 14 décembre 2018
Estancia El Potrero,
60 km à l'ouest de Maracaibo

Le jet qui avait ramené Sylvia et ses hommes venait de se poser sur la piste de l'estancia, sur laquelle plusieurs 4 × 4 étaient positionnés. Sauf que cette fois-ci, l'hôte des lieux s'était déplacé en personne pour les accueillir. Horacio, tout de blanc vêtu, piaffait d'impatience devant l'avion. Sylvia l'avait informé du succès de la mission, et du fait qu'elle lui rapportait un « petit cadeau ». Elle s'était en revanche bien gardée de lui détailler le soubresaut final de son expédition, consciente que cela ne produirait que de la confusion dans l'esprit déjà dérangé d'Horacio. Elle voulait éviter toute question sur l'équipe de James. Compte tenu du tir et de sa précision, Sylvia se doutait que Moshe était pour quelque chose là-dedans. Elle en aurait la confirmation plus tard…

Pour l'instant, elle ne cachait pas sa satisfaction d'apporter à Horacio ce qu'il avait cherché depuis si longtemps. Elle ressentait d'ailleurs un double plaisir : celui de la mission accomplie, et celui de lui avoir démontré que sa stratégie était la bonne.

Sylvia avait dû se battre toute sa vie pour démontrer sa nette supériorité sur les autres. Elle était dotée de facultés intellectuelles et physiques hors du commun, et elle le savait. Et immanquablement, cela finissait par créer des jalousies.

Durant sa scolarité en Suède d'abord, puis au début de sa carrière professionnelle.

Pourtant, elle n'avait pas toujours baigné dans le milieu criminel. Son enfance avait été placée sous le signe d'une harmonie familiale quasi parfaite. Fille unique, choyée par ses parents qui s'étaient vite rendu compte de ses capacités, elle était sans cesse stimulée par son entourage : expositions, lectures, conférences, mais aussi épreuves sportives, compétitions… Tous les parents pensent que leur enfant est brillant, voire surdoué, mais là, pour une fois, c'était vrai. L'environnement suédois leur offrait un cadre éducatif et naturel merveilleux pour tirer le meilleur de la jeune Sylvia. Elle était première de sa classe, et avait brillamment réussi l'équivalent du baccalauréat. Mais il y avait forcément un revers à cette belle médaille : Sylvia n'avait qu'un petit nombre d'amies, sa vie sociale se résumait à très peu de choses, tant les autres se sentaient vite dépassés. Les quelques garçons qui tentaient courageusement de prendre la forteresse finissaient par battre en retraite. Son caractère de louve solitaire s'était forgé à l'épreuve de ses échecs amicaux, amoureux ou sociaux.

Après ses études en économie et en droit, elle avait commencé par travailler pour un grand cabinet de conseil international. En quelques mois, ses talents évidents avaient été remarqués, et elle avait gravi les échelons du bureau suédois, puis européen, pendant les sept premières années. À la surprise générale, on lui avait confié la zone Asie, qui couvrait la Chine, l'Inde et les petits États en plein essor du Sud-Est asiatique. Elle était restée quatre ans là-bas, où elle avait collectionné les succès : nouveaux clients, nouveaux marchés développés, rentabilisation maximisée du pôle Asie. De l'avis de tous, elle était perçue comme l'étoile montante du cabinet au niveau mondial. Dans une profession plutôt dominée par les hommes, on parlait d'elle comme de la future dirigeante de la société. Et puis soudain, coup de théâtre : elle avait décidé de tout plaquer. Sa hiérarchie n'avait jamais compris ce revirement. Que s'était-il passé là-bas pour qu'elle décide de changer de vie ? Et surtout, de ne plus donner de nouvelles ? Ses proches collaborateurs avaient raconté que, durant les derniers mois, elle avait été approchée par deux hommes, indiens, avec qui elle s'était enfermée des heures durant. Elle ressortait de ces réunions chaque fois plus différente, plus hermétique aux autres, plus distante avec ceux qui partageaient son quotidien. Certains avaient suspecté l'influence d'une secte qui exerçait sur elle un ascendant et une pression aussi sournoise qu'efficace. Jusqu'au jour où elle avait présenté sa démission, avec pertes et fracas. Sa hiérarchie avait tenté de la retenir, en vain.

Pendant trois ans, elle avait disparu des radars. N'ayant quasiment pas de famille, personne ne s'était préoccupé réellement de son absence. Elle était soudain réapparue en Amérique du Sud, où on l'avait présentée à Horacio. Au bout de quelques missions « d'essai », elle était devenue son bras armé pour les basses besognes à travers le monde. Ce trou noir dans son passé, elle n'en parlait à personne, et Horacio, malgré ses multiples tentatives, n'avait jamais réussi à percer le mystère. Et Sylvia savait bien signifier quand il fallait s'arrêter de creuser. Elle retournait régulièrement en Asie pour ses vacances, mais il ne posait pas plus de questions.

Récupérer le trésor représentait un trophée de taille dans sa récente « reconversion professionnelle ». Mais elle savait que ce n'était qu'une étape, rien d'autre. Elle donnerait encore le change vis-à-vis d'Horacio, mais ne devait en aucun cas se détourner de sa véritable mission. « Garder la tête froide, feindre, jouer, pour mieux atteindre son but, quand l'adversaire ne s'y attend pas. » Continuer à flatter Horacio. Le contexte de sa quête lui rappela une phrase de Napoléon : « On gouverne mieux les hommes par leurs vices que par leurs vertus. » Cela s'appliquait tout particulièrement à Horacio.

Sylvia descendit de l'avion, confiante, un grand sac à la main, dans lequel la précieuse boîte attendait d'être livrée à son nouveau propriétaire. Dès l'ouverture de la porte, le rire gras d'Horacio l'accueillit.

— Ah ah ! Alors là, chapeau ! J'avoue que tu m'en bouches un coin. Tu as mené cette « récupération » de main de maître. Je tenais à te le dire dès ta descente d'avion !

— Merci, Horacio. J'avoue que je suis assez satisfaite de la tournure qu'ont pris les événements. Je t'avais dit qu'il fallait parier sur ce petit tandem.

— Même si ça me fait bien chier de te le dire : je m'incline…

Ils montèrent dans la voiture. Une fois arrivés devant l'estancia, ils se rendirent dans le grand bureau d'Horacio. Là, avec un petit cérémonial qu'elle trouva assez jouissif, Sylvia sortit lentement la boîte du sac et la posa délicatement sur la grande table. Horacio n'en pouvait plus, Sylvia savourait son petit manège. Elle ôta la couverture qui enveloppait la boîte, laissant apparaître les inscriptions et l'aigle impérial, majestueux. Horacio ouvrit la bouche, mais rien n'en sortit. Il contemplait. Sylvia fit traîner encore quelques secondes, puis estimant que le supplice avait suffisamment duré, elle finit par ouvrir le précieux réceptacle des trésors joailliers. Quand Horacio vit son contenu, il se mit à trembler de tous ses membres. Tout ce qu'il voyait dépassait de loin ses attentes les plus folles. Son imagination se révélait désespérément pauvre par rapport à la réalité de ce qui éclatait sous ses yeux. Rubis, saphirs, émeraudes, diamants, les quatre pierres précieuses étaient dignement représentées dans cette boîte. De même, tous les types de montures sublimaient les pierres : bagues richement entourées, bracelets, colliers gigantesques, tiares ou broches, dont la finesse et la délicatesse du travail des orfèvres faisaient honneur au savoir-faire de la profession. On affirmait que les bijoux de la couronne d'Espagne dépassaient en beauté ceux de la couronne d'Angleterre. Horacio ressentit un extatique bonheur à être le premier homme depuis deux siècles à pouvoir le confirmer, tant en qualité qu'en quantité.

Il regarda Sylvia qui souriait. Elle observait le faciès d'Horacio, qui, à l'ouverture de la boîte, avait pris des traits d'enfant. On aurait dit un petit garçon de 10 ans à qui l'on proposait de prendre tout ce qu'il voulait dans un magasin de jouets la veille de Noël. Elle était fascinée de constater à quel point les plus grands criminels pouvaient se transformer en enfant innocent lorsqu'on leur donnait ce qu'ils attendaient depuis longtemps. Elle l'avait vérifié avec Horacio, dans le *board* de son cabinet de conseil, ainsi que chez d'autres grands barons de la drogue ou du crime à qui elle rapportait des trésors (souvent des objets symboliques qui étaient censés leur conférer, selon eux, encore plus de gloire ou de pouvoir). Ils ne faisaient que jouer à la guerre. Pouvoir et argent avaient remplacé les billes dans la cour de récréation, mais les ressorts étaient les mêmes. Cependant, elle devait admettre qu'à partir du moment où elle savait bien les manipuler, elle y trouvait aussi son compte…

— Je n'aurais jamais imaginé une telle profusion et une telle magnificence, finit par avouer Horacio. Cela dépasse tout ce à quoi j'avais pensé. Non seulement je vais pouvoir payer nos amis américains, mais en plus je vais me faire un sacré pactole ! C'est Noël avant l'heure !

— C'est clair que cette collection est de loin la plus importante du monde. Et sa provenance historique fait d'office doubler ou tripler l'estimation. Maintenant, tu ne vas pas pouvoir la proposer dans une vente aux enchères publique. Le gouvernement espagnol te tomberait dessus avant même que le premier catalogue ne soit édité.

— Oui, je sais, mais ça, ce n'est pas un problème. Tu oublies que cela fait presque vingt ans que je vends des objets d'art à travers le monde à des collectionneurs tous plus riches les uns que les autres. Et surtout toujours plus avides d'avoir l'objet unique, irremplaçable, historiquement extraordinaire, qui leur permettra de frimer en privé. Ils sont à l'abri du besoin pour les dix prochaines générations, alors ils se moquent bien de la valeur monétaire de l'objet. Ce qu'ils veulent, c'est détenir l'objet que le petit copain n'a pas et ne possédera jamais. Même s'ils l'obtiennent de façon illégale. Le plaisir de la possession unique et interdite, voilà ce qui les motive et les fait bander.

— Et comment comptes-tu t'y prendre, concrètement ?

— J'organiserai une petite vente bien exclusive et bien privée, tu vas voir, poursuivit Horacio. Ce sera l'événement artistique du siècle. Mais soyons fins stratèges. Il faut que les joyaux espagnols constituent le clou de la vente, mais que d'autres objets d'exception soient aussi présents au catalogue. C'est comme ça que tu arrives à tirer les prix vers le haut : à côté d'objets de dingue, la moindre chaise se vendra trois fois son estimation.

— Et tu as ce qu'il faut pour créer un catalogue complet ?

— Ici, non. Mais à Genève, au port-franc, j'ai trois box remplis à ras bord d'objets d'art de diverses qualités. On va organiser une vente Empire, et je vais faire venir ce qu'il faut pour créer une collection cohérente. Des trucs de merde dont je ne savais pas comment me débarrasser vont partir pour une petite fortune ! Et j'ai aussi d'autres objets exceptionnels qui tiendront leur rang face aux joyaux de la couronne. C'est parfait. Je vais partir pour Genève demain ou après-demain afin de faire la sélection et organiser le transport.

— Tu vas la faire où, ta vente ? Ce n'est pas le genre d'événement que tu peux monter en plein New York...

Après quelques secondes de réflexion, Horacio s'écria :

— Mais, ma chérie, ici ! C'est le lieu idéal : discret, piste d'atterrissage et *tutti quanti*. Ils viendront tous avec leur jet privé, je les aurai bien appâtés avant, histoire de faire monter l'excitation, et quand ils seront tous là, je leur ferai une belle présentation avec enchères dans la foulée. Et je peux te garantir qu'ils vont se battre jusqu'à s'arracher leur chemise pour obtenir ce qu'ils veulent. Ils repartiront avec leur objet chacun dans leur pays, trop contents d'avoir damé le pion aux grands musées du monde, et au gouvernement espagnol en prime ! Ça va être un moment de dingue ! On va s'éclater !

Horacio était déjà ailleurs, en train de dresser mentalement la liste de tous les acheteurs à qui il pourrait envoyer cette invitation si spéciale. Il imaginait l'organisation de la vente, l'agencement de son estancia et la présentation des lots, les mesures de sécurité exceptionnelles, les garanties qu'il pourrait donner aux acheteurs… Bref, tout ce qui ferait de ce jour un moment historique dont il serait le centre absolu. Avec cette vente, il gagnerait encore un peu plus ses galons dans le monde du trafic d'art international. Et avant toute chose, c'était cette renommée-là que convoitait Horacio. Car ce statut, pourtant empreint d'une parfaite illégalité, lui donnait paradoxalement une forme de respectabilité dans le milieu des ultra riches. Être respecté de cette caste hyper fermée, c'était le rêve d'Horacio depuis des années. Avoir la mafia de Miami dans sa poche lui garantissait un débouché permanent auprès des clients américains. Mais ce qu'il voulait maintenant, c'était un accès direct au client final, sans intermédiation de la mafia et de leur réseau de galeries d'art. Il rêvait de ce moment où il aurait les numéros de portables de tous les grands collectionneurs du monde entier enregistrés dans son téléphone. Plus de mafia, plus d'entremetteurs, plus besoin de se cacher en permanence.

Il avait suivi avec passion la fabuleuse ascension et la chute brutale du marchand d'art Yves Bouvier, grand acteur du port-franc de Genève, qui s'était fait connaître du grand public après la vente du *Salvator Mundi* de Léonard de Vinci à son client, un milliardaire russe qui l'avait ensuite accusé de l'avoir arnaqué et avait porté l'affaire devant les tribunaux. Gagner la confiance de ces milliardaires afin que ceux-ci lui confient leurs achats d'œuvres, de façon légale ou non, représentait le but ultime d'Horacio. C'est pourquoi il tenait tant à retrouver ces joyaux. Devant lui se tenait, éclatant de mille feux, le sésame pour pénétrer dans ce milieu si fermé et être adoubé par leurs membres.

Sylvia regardait Horacio avec un mélange d'admiration et de pitié. Elle lui reconnaissait une vraie vision, une grande opiniâtreté dans les épreuves (nombreuses et dangereuses) qu'il avait traversées. Elle était attendrie par ce rêve d'enfant qui devenait réalité, comme le montrait l'intense lumière de son regard. Mais elle était écœurée par son cynisme, sa vulgarité et son ego titanesque qui le rendaient tellement insupportable et prétentieux. En l'écoutant déblatérer sur les performances inouïes de sa future vente, Sylvia pensa : *Tu es si loin de ce qui est essentiel, mon pauvre Horacio. Si étranger au véritable pouvoir. Tu ne pourras jamais comprendre ce que nous recherchons et pourquoi tes petites breloques espagnoles ne sont rien par rapport au contenu du livre.* À la place, elle lui dit :

— Horacio, je vais te laisser organiser tout cela sans moi. J'ai besoin d'un *break*. Comme tu le sais, je me suis beaucoup donnée ces derniers mois. Je pars en Asie quelque temps. On se retrouvera sans doute en janvier. Tu sais comment me joindre.

L'annonce fut un peu brutale, mais Horacio était tellement accaparé par les joyaux qu'il admirait, devant lui, et par les perspectives de sa vente aux enchères, qu'il ne releva pas.

— Bien sûr, bien sûr. Tu as bien mérité ce *break*, au contraire. J'aurais dû te le proposer moi-même. Aucun problème. De toute façon, je comptais faire le voyage à Genève tout seul. Repose-toi et, après Noël, on sera plus tranquilles pour en reparler.

— Parfait. Je vais préparer mes affaires et m'en aller, ce sera plus simple. Profite bien de ta nouvelle collection !

Elle sortit du bureau pendant qu'Horacio commençait l'inventaire des pièces. *Maintenant que celui-là est neutralisé, on va enfin pouvoir se concentrer sur l'essentiel.* Elle s'isola dans une partie peu fréquentée de la maison et composa un numéro sur son téléphone.

— Je suis à votre disposition. Horacio est canalisé. Où souhaitez-vous que je me rende ?

— Venez d'abord me voir, fit la voix. Je vous attends. Sandeep a éliminé le tireur. C'était bien Moshe, comme vous le suspectiez. Il surveille Alex et n'a pour l'instant pas besoin d'aide.

— Bien, je saute dans le premier avion.

Elle raccrocha et se mit aussitôt à rechercher les vols pour Bombay.

Genève, Suisse, 16 décembre 2018
Port-franc de Genève

Un alignement de gros cubes de béton gris, ceinturé de fil barbelé et de caméras de surveillance, et au pied duquel étaient garés des semi-remorques et des voitures de luxe. Voilà ce que l'on pouvait voir du port-franc de Genève quand on passait devant le plus gros coffre-fort du monde à quinze minutes de l'aéroport. Sur cent cinquante mille mètres carrés hautement sécurisés seraient entreposés plus d'un million d'œuvres d'art, de l'or et des diamants à foison, et pas moins de trois millions de bouteilles de vin prestigieux. En tout, la valeur de ces trésors avoisinerait les cent milliards d'euros. Le port-franc avait tout pour attirer les riches propriétaires ou les trafiquants comme Horacio : secret absolu (aucun nom sur les caisses contenant les œuvres, seulement un numéro), sécurité à toute épreuve (les portes blindées étaient conçues pour résister aux explosifs), avantages fiscaux (pas de TVA ni de droits), et enfin des contrôles très relatifs, puisqu'on estimait que seulement 4 % de la marchandise était inspectée… Autrement dit, un jardin d'Éden pour Horacio, qui y stockait plus de deux mille objets d'art, dans trois box différents.

Il avait atterri la veille en provenance de Caracas, à bord de son jet, sous une fausse identité, bien évidemment. Avec ses deux hommes de main, il s'était rendu au petit matin au port-franc, afin d'y prélever une sélection d'objets rigoureusement triés sur le volet qui alimenteraient sa « vente du siècle ». Horacio connaissait le port-franc comme sa poche, et y circulait aisément. Il fut accueilli par un des responsables, qui faisait semblant de ne voir en lui que le profil de marchand d'art irréprochable, sans se préoccuper de la provenance des biens.

— Mon cher ami, quelle joie de vous revoir parmi nous ! Avez-vous fait bon voyage ?

— Oui, c'était parfait, Gauthier, merci. Je viens inspecter deux ou trois caisses dans mes box.

— Mais vous êtes ici chez vous, répondit l'obséquieux Gauthier. Je vais vous conduire à vos emplacements.

Ils empruntèrent un interminable couloir lugubre jalonné de sas de sécurité à serrure biométrique, pour déboucher sur un autre univers : un petit hall d'entrée très lumineux qui desservait plusieurs corridors sur lesquels s'ouvraient les portes des box. Ceux numérotés C23 à C25 appartenaient à Horacio. Après les avoir ouverts, Gauthier disparut silencieusement et laissa Horacio à ses affaires.

Ce dernier parcourut son listing et fit ouvrir à ses employés quelques caisses bien spécifiques. Il sortit précautionneusement une vingtaine d'objets de toutes les tailles et les posa sur une table. Un concentré de l'histoire de l'Empire apparut alors sous ses yeux : un bicorne de Napoléon, une série de décorations somptueuses ayant appartenu au maréchal Ney, un petit buste de Pauline Borghèse par le célèbre sculpteur Canova, une boîte à pilules en or rehaussée de diamants par Biennais, une paire de gants qui aurait été utilisée par le maréchal Soult durant la bataille d'Austerlitz, et enfin, au milieu d'autres objets de moindre importance, le clou de la collection, à savoir l'épée du sacre de Napoléon, que l'on croyait disparue.

Horacio ne se lassait pas de contempler ces objets, tenus par les mains de personnages ayant façonné l'histoire de la

France et de l'Europe. Oui, son ancêtre le général Lallemand serait fier de lui. L'intervention d'un de ses hommes de main lui rappela leur *timing* serré :

— On fait quoi, patron ?

— On emballe ce que j'ai mis sur la table, et on se barre discrètement. Heureusement que les objets ne sont pas trop gros. Tu as préparé l'enveloppe de cash pour Gauthier ? Ça l'aidera à fermer un peu les yeux.

L'homme sortit de sa mallette une enveloppe orange bien garnie et la remit à son patron.

— Parfait. Allez, on bouge.

Quinze minutes plus tard, Horacio refermait les caisses et emportait les objets répartis dans les sacs de ses complices. Il avait discrètement remis l'enveloppe à Gauthier, plus mielleux que jamais.

En fin de matinée, le jet d'Horacio redécollait en direction de son estancia au Venezuela. Sur le tarmac de l'aéroport de Genève, un homme n'avait rien perdu du petit manège, et avait soigneusement noté les faits et gestes d'Horacio, et notamment la présence de sacs remplis au retour. Il passa un coup de fil, à Miami, à ses patrons :

— Boss, ça sent le coup foireux. Je pense qu'il est en train d'essayer de nous doubler.

— Le *pendejo*… J'en étais sûr. On va vérifier ça. Et si c'est le cas, il est mort.

Houston, Texas, 21 décembre 2018
Ranch de James Wisslemore

Allongé sur le lit de sa chambre, dans le ranch de James, Alex ne pouvait pas s'empêcher de repenser à la tornade d'événements vécus à Cape Vincent. Indéniablement, Alex et Mary savaient maintenant que la piste qu'ils suivaient pour retrouver le livre était la bonne, et qu'Alex avait réussi à déchiffrer correctement les symboles des aigles. C'était un acquis majeur et rassurant. Et surtout, ils possédaient enfin la totalité des sept aigles qui devaient donc les mener à la cachette du livre. Quelques jours plus tôt, il n'aurait pas parié dessus.

Finalement, ce qui le perturbait le plus, c'était le rôle des deux femmes de cette histoire. D'un côté, l'intervention de la blonde nordique et sa dernière allusion sur le travail à terminer laissaient à penser qu'une autre équipe était à la recherche du livre. Et de l'autre, la nouvelle forme de relation qui venait de naître entre Mary et lui l'obsédait.

Au début, ils s'étaient sentis gênés. Dérapage sans lendemain ? Accident lié à des circonstances plus qu'exceptionnelles ? Ou, au contraire, le début d'une relation que chacun espérait secrètement ? Le retour à Houston avait été ponctué d'attitudes maladroites entre eux : sourires gênés, politesse excessive, regards fuyants, blancs dans la conversation vite comblés par quelques phrases un peu creuses, mais qui avaient le mérite de briser le silence… Et puis, peu à peu, quelques gestes, simples et sincères, vinrent rétablir la vérité : se prendre la main quelques secondes, avoir un regard complice, se susurrer quelques mots à l'oreille… des petites attentions qui leur firent comprendre à tous les deux qu'un avenir commun existait. Court, long, ils n'en savaient rien et s'en moquaient. La joie de l'instant présent, la naissance d'un désir charnel ou le simple contact furtif de leurs peaux leur suffisaient pour le moment.

Malgré leur réticence, ils avaient fini par prévenir James du déroulement des événements, et celui-ci s'empressa d'envoyer une équipe pour les rapatrier. Ils avaient tous les deux choisi de continuer leur mission sans montrer ni doutes ni inquiétudes à leur commanditaire. Par deux fois, on les avait pris par surprise. Par deux fois, ils avaient risqué leur vie en ayant la douloureuse impression qu'ils servaient d'appât. Impossible pour eux d'en être sûrs, mais, s'ils comprenaient bien que l'association de leurs talents était leur meilleure assurance-vie dans la quête du livre, ils savaient désormais qu'au moins une autre équipe jouait sur le même terrain. Les joyaux allaient-ils calmer leurs agresseurs ? Étaient-ils les seuls avec James à rechercher ce livre ? Ils auraient sûrement voulu répondre par l'affirmative, mais les derniers mots de Sylvia résonnaient dans la tête d'Alex, qui s'en était ouvert à Mary. Trop de flou persistait.

James n'avait *a priori* aucun intérêt à les abattre, en tous les cas pas avant d'avoir mis la main sur le livre ! Surtout, cela ne ressemblait pas à l'homme qu'ils avaient appris à connaître. D'ailleurs, la suite sembla leur donner raison. James avait fait jouer ses relations, et une équipe de la police locale avait ratissé le périmètre afin de rechercher des traces ou des douilles. La police retrouva bien plus que des traces, puisque le corps d'un homme criblé de trois balles bien placées gisait dans la neige, au bord de la forêt. Aucune identification possible, évidemment, mais visiblement cette tentative d'assassinat sur Mary n'avait pas plu à tout le monde. Au moins, un problème avait été éliminé. Une foule de questions sans réponse avait pris la place.

Qui avait assassiné le tireur ? Comme des poupées russes, cela confirmait l'étrange complexité des intérêts en présence et l'impression qu'il y avait toujours une intervention inattendue. Et surtout où se trouvait le livre ? L'énigme persistait et leur travail était loin d'être terminé.

Alex et Mary étaient rentrés au ranch de James, et après quelques jours de soins, de repos et de débrief complet, ils se réunirent tous les trois dans son bureau.

— J'ai une bonne nouvelle, annonça James d'emblée. Nos amis du FBI ont identifié la femme blonde qui est visiblement la main armée d'Horacio del Monte. Ils ont repéré son image sur la vidéosurveillance d'un aéroport privé canadien. Elle a commis une petite erreur, qui nous a permis de voir son visage et de faire tourner le logiciel de reconnaissance faciale. Son nom est Sylvia Engström, citoyenne suédoise réputée brillante, qui a commencé sa carrière dans un groupe de ténors du conseil, mais qui, après un séjour très prolongé en Inde, a disparu des radars et est visiblement passée de l'autre côté de la barrière. Nous n'en savons pas beaucoup plus sur elle, mais son identité est un premier pas.

Sylvia… Alex et Mary pouvaient enfin mettre un nom sur celle qui avait été la source de beaucoup de leurs péripéties, et qui leur était venue en aide *in extremis* à Cape Vincent. Cette femme suscitait chez eux à la fois colère et interrogation. James ne leur laissa pas le loisir de réfléchir trop longtemps à cette nouvelle, et enchaîna :

— Nous avons beaucoup appris et pas beaucoup avancé. Vous avez risqué votre vie, ce qui n'a jamais fait partie de notre accord. En aucun cas je n'aurais pensé faire face à une telle résistance. J'avoue qu'aucune chasse au trésor dans ma vie ne m'a préparé à ce qui vient de se passer. Nous sommes confrontés à des gens déterminés et sans scrupule. Habituellement, je suis face à des adversaires coriaces, certes, mais il s'agit plus d'une course de vitesse, de quelques petits coups bas, et rien de plus. Jamais un compétiteur n'aurait coulé un de mes bateaux, par exemple, ou risqué la vie de mon équipage. Ici, c'est différent. J'ai beaucoup réfléchi et je ne suis pas sûr de vouloir continuer. Aucun trésor ne vaut de risquer sa vie à ce point. Jamais je n'aurais pensé dire cela un jour. Mais j'avoue que j'hésite, je ne sais plus trop où j'en suis.

Le désarroi de James prit Alex et Mary de court. C'était déjà la deuxième fois qu'il fendait l'armure, laissant transparaître une émotion étonnante pour un homme à l'exigence si élevée, si passionné par sa quête, et capable dans d'autres circonstances de licencier trois mille personnes en un claquement de doigts. Même si le moment résonnait de la fatigue de tous, au bout de quelques secondes de silence, Alex se leva d'un bond et s'emporta :

— Ah non ! Alors ça, non ! Nous n'avons pas accompli tout ce travail, risqué autant de choses, pour nous heurter à un refus d'obstacle à dix mètres de l'arrivée ! Oui, il y a des risques. Oui, nous avons affronté des dangers qu'aucun d'entre nous n'avait anticipés. Oui, on s'est fait bêtement coiffer au poteau à Stone House, en se faisant voler les bijoux comme des amateurs. Et alors ? Cela ne prouve qu'une chose : c'est que le livre est à la hauteur de nos attentes. Si ceux d'en face se donnent tant de mal et prennent autant de risques, c'est premièrement que nous sommes sur la bonne piste, et deuxièmement que ce livre, comme vous l'aviez prévu, James, renferme un savoir très convoité. Alors quoi ? Vous pensiez que nous allions faire une gentille petite chasse aux œufs de Pâques dans le jardin ? Tout le monde ici connaissait les dangers. Pas forcément à ce degré, je vous l'accorde. Mais nous savions tous que nous marchions sur une ligne de crête. James, je vous remercie de vous préoccuper de nous, mais en ce qui me concerne, il est hors de question d'abandonner.

— Pour moi non plus, James, renchérit Mary. Nous sommes allés trop loin. Nous sommes trop près du but pour renoncer. Vos craintes à notre égard vous honorent, mais Alex et moi sommes majeurs et vaccinés, et si nous prenons la décision de continuer, c'est en pleine connaissance de cause. Et encore plus aujourd'hui qu'au début de cette aventure. Au moins, maintenant, nous savons parfaitement à quoi nous en tenir, et nous préparerons nos prochaines expéditions très différemment.

James prit le temps de les écouter, de les regarder et de mesurer leur détermination sans faille. Il comprenait aussi qu'ensemble ils touchaient du doigt un morceau de la grande histoire, celle qui traverse les siècles et dont les noms des découvreurs côtoyaient parfois ceux des illustres personnages.

— Ce que vous dites me touche beaucoup, répondit James. Je vous avoue que j'étais perdu et bouleversé par ce que vous m'avez raconté de Stone House. Mais si après tout cela, vous êtes toujours partants, alors cela change tout.

La dernière étape ne serait sans doute pas la plus aisée. Alex n'avait désormais qu'une hâte : observer le dernier aigle à la lumière de leurs découvertes et aller encore plus loin.

— Quant au fait que selon vous nous n'ayons pas beaucoup avancé, je ne suis pas tout à fait d'accord, James, ajouta Alex. Nous avons en notre possession toutes les pièces du puzzle et la table de déchiffrage du code. Bien d'autres éléments vont entrer en ligne de compte, évidemment, mais une chose est certaine : personne avant nous n'a eu entre ses mains la collection complète des aigles, puisque le dernier se trouvait caché avec les joyaux de la couronne d'Espagne. Joseph Bonaparte avait délibérément organisé ce petit jeu de piste : trouver les joyaux afin de mettre la main sur le dernier aigle, et avoir ainsi une chance de mettre la main sur le livre. Voilà qui est fait.

— Vous avez raison, répondit James. Espérons seulement qu'un des joyaux ne constituait pas une partie de la clé. Car ceux-là, on ne les reverra pas de sitôt.

— J'en doute, affirma Alex. Je peux me tromper, mais les signes sur les aigles forment une codification cohérente, très postérieure aux joyaux eux-mêmes. Les intégrer aurait introduit un risque de perte ou d'incompréhension supplémentaire.

— Mes amis, je sais combien dans ce genre de quêtes il est essentiel d'être en pleine possession de nos moyens. Nous avons été blessés, bousculés, nous avons aussi beaucoup travaillé. Si ce que vous dites est vrai, Alex, nous sommes aujourd'hui les seuls à disposer des sept aigles. Nous avons gagné un peu de temps. Et je dois sécuriser notre aventure afin de vous laisser partir pour, je l'espère, cette dernière marche. Il est hors de question qu'une nouvelle mauvaise surprise nous éloigne de notre but. Dans trois jours, c'est Noël. Allez le passer en famille, et revenez début janvier.

Après ces dernières semaines mouvementées, Alex et Mary eurent du mal à se projeter sur cette pause, même s'ils l'espéraient secrètement.

Ils acquiescèrent et sortirent se promener dans le jardin, méditant sur la conversation avec James.

— Alors, tu te sens d'attaque ? demanda Alex à Mary, songeuse.

— Oui, mais je ne suis pas sereine. J'ai le sentiment d'être en permanence dans une sorte de brouillard, comme si quelque chose nous échappait.

— Tu parles de James ?

— Entre autres. En tout cas, ce n'est pas le lieu pour en discuter. Profitons de ces jours pour recharger les batteries.

Alex osa enfin poser la question qui lui brûlait les lèvres :

— Et tu fais quoi à Noël ? Tu vas rejoindre ta famille ?

— Je ne sais pas. Mes parents sont morts il y a bien longtemps, et mes relations avec mon frère ne sont pas toujours au beau fixe.

— Ah, désolé, je ne savais pas.

— Et toi ? demanda-t-elle.

— Je vais aller rejoindre ma sœur chez moi en France, dans le Sud-Ouest. Nous essayons de passer Noël ensemble, au moins comme ça on se voit une fois par an ! Elle bosse dans la finance à Hong Kong. Inutile de préciser que nous sommes des ovnis l'un pour l'autre !

— J'imagine en effet, fit Mary le visage fermé.

Alex se sentait fragilisé, déstabilisé quand Mary n'affichait pas son dynamisme et son enthousiasme habituels. Il hésitait et continua cependant ce qu'il avait préparé dans sa tête depuis quelques minutes :

— Et… tu ne voudrais pas venir avec moi ? proposa-t-il timidement. C'est un très bel endroit, ajouta-t-il aussitôt pour se justifier.

— Ah ! Pas trop tôt ! J'espérais bien que tu me le proposerais ! Avec joie…

Le visage d'Alex s'illumina d'un large sourire. Ils se prirent simplement la main.

James, depuis son bureau, observait attentivement la scène. Que la collaboration devienne « plus que professionnelle » entre Alex et Mary ne le surprenait pas, il l'avait de toute façon envisagé dès le début, en se persuadant que cela renforcerait l'équipe. Au vu des derniers échanges, il avait eu raison. Les mains croisées dans le dos, dans une posture de maître imposant, James se félicitait de son petit stratagème, qui avait parfaitement fonctionné : le boss exprimait un doute auprès de son équipe au moment où on ne s'y attendait pas, et l'équipe se ressoudait et devenait le moteur du projet.

Une vieille technique de management dont James avait usé maintes fois. Bien évidemment, il n'avait jamais eu aucun doute sur le fait de continuer cette chasse qui le hantait jour et nuit. Mais il était important qu'Alex et Mary s'approprient le projet autant que lui. Maintenant, ils s'imaginaient être les acteurs principaux de l'opération, et lui n'aurait qu'à superviser. Il s'assit dans son large fauteuil en cuir et se servit un grand verre de brandy, en écoutant une sonate de Beethoven, la *32 en* ut *mineur*, sa préférée, un sourire satisfait aux lèvres.

France, 23 décembre 2018
Hossegor

En cette avant-veille de Noël, le Sud-Ouest français n'avait pas encore pris toutes ses couleurs d'hiver. La douceur inhabituelle en cette saison donnait un arrière-goût d'automne particulièrement agréable. Certes, un vent persistant et la puissance des vagues rappelaient à chacun que le temps des baignades était relégué au rang des lointains souvenirs, mais contrairement à bon nombre de départements de France, les Landes jouissaient à cette époque de l'année d'une mansuétude climatique très agréable.

Alex et Mary étaient arrivés à Roissy-Charles-de-Gaulle tôt le matin et, après leur transfert à Orly, ils avaient enchaîné sur un vol Paris-Biarritz en début d'après-midi. Et enfin, après quarante-cinq minutes de route, un taxi les avait déposés au pied du chemin de la maison des parents d'Alex, à Hossegor. Le chemin en question était quasiment invisible de la route. Il montait de façon si abrupte que personne ne se serait aventuré à le prendre. Pourtant, au bout de l'effort, un spectacle aussi somptueux qu'inattendu les attendait. Une grande maison de bois en forme de L, garnie d'immenses baies vitrées et surplombée d'une petite tour, offrait à ses habitants une vue à cent quatre-vingts degrés sur l'océan. La maison, posée sur la deuxième dune après la mer, bénéficiait d'un panorama unique tout en étant préservée des assauts directs des intempéries maritimes. De la terrasse, le regard se posait d'abord sur une forêt de pins et de chênes-lièges, avant de buter sur une haute dune. Et par-delà ce mur de sable, la mer, à perte de vue. Les violentes vagues de l'Atlantique, surtout en hiver, frappaient la plage dans un bruit sourd et incessant que l'on entendait de la maison. La dune cachait le combat entre les vagues et la plage, ne laissant apercevoir que des hautes gerbes d'écume, comme des explosions d'obus. Le spectateur imaginait alors une bataille épique et sans fin.

L'intérieur de la demeure tenait à la fois du fonctionnel et de l'ubuesque. Une succession de pièces qui auraient pu être parfaitement aménagées et qui avaient, à cause de l'usure du temps et surtout des habitudes de ses occupants, pris les fâcheuses couleurs d'un capharnaüm assez amusant. Une accumulation hétéroclite d'objets donnait un air de brocante à l'endroit, et le craquement insistant de chaque latte de parquet ou de chaque porte rappelait à tout moment que le temps demeurait le maître des lieux. Dans l'entrée, une série de portemanteaux ployaient sous une montagne de vestes et manteaux de toutes les saisons, mais dont le dernier usage devait remonter à plusieurs années. Au mur, des icônes religieuses se frayaient un chemin parmi des tableaux de paysages locaux, représentant des forêts de pins ou des ports landais, et une immense tête de taureau empaillée regardait ce spectacle étonnant de son œil éteint. Un vieux vaisselier accueillait de façon très œcuménique des services en porcelaine dépareillés : assiettes basques, plats à filet doré ou encore tasses de toutes les couleurs. Mais c'était précisément ce mélange unique de désordre, de périodes différentes et d'agencement très personnel qui donnait à cette maison son charme indéfinissable. On ressentait la trace de toutes les personnes qui avaient vécu dans cette demeure, et qui, de gré ou de force, avaient laissé leur marque indélébile. En résumé, c'était une maison de famille.

Mary était subjuguée. Elle qui était habituée aux maisons proprettes des États-Unis, modernes, fonctionnelles et ordonnées, se retrouvait projetée dans un autre univers, un territoire quasi animal, assumé et fier, qui bousculait ses repères autant qu'il la séduisait. Après l'entrée, qui donnait sur une cuisine américaine, on débouchait sur le salon-salle à manger, puis sur ce qui était appelé le « salon-bateau », en l'honneur des décorations maritimes un peu surannées qui ornaient la pièce : maquettes de bateaux, tableaux de mer déchaînée, vieilles bouées, casquette de capitaine et même un gouvernail composaient ce petit musée.

Alex et Mary arrivèrent à la maison vers 17 heures, moment du coucher du soleil en hiver. Un spectacle majestueux salua leur présence, ce qui acheva de conquérir Mary. Alex observait ses réactions avec plaisir et intérêt. Il savait ce qu'Hossegor pouvait provoquer chez les novices, et savourait l'abandon progressif de Mary dans les bras de la maison et de sa nature environnante. Le charme espéré avait opéré, et il savait non sans malice qu'il en serait le premier bénéficiaire.

— C'est… magique, murmura Mary.

— Oui, j'avoue que je ne m'en lasse jamais. Cela fait plus de quarante ans que je viens, et c'est chaque fois différent. J'ai beaucoup de chance.

— En fait, je crois qu'en ce moment, c'est moi qui ai de la chance, fit-elle en se blottissant dans ses bras.

Ils sentirent tous les deux une ombre dans leur dos.

— Oh, comme c'est mignon !

Ils sursautèrent tous les deux en s'éloignant brutalement l'un de l'autre, comme deux ados surpris par les parents.

— Sophie ! s'exclama Alex en découvrant sa sœur. Je croyais que tu n'arriverais que demain matin !

— Oui, moi aussi, je suis heureuse de te revoir, frérot, répondit laconiquement Sophie en dévisageant Mary.

— Euh, non, oui, bien sûr, moi aussi, balbutia Alex. Mais je suis juste un peu surpris. Sophie, je te présente Mary, une collègue avec qui je travaille sur une mission. Mary, voici ma sœur Sophie dont je t'ai déjà beaucoup parlé…

— Enchantée, Mary, « la collègue-avec-qui-je-travaille-sur-une-mission », répéta Sophie en riant. Je suis sincèrement heureuse de voir mon frère enfin s'intéresser à une jolie femme plus qu'à un vieux manuscrit tout pourri.

— Je prends ça comme un compliment, répliqua Mary, et je suis contente de voir que la sœur décrite par Alex a bel et bien la personnalité opposée à son mutisme !

— J'adore ! dit Sophie d'un ton soudain enjoué. Je crois que l'on va bien s'entendre ! Je te fais découvrir la maison et je t'emmène au centre faire des courses pour le dîner. Et en même temps on s'achètera quelques fringues !

Elles partirent toutes les deux bras dessus bras dessous, laissant Alex planté au milieu de la pièce comme un idiot, la bouche ouverte, ne sachant pas si cette soudaine et surprenante alliance était une bonne ou une très mauvaise nouvelle pour la suite de ses vacances.

France, 24 décembre 2018
Hossegor

Le dîner de la veille avait permis à Mary et Sophie de faire plus ample connaissance et de souder le trio autour de quelques bonnes bouteilles de bordeaux, qui avait accompagné le fameux magret de canard aux pêches et ses petites pommes de terre sautées, spécialité d'Alex. À une heure du matin, tout le monde était parti se coucher en effectuant des trajectoires pas toujours rectilignes, le vin ayant fait son effet.

Mary pensait s'être levée la première, mais arrivée dans la cuisine, elle retrouva Sophie qui préparait déjà le petit déjeuner.

— On a chacune un gros décalage horaire, mais pas dans le même sens ! Pas trop assommée par ce bon vieux vin du Médoc ? demanda Sophie en souriant.

— Ça va, j'ai tenu le coup ! Mais j'avoue que nous n'avons pas fait dans la dentelle, hier soir.

— Et encore, ce n'était pas le réveillon ! Prépare-toi pour ce soir, on sort le grand jeu !

— Je ne préfère même pas y penser, précisa Mary, encore un peu barbouillée de la veille.

— Oh, toi, je sais ce qu'il te faut. Enfile tes baskets, je t'emmène découvrir le tour du lac et la plage. Tu te sentiras mieux après, lui intima Sophie.

Mary obtempéra en se disant que cela ne pouvait pas nuire à son état. Elles sortirent toutes les deux de la maison et partirent faire leur jogging pour oublier les agapes de la veille et préparer celles du soir.

Alex, qui avait entendu du bruit dans la cuisine, finit par se lever et ne put qu'apercevoir les deux filles qui entamaient déjà leur jogging.

— Beurk, fit-il avec un certain dégoût du sport. Miam ! enchaîna-t-il en voyant le pain frais, le beurre et la confiture de figues du jardin.

Le petit déjeuner lui permit de se remettre en selle, et il goûta surtout au calme de la maison. Alex ne pouvait pas s'empêcher de réfléchir. Sa machine intérieure fonctionnait en permanence. Aussi, dès les premières bouchées de sa tartine avalées, le marathon intellectuel était déjà lancé. Les aigles et leur énigme ne quittaient pas son attention une seule seconde. C'était une sorte de « tâche de fond », comme on dit en informatique. Un truc qui moulinait en permanence dans son esprit ordonné. Il retourna à la grande table de la salle à manger, et sortit ses notes, son ordinateur et les retranscriptions des symboles des aigles.

Il avait déjà rassemblé dans un tableau tous les symboles, qu'il avait triés entre ceux des joyaux et ceux du livre. Les trois premières lignes menaient aux joyaux. Les quatre dernières devaient donc indiquer la cachette du livre.

Il avait enfin devant ses yeux le puzzle complet. Laissant de côté les trois premières lignes, il pouvait se concentrer exclusivement sur les quatre derniers symboles, ceux qui commençaient par un ou plusieurs points. La suite ascendante des points, comme pour les traits, indiquait un sens de lecture. Le point unique était donc le début de la phrase, et les quatre derniers points en étaient la fin. Et comme pour le trésor espagnol, Joseph et Napoléon avaient dû utiliser la même technique de « l'entonnoir » : du général au particulier, d'un large endroit à une localisation spécifique.

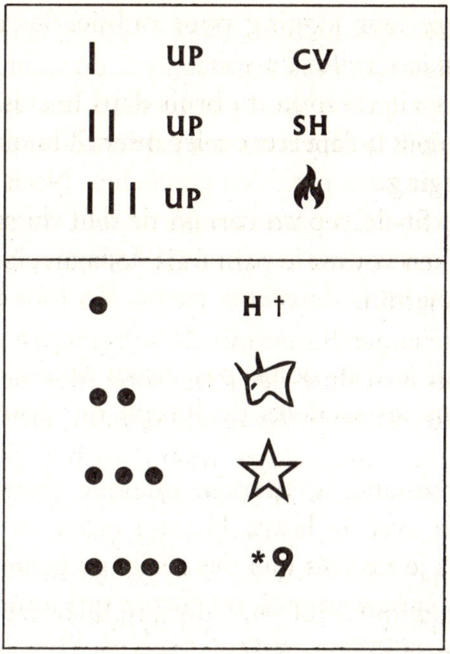

Alex s'intéressa donc dans un premier temps à la représentation de la lettre H suivie d'une croix. À première vue, la croix devait sûrement désigner une église ou un calvaire n'importe où dans le monde. Et si le H désignait plutôt l'initiale d'une ville ou d'une région, cela permettrait de réduire les possibilités, qui s'annonçaient pour le moment gigantesques. Et si un événement ou un lieu historique était ainsi nommé de manière codée ? Une nouvelle fois, il lui faudrait s'immerger dans l'époque et les archives de Joseph Bonaparte pour trouver une solution, car la tête de taureau, l'étoile et le chiffre 9 précédé d'une petite étoile étaient autant de signes abscons qui le plongeaient dans un tourbillon d'incertitudes.

Lorsque Mary et Sophie revinrent une heure plus tard, Alex était absorbé par la relecture des archives. Il ne s'aperçut de leur présence que lorsque Mary s'approcha de lui en l'enlaçant. Il leva la tête et la regarda avec douceur. Cela faisait bien longtemps qu'il n'avait pas ressenti une telle sérénité.

— Alors, déjà la tête dans tes papiers ? lui dit-elle.

— Oui, je ne peux pas m'en empêcher. Nous avons réussi à trouver le sens de la première partie de l'énigme, qui nous a menés aux joyaux de la couronne d'Espagne. Nous devrions arriver à résoudre la deuxième partie. En tous les cas, je ne lâcherai pas !

— Oui, ça, je n'en doute pas. As-tu décelé de nouveaux éléments dans les archives de Joseph qui pourraient nous éclairer ?

— Pas vraiment. Je cherche quelque chose qui puisse avoir un lien avec la lettre H, une croix ou une tête de taureau, mais je ne vois que des récits de batailles, des descriptions du règne espagnol, ou encore une longue évocation du sacre de l'empereur. Rien d'évident, bien sûr. Ce serait trop facile…

— Je suis sûre que tu vas trouver. Je vais prendre une douche et répondre à quelques mails. Je te laisse travailler.

Elle lui donna un rapide baiser et s'éclipsa vers la chambre. Alex la regarda partir, et remotivé par ses encouragements, se remit à la tâche.

Au bout de plusieurs heures enfermé, Alex commença à fatiguer. Et il se souvint des paroles de James. Ils devaient tous retrouver de l'énergie pour continuer la quête. S'il ne lâchait pas un peu de lest durant ces quelques jours, cela risquait d'être préjudiciable pour la suite. Il regarda l'heure : 19 heures. Il lui fallait se consacrer au réveillon et aider Sophie et Mary qui devaient avoir commencé les préparatifs. Alors qu'il rangeait ses affaires pour se préparer, son téléphone se mit à sonner, affichant sur l'écran le nom de Jean-Paul Merlot, le collectionneur à qui Horacio avait volé l'aigle. *Tiens donc*, se dit Alex en fronçant les sourcils. Il était prêt à refuser l'appel pour mettre en œuvre sa bonne résolution de se reposer l'esprit, et pour s'éviter une longue conversation, connaissant son interlocuteur, or ce dernier ne pouvait l'appeler que pour lui reparler de l'aigle. Il se jura de passer à autre chose juste après.

— Jean-Paul, que me vaut l'honneur de ton appel ? dit Alex d'un ton taquin.

— J'ai repensé à ton histoire d'aigle, et un détail m'est revenu à l'esprit hier. Tu sais, quand tu as quelque chose en tête sans y penser et que soudain cela surgit le matin quand tu prends la douche ! Je me rappelle que cela m'avait fait ça lorsque…

— Oui, oui, je vois bien, l'interrompit immédiatement Alex, qui ne voulait pas rentrer dans une longue conversation stérile. Alors, quel est ce fameux détail ?

— Oui, bon, bref, je me suis rappelé que l'aigle que j'avais acheté était vissé sur un support en bois très simple, sur lequel on avait apposé une petite plaque métallique gravée. Quand la voleuse est venue, la plaque était tombée depuis déjà plusieurs semaines, et je m'étais d'ailleurs dit que je devais la refixer. Elle a donc volé l'aigle et son support, mais pas la plaque. Et je m'en suis souvenu hier !

— Et tu l'as retrouvée ?

— Évidemment ! Je suis quelqu'un de très ordonné, comme tout collectionneur qui se respecte ! s'exclama Jean-Paul qui ne manquait pas une occasion pour se féliciter.

— Et alors ? Ça dit quoi ? s'enquit Alex qui avait du mal à cacher son impatience.

— « Voici l'aigle qui survola le sacre de notre empereur en la Sainte Cathédrale. » Je me suis dit que cela pouvait t'aider et t'intéresser.

— Et c'est le cas ! Tu as très bien fait. Merci beaucoup, Jean-Paul, je te suis redevable d'un grand service pour une prochaine fois !

Alex nota la phrase sur son carnet et l'ajouta à la liste des éléments à décoder. À présent, place au réveillon !

Les deux filles avaient déjà commencé à cuisiner ce qui s'annonçait comme une soirée d'anthologie : foie gras en apéritif, homards grillés, magnifique plateau de fromages, et enfin une charlotte aux trois chocolats qui faisait toujours la fierté de Sophie. Alex sortit une bouteille de ruinart blanc de blanc, deux bouteilles de blanc corton-charlemagne qui iraient magnifiquement avec le homard, et une bouteille de château-pavie 2012 pour le fromage et le dessert. Une belle composition pour passer une soirée mémorable.

Alex avait allumé la télévision, et le journal télévisé égrenait les nouvelles de ce réveillon de Noël.

« Syrie : une nouvelle offensive de Daesh a été contenue par les forces de la coalition internationale, et… »

— Alex, tu peux mettre un peu moins fort, dit Sophie. Les *news* déprimantes un soir de Noël, très peu pour moi !

« Marchés de Noël : cette année encore, l'affluence de ces marchés a battu des records, les Français et les touristes étant toujours aussi friands de découvrir les produits de nos régions. »

— Tu parles, encore une manœuvre commerciale pour nous fourguer des trucs chinois, maugréa Sophie.

— Trucs chinois que tu finances, fit Alex en souriant.

— Gna gna gna, monsieur parfait. Je fais de mon mieux, eh oui, j'habite Hong Kong.

« Messe de Noël : la messe sera célébrée à 22 heures à Notre-Dame, par Monseigneur Aupetit, archevêque de Paris. Notre-Dame, qui a accueilli tant d'événements de notre histoire, du sacre de Napoléon Ier jusqu'aux messes de la Libération de Paris, vivra un nouveau Noël sous le regard de nombreux fidèles. »

Des images de Notre-Dame apparurent à l'écran, la façade parée de ses grandioses éclairages de Noël. Le jeu d'ombres et de lumières lui donnait un visage singulier. Alex s'approcha de l'écran. Pendant que le journaliste lisait ses notes sur le parvis de la cathédrale, Alex scrutait l'arrière-plan, et la forme qui se dégageait grâce aux éclairages de différentes couleurs.

— Oh ! mon Dieu… souffla-t-il.

— Qu'y a-t-il ? lui demanda Mary, inquiète.

— Comment n'y ai-je pas pensé plus tôt ? Mary, je l'ai ! Ça y est, je l'ai !

— Tu as quoi ? dit Mary qui commençait à devenir inquiète.

— Le H ! Le symbole H de l'aigle, suivi de la croix ! C'est Notre-Dame ! C'est Notre-Dame !

Alex sautillait dans le salon en répétant : « C'est Notre-Dame ! C'est Notre-Dame ! », sous le regard perplexe de sa sœur.

À l'écran, les éclairages inhabituels de fin d'année rendaient la forme de H de la cathédrale encore plus marquée que d'habitude. Et sur l'aigle, le signe de la croix juste à côté du H venait confirmer l'hypothèse, ainsi que les références exagérément longues au sacre de Napoléon à Notre-Dame dans les lettres de Joseph Bonaparte. Tout se tenait. Et quoi de mieux qu'un monument séculaire pour espérer conserver à tout jamais un livre universel ?

Mary et Alex, électrisés par cette découverte et complices comme jamais, se jetèrent dans les bras l'un de l'autre.

Sophie, qui assistait à la scène avec un mélange d'inquiétude et d'incompréhension, leva les yeux au ciel et se dit que cette soirée de réveillon allait être drôlement longue…

France, 25 décembre 2018
Hossegor

Jamais réveillon de Noël n'avait été aussi dense : les récits d'enfance d'Alex et Sophie avaient provoqué de grands éclats de rire, l'excitation d'avoir trouvé le premier symbole décuplait les réactions d'Alex, qui parsema le dîner de chansons coquines et de petits pas de danse improvisés. Bref, tout avait été poussé à l'excès, y compris l'abondance de nourriture et de boisson, puisque Alex avait même été obligé d'ouvrir une deuxième bouteille de château-pavie à la fin du repas. Ils avaient tout de même eu le temps de se donner leurs cadeaux de Noël. Alex et Mary avaient été particulièrement sensibles à l'attention que James avait eue à leur égard. Chacun d'entre eux reçut un cadeau spécial de la part de ce vieux milliardaire américain qui avait partagé leur vie ces dernières semaines. Dans les deux cas, il s'agissait d'un magnifique stylo Montblanc, gravé de leurs initiales, et dont le capuchon était orné d'un diamant. Un petit mot accompagnait le présent : « Puisse ce stylo être l'instrument de choix qui écrira notre aventure à tous les trois, nous faisant entrer dans l'histoire comme étant ceux qui ont résolu le plus grand mystère de l'humanité ! » L'emphase fit sourire Alex et Mary, mais ils étaient sincèrement heureux d'un tel présent, qu'ils rangèrent dans la poche intérieure de leur manteau. Ils finirent la soirée à l'armagnac, ce qui n'arrangea vraiment pas leur situation… À cinq bouteilles pour trois personnes, plus le digestif, inutile de préciser que le réveil du lendemain fut aussi tardif que douloureux…

Ils commencèrent par remettre en ordre le champ de bataille de la veille, avec la nausée si caractéristique des lendemains de cuite. Le comptage des cadavres de bouteilles provoqua chez eux un mélange de fierté (« beau score ! ») et de culpabilité (« quelle honte… »). La salle à manger ayant retrouvé forme humaine, Alex et Mary se décidèrent à faire une grande balade le long de la plage, histoire de chasser les toxines. De son côté, Sophie opta pour le camp de la sieste, meilleur remède selon elle pour récupérer des forces. Et puis elle en avait un peu assez de tenir la chandelle aux deux tourtereaux : un peu d'intimité serait profitable à tout le monde.

Le vent frais et le contact avec le sable leur firent du bien. Les plages du Sud-Ouest ont ceci d'extraordinaire qu'elles ne forment qu'une seule et même bande de sable, de Biarritz à Bordeaux, soit une plage de deux cent cinquante kilomètres de long ! Ils avaient donc de quoi faire pour se balader… L'énigme des aigles n'étant jamais très loin, la conversation bascula très vite vers un point général sur l'enquête. Mary se lança :

— Nous avons bien avancé, et la première étape de la deuxième et dernière équation a été résolue ! On sait que, selon la méthode de l'entonnoir qui guide nos recherches, c'est dans Notre-Dame qu'il faut creuser.

— Oui. Et plus j'y pense, plus Notre-Dame est un choix plausible. Napoléon avait dit : « Je désire que mes cendres reposent sur les bords de la Seine, au milieu de ce peuple français que j'ai tant aimé. » Notre-Dame est au bord de la Seine, et d'un point de vue symbolique, le livre pourrait représenter ses cendres, c'est-à-dire aussi ce qu'il souhaite transmettre, ou ce qui fait l'essence de sa personne. La cendre, c'est la reconnaissance de notre finitude et de notre humilité.

C'est aussi, dans certains cas, le symbole de la renaissance, comme dans l'expression « renaître de ses cendres », souvent associée au phénix, l'oiseau mythique. Napoléon croyait au pouvoir de ce livre. Un pouvoir qui va bien au-delà de la finitude humaine, mais peut-être aussi un pouvoir qui permettrait l'immortalité ou la renaissance. Dans tous les cas, le livre est l'incarnation d'un savoir qui transcende de loin la petite mortalité humaine. C'est un condensé de savoir éternel. Et quel meilleur sarcophage, pour ce savoir éternel, qu'une cathédrale pluriséculaire ? Un lieu qu'il avait choisi pour son couronnement, un lieu si chargé d'histoire et de symboles. Cela se tient.

— Tu y crois vraiment ? Parfois, j'ai du mal à ne pas me dire qu'il s'agit d'une légende.

— Légende, mythe, réalité, on n'en sait rien. Si on en croit nos connaissances actuelles, Asoka a fondé la plus puissante société secrète au monde pour transmettre les formidables connaissances accumulées au bénéfice d'une humanité harmonieuse et non dans une optique de destruction.

— C'est une belle histoire, et on a envie d'y croire.

— Certains témoignages nous sont tout de même parvenus. Ainsi, le pape Sylvestre II, au Xe siècle, après un mystérieux voyage en Inde, serait revenu à Rome avec des savoirs extraordinaires et inconnus du monde. Ou encore Jacolliot, consul de France à Calcutta pendant le second Empire, qui affirme dans ses mémoires que la société des Neuf Inconnus existe bel et bien. Ce qui est assez déstabilisant, c'est qu'il cite à cet égard des inventions ou des découvertes qui n'existaient pas à son époque, comme la stérilisation par radiation ou la libération de l'énergie. Jacolliot a également été au centre d'un fait assez troublant. Il a en effet traduit un texte indien du IIe siècle, le *Manusmriti*, qui est un des textes fondateurs les plus anciens de l'Inde. Or beaucoup de traducteurs jugent que les trois ans que Jacolliot a passés en Inde rendent impossible le fait qu'il ait pu avoir une connaissance aussi profonde du sanskrit, du tamoul et de tous les mythes et histoires de l'Inde. Pourtant, il a signé cette traduction. Et s'il avait été en contact avec la société des Neuf Inconnus, qui lui aurait transmis certains savoirs que la plupart pensent impossibles ? Il aurait pu ainsi, grâce à cette transmission accélérée des langues et des connaissances nécessaires, réaliser sa traduction. Beaucoup de scientifiques de renom estimaient qu'une telle chaîne de savoir ancestrale existait. Par exemple, Newton, oui, le grand Newton, croyait à l'existence d'une chaîne d'initiés qui prenait naissance dans l'Antiquité et qui aurait connu les secrets de la transmutation et de la désintégration de la matière.

— Tu commences à me faire flipper…

Les vagues du mois de décembre se fracassaient sur la plage, un beau soleil avait percé la couverture nuageuse, et un vent frais et revigorant leur fouettait le visage. Les effets positifs et régénérants de la marche commençaient à se faire sentir.

— Et ce n'est pas tout, poursuivit Alex. Si tu as peur, ce que je vais te raconter ne va sans doute pas arranger les choses. Un certain nombre d'éléments dans l'histoire de l'humanité accréditent le fait qu'un savoir immense et inconnu a bel et bien existé dans des temps très lointains, et qui dépasse de loin les savoirs scientifiques modernes. Cette croyance va dans le sens des livres des Neuf Inconnus, qui rassemblent ces savoirs depuis plus de vingt-deux siècles.

— Quels genres d'éléments ? demanda Mary avec une pointe d'inquiétude dans la voix.

Alex lui décrivit les connaissances en mathématiques et en astronomie des Mayas, qui ne cessaient de constituer de grands mystères. Les Mayas avaient en effet calculé que la durée de l'année solaire était de 365,2420 jours. Les calculs les plus modernes ont obtenu un résultat de 365,2422, soit une différence de 0,0002 jour. Un écart aussi petit était difficilement explicable. De même, ils avaient réussi à calculer la durée moyenne d'une lunaison, qui selon eux était de 29,5308 jours alors que nous trouvons aujourd'hui un chiffre de 29,5306 jours. Ce degré de précision était qualifié d'« extraordinaire » par les plus grands scientifiques. D'où l'hypothèse de certains : et si les Mayas avaient obtenu ce savoir grâce à des connaissances bien plus avancées que celles d'aujourd'hui, mais qui auraient disparu et dont la mémoire se serait perdue ?

Mary objecta :

— Mais cela voudrait dire que ce savoir, qui était rassemblé en Inde, aurait été apporté sur le continent américain bien avant sa découverte par Christophe Colomb ?

— Beaucoup d'analystes et d'historiens suggèrent que l'Amérique a été découverte bien avant Colomb, mais que la diffusion de cette connaissance a été perdue. La société des Neuf Inconnus est chargée de conserver et de consigner dans des ouvrages de référence et dans le secret les savoirs ancestraux, avec le souci de préserver l'humanité contre son pire potentiel.

— Les fameux livres.

— Oui, les fameux livres, dont nous recherchons un exemplaire que Napoléon aurait récupéré. Ce que je dis, c'est qu'il existe des phénomènes dans l'histoire, des éléments tangibles, qui remettent profondément en question notre conception de l'évolution et surtout, nos certitudes sur le niveau du savoir de nos ancêtres. Il se peut tout à fait qu'il ait existé une ou plusieurs civilisations extrêmement anciennes qui avaient atteint un niveau de connaissance au moins aussi développé que le nôtre, voire plus. Je te livre une autre illustration. Il existe des endroits sur Terre, des constructions par exemple, que l'on n'arrive pas à expliquer. Les technologies supposées de ces époques reculées ne permettaient pas, normalement, d'ériger de tels monuments.

— Sauf si l'on se trompe sur l'état d'avancement des technologies de ces époques.

Alex ne put s'empêcher de hocher la tête. Mary suivait pas à pas son raisonnement. Alex lui donna alors trois exemples pour lui faire comprendre de quoi il s'agissait. Afin de donner plus d'impact à sa démonstration, ces exemples prenaient place sur trois continents différents, prouvant que le savoir inconnu n'était pas cantonné à une zone géographique, mais correspondait à un niveau de connaissance planétaire.

Tiahuanaco, en Bolivie. De ce qui devait être une incroyable cité précolombienne, il ne restait que quelques ruines, mais dont la méthode de construction originelle demeurait inexpliquée. Il y avait des pierres de neuf tonnes, des pans de murs de soixante tonnes d'un seul tenant, dont la roche provenait d'un gisement situé à une centaine de kilomètres de là. Le transport de ces pierres, sur une telle distance, et à cette altitude, était impossible à expliquer. Une hypothèse consistait cependant à dire que Tiahuanaco était un port du lac Titicaca, et il s'avérait que certaines structures de la ville ressemblaient en effet à des quais de débarquement. Mais la période à laquelle l'eau du lac Titicaca, distant de quinze kilomètres, avait pu atteindre ce niveau se situait dix mille ans avant notre ère, alors que l'humanité dite « civilisée » en aurait quatre mille ! Une civilisation aussi développée à cette période de l'histoire, en l'état actuel de nos connaissances, aucun archéologue officiel ne le concevait.

Le second exemple d'Alex se trouvait sur un autre continent : au large du Japon, à Yonaguni. On avait découvert une structure sous-marine qui daterait de plus de dix mille ans. Pyramides, structures monumentales, routes, tout cela reposait par plus de trente mètres de fond et avait visiblement été érigé par une civilisation très évoluée, ancienne et disparue.

Et enfin au Liban, on pouvait visiter ce que l'on appelait les terrasses de Baalbek. Les monuments dataient du IIIe siècle après Jésus-Christ, mais on ne comprenait toujours pas comment de telles masses de pierres avaient pu être assemblées. On avait donné le nom de Trilithon aux trois pierres les plus immenses. La plus grande d'entre elles mesure dix-huit mètres de long et pèse près de huit cents tonnes... Et toutes ces pierres provenaient d'une carrière qui se situait à près de deux kilomètres. Chaque pierre avait d'abord dû être transportée sur le site de Baalbek, puis soulevée sur une hauteur d'au moins dix mètres. Même avec les grues et les engins d'aujourd'hui, on aurait du mal à réaliser cet exploit. Alors comment avaient-ils pu faire à l'époque ?

Mélange de fascination et d'inexplicable, ces exemples désarçonnaient Mary. Son éducation et sa culture cartésiennes vacillaient sous les coups de ces exemples extraordinaires, au sens premier du terme. Une question la taraudait depuis le début de la démonstration d'Alex :

— Soit, admettons que ces super-civilisations ont réellement existé, qu'elles détenaient un savoir incroyable, et que c'est une partie de ce savoir que la société des Neuf Inconnus consigne dans ses livres. Si elles étaient si formidables, ces fameuses civilisations, pourquoi ont-elles disparu ?

— L'hypothèse la plus communément retenue par les défenseurs de cette thèse est qu'une catastrophe naturelle planétaire (météorite géante, par exemple) ait détruit ces civilisations d'un seul coup. On parle de tsunami géant, d'hiver ayant duré des dizaines d'années, de nombreuses éruptions volcaniques majeures qui auraient dégagé des quantités extraordinaires de poussières et de roches, occultant ainsi la lumière et créant des hivers éternels. On parle aussi de déluges, de pluies torrentielles et continues. On retrouve des traces de ces événements dans les écrits religieux anciens. Rappelle-toi l'épisode du Déluge dans l'Ancien

Testament : Noé construit son arche, embarque les animaux, et est sauvé des eaux torrentielles qui s'abattent sur la Terre. Ce qui est fantastique, c'est qu'à quelques variantes près, tu retrouves tous ces éléments dans des légendes orales ou écrites en Amérique du Sud et centrale, en Asie ou en Afrique. Il n'y avait aucune possibilité pour que ces peuples se parlent, et en plus les légendes datent d'époques très différentes. Pourtant, toutes relatent ce déluge, et le fait que les dieux avaient demandé à un homme de construire une embarcation pour être sauvé, et parfois même sauver les animaux. On peut donc supposer sans prendre trop de risques qu'il y a eu une époque de l'humanité pendant laquelle un déluge, ou un raz de marée, a pulvérisé des civilisations entières. Les survivants ont relaté ce traumatisme, qui s'est transmis de génération en génération.

— Et toi, que crois-tu, dans tout cela ?

— Pour être honnête, je suis déstabilisé par tous ces éléments. Il y a des faits incontestables, comme les constructions dont je t'ai parlé. Mais il y a également des dimensions légendaires et mythiques qui viennent parasiter et amplifier les récits ancestraux. Trier le vrai du faux relève d'une entreprise quasi impossible. Mais j'avoue que je ne suis plus trop sûr de ce que j'ai pu apprendre sur les bancs de l'école ou de la fac. En fait, je suis parvenu à une seule certitude : la vie est présente sur Terre depuis un milliard d'années ; l'homme est apparu plus ou moins depuis un million d'années ; et grosso modo, nos souvenirs et les traces qui s'y rapportent ne remontent qu'à quatre mille ans. Alors, en conclusion, que sait-on vraiment ? Tu te rends compte du trou béant qui existe entre un million d'années et quatre mille ans ? C'est abyssal. Alors oui, je pense que dans ce trou, il a pu se passer un paquet de choses dont nous ignorons tout. Et cette supposition nous paraît d'autant plus improbable aujourd'hui que notre prétention à maîtriser la nature et les technologies est grande. Nous vivons dans une époque où nous pensons tout savoir et tout contrôler. En tous les cas, c'est notre but affiché. Donc, imaginer qu'il y a un énorme pan de notre histoire où des civilisations sans technologies informatiques étaient supérieures à nous, c'est tout à fait insupportable, culturellement, scientifiquement et psychologiquement. Cela revient à dire : « Toute l'évolution qui nous a conduits aux technologies digitales, à la fission nucléaire, aux connaissances scientifiques et techniques, à l'homme sur la Lune, et j'en passe, eh bien, tout cela ce n'est qu'un vulgaire et minable rattrapage par rapport à ce que des hommes barbares et sous-développés avaient déjà réussi à atteindre il y a plus de dix mille ans. » Tu imagines bien qu'il y a vraiment peu de scientifiques, d'historiens ou d'archéologues qui sont prêts à défendre cette thèse haut et fort.

— C'est sûr que, vu sous cet angle, il n'y aura pas beaucoup de supporters pour cette théorie… Mais du coup, ces livres des Neuf Inconnus, sait-on ce qu'ils contiennent ou de quoi ils traitent ?

— Il n'y a que des suppositions, bien entendu. Mais en gros, il y aurait neuf livres, un par Inconnu. Le premier livre traiterait de la guerre psychologique et des techniques de propagande. Derrière cela, il faut comprendre la possibilité pour un homme de manipuler les masses et de les faire obéir aveuglément à ses ordres. Le deuxième livre serait le plus grand traité de physiologie du monde. Autrement dit, tout ce qui permet de tuer ou de sauver un homme par le savoir du corps humain. Les autres livres se concentreraient sur la microbiologie, la transmutation des métaux, les moyens de communication, la gravitation, ou la lumière. Il y a deux autres livres importants : un qui crée la plus grande cosmogonie de l'histoire, à savoir la création et les origines de l'humanité, et le dernier qui se concentrerait sur la sociologie, afin de pouvoir prédire les chutes des sociétés et les anticiper intelligemment.

— Quel programme !

— Oui, il y a de quoi faire. Je ne sais pas celui que Napoléon peut avoir caché dans Notre-Dame, et de quel sujet il traite exactement. Mais vu le destin de l'empereur, je serais assez partant pour celui qui traite de la guerre psychologique.

— Oui, cela me semblerait assez logique, pari accepté !

La longue boucle qu'Alex leur avait fait emprunter les avait ramenés devant la maison. Mary était désorientée à plus d'un titre. Elle était surprise de se retrouver au point de départ. Alex le perçut et lui sourit.

— Eh oui, retour à la case départ, dans tous les sens du terme ! Allons nous réchauffer à l'intérieur.

Ils remontèrent dans la maison, Sophie les attendait devant la cheminée, un thé chaud à la main. En s'approchant, ils virent un homme de dos qui lui parlait. Alex et Mary, sur leurs gardes, s'avancèrent prudemment dans la pièce. Sophie leva la tête et s'écria :

— Ah, vous voilà enfin, tous les deux ! Ce charmant monsieur, à la conversation si agréable, se demandait comme moi où vous étiez passés !

L'homme se leva et se retourna.

— Madame Garza, monsieur Merri, je vous souhaite à tous les deux un très joyeux Noël, de ma part, et de la part de M. Wisslemore, bien sûr.

Alex et Mary reconnurent John Single, le majordome et homme à tout faire de James, et furent à la fois rassurés et inquiets.

— Merci, John, vous avez le chic pour me trouver toujours là où je m'y attends le moins, dit Alex en référence à leur première rencontre dans la petite pension familiale de Washington. Que nous vaut l'honneur de votre présence ?

— Je vous prie de m'excuser de vous déranger un jour de fête, mais M. Wisslemore tenait à ce que je vous transmette ceci en mains propres. Il l'a reçu avant-hier, emballé comme un cadeau de Noël. Paquet anonyme, bien évidemment. M. Wisslemore s'est dit que cela vous parlerait peut-être plus qu'à lui.

John tendit à Alex et Mary une petite boîte dans laquelle était pliée une feuille de papier. Sur cette feuille, trois lignes :

Aleph
Ecclésiaste chapitre 1 verset 11
Terminez le travail

La lecture de la dernière phrase fit tressaillir Alex si violemment qu'il dut s'asseoir. Le paquet n'était plus anonyme pour le jeune homme, et lui était en fait directement adressé. La dernière phrase était celle que Sylvia lui avait dite alors qu'il tenait Mary blessée et inconsciente dans ses bras, sur le perron de Stone House. La violence de la scène ressurgit dans sa tête, et il blêmit. Il fit cependant un effort pour reprendre ses esprits.

Sylvia confirmait qu'elle en savait plus qu'eux, mais qu'elle comptait sur leur aide. Pourquoi ? Quel intérêt avait-elle de leur laisser la voie libre ? Travaillait-elle pour James ? Ou pour d'autres personnes moins recommandables ? Même si toutes ces questions inquiétaient Alex, il se rassura en se rappelant qu'elle avait dû passer par James pour les joindre. Elle ignorait donc où ils se trouvaient actuellement, et c'était une bonne chose. Il n'aurait pas supporté de mettre en danger Sophie à cause de ses recherches et de ses décisions. Il gardait les yeux fixés sur le papier comme si la solution allait lui apparaître. Le papier d'emballage représentait simplement un joli cadeau de Noël. Quand il releva la tête, il vit les regards de Sophie et de Mary fixés sur lui. Il essaya d'afficher un visage serein et déclara de la voix la plus posée possible :

— On aura le temps d'étudier ça plus tard !

À deux cents mètres de là, à l'intérieur d'une berline noire, un homme équipé de puissantes jumelles n'avait rien perdu de la scène. Il décrocha son téléphone et composa un numéro en Inde. Au bout de quelques sonneries, une voix féminine à l'accent nordique décrocha. L'homme déclara :

— C'est bon, il a eu le message.

— Parfait, fit Sylvia au téléphone. Espérons qu'il en fera bon usage. Dans tous les cas, j'arrive dans deux jours.

France, 26 décembre 2018
Hossegor

Dès qu'il avait pu, Alex avait travaillé sur les nouveaux éléments qu'il venait providentiellement de recevoir en y passant une bonne partie de la nuit. Le lendemain matin, il se leva tôt et se remit à la tâche.

Le message de Sylvia semblait volontairement sibyllin, mais lui permettait d'avancer sur une piste. Il se mit tout d'abord à rechercher les références élémentaires de ces deux indices. Il savait qu'aleph était la première lettre de l'alphabet phénicien, qui avait donné « alpha », puis « alphabet ». Mais la symbolique lui échappait et il se mit à fouiller pour qu'une nouvelle pièce du puzzle s'assemble au reste : « Aleph représente une tête de taureau. La lettre aleph signifie étymologiquement "taureau" ou "bœuf". »

La référence était en lien direct avec le symbole présent sur l'un des aigles et ouvrait tout un champ de nouvelles réflexions.

Quel était le rapport entre cette première lettre de l'alphabet et Notre-Dame ? Aleph était identifié comme étant le commencement de tout. Cette lettre représentait la première pierre de tous les systèmes d'écriture dans l'histoire de l'humanité, de toutes les civilisations ou presque. Alex découvrit même qu'elle pouvait également ressembler à la lettre A de l'écriture brahmi, qui fut à l'origine de systèmes d'écriture en Inde ou en Asie du Sud-Est. Le lien venait donc d'être établi entre cette lettre et le continent indien, berceau de la société des Neuf Inconnus. Aleph symbolisait le début de la culture et de l'écriture. Autrement dit l'accès à la connaissance et à sa transmission écrite aux générations suivantes, qui caractérisent l'être humain. Aleph marquait de son sceau le démarrage de l'histoire de l'homme. Pour toutes ces raisons, il comprenait pourquoi le symbole d'aleph collait si bien avec ses recherches et avec la philosophie des Neuf Inconnus. Pour ces érudits de l'ombre qui étaient tellement attachés à la poursuite de la connaissance absolue, aleph ne pouvait être qu'un merveilleux condensé de leur quête d'absolu. Mais ce symbole n'était pas gravé sur l'aigle pour affirmer cette démarche humaine et philosophique. Il devait forcément donner des indications sur l'emplacement du livre. À partir de là, plusieurs hypothèses : soit la tête de taureau était gravée quelque part dans Notre-Dame, soit la lettre aleph renvoyait à un indice sur l'emplacement du livre dans la cathédrale.

La tête gravée aurait pu déboucher sur une recherche excitante dans Notre-Dame, mais la possibilité que cette gravure disparaisse au cours de travaux de restauration était trop importante. Napoléon, dans sa quête d'éternité, n'avait pas pu prendre ce risque. Et puis Notre-Dame avait été scrutée sous toutes les coutures, et il aurait été fait mention de ce symbole dans l'une des centaines de thèses consacrées à l'édifice. Alex penchait davantage pour une autre signification d'aleph, plus abstraite, mais finalement plus précise.

Alex marchait de long en large dans le salon de la vaste maison. Le soleil de fin décembre se levait doucement, diffusant sa lumière tamisée sur la mer et les pins environnants. Sophie arriva dans le salon.

— Déjà réveillé, grand frère, et déjà sur le pied de guerre, prêt à résoudre tes rébus ?

— Oui, c'est à peu près ça. Et toi, que fais-tu debout à une heure si matinale ?

— Tu oublies que les marchés financiers ne font pas beaucoup de pauses, et que nous sommes déjà le 26 décembre, donc c'est reparti ! Tu en es où ?

— J'avance doucement. J'ai déjà découvert que la tête de taureau et la lettre aleph ne faisaient qu'une. Aleph est la première lettre de l'alphabet de beaucoup d'écritures.

— Ben, oui, c'est la première lettre de l'alphabet hébreu, par exemple.

— Comment tu sais ça, toi ?

— Ce n'est pas parce que j'ai la tête dans les chiffres toute la journée que je ne connais rien à rien ! fit Sophie, un peu vexée. J'ai plein de clients en Israël, et ils mettent beaucoup de passion à me raconter leur culture autour d'un verre. Ils espèrent sans doute m'impressionner pour que je finisse dans leur lit, mais la plupart du temps, c'est raté.

— La plupart du temps seulement, remarqua Alex qui ne supportait pas que l'on touche à sa sœur.

— Ne t'inquiète pas, je gère. Ils m'ont même appris comment leurs lettres correspondent à des chiffres, et on s'est amusés à faire des calculs avec ça. Comme tu vois, avec moi les chiffres ne sont jamais très loin…

Et elle partit dans la cuisine prendre son petit déjeuner. Après un instant de réflexion, Alex vint la rejoindre et lui demanda :

— C'est quoi, ton histoire de lettres et de chiffres ?

— Ah, tu vois, tu ne sais pas tout !

— Oui, bon, ça va, abrège et raconte.

— En hébreu, les lettres ont des valeurs numériques et servent à compter. Je ne sais plus trop comment cela s'appelle, mais ça porte un nom. Et comme ça, quand tu fais la somme des lettres de chaque mot, tu obtiens un nombre. Avec mes potes, on s'amusait à coder des ordres d'achat en utilisant des lettres. Cela donnait des mots incompréhensibles, mais on indiquait ainsi le montant de ce que l'on voulait acheter. On s'amuse comme on peut…

— Certes… mais tout de même, cela me donne une idée…

Et il repartit aussi sec dans le salon.

— De rien surtout ! lui lança Sophie de la cuisine.

Alex n'entendit pas, il était déjà absorbé par cette nouvelle piste. Après quelques rapides recherches, il s'aperçut que sa sœur avait raison. En hébreu, les lettres avaient toutes une correspondance numérique, certaines en unités, d'autres en dizaines, et d'autres encore en centaines. Cette correspondance s'appelait la *gematria*, comme la *geometria* en grec. Et bien évidemment, aleph occupait le chiffre 1, puisqu'il était la première lettre. En creusant le sujet sur des sites spécialisés, Alex découvrit quelque chose de plus remarquable encore, aleph était composé de trois lettres hébraïques : A – LE – PH soit aleph, lamed et pé. Le chiffre correspondant à aleph était 1. Celui qui correspondait à lamed était 30, et celui qui correspondait à pé était 80. Ainsi, lorsque l'on faisait la somme de ces chiffres 1 + 30 + 80 on obtenait 111, trois fois le chiffre 1, la trinité parfaite. Aleph, cette lettre si extraordinaire et fondatrice de la culture humaine, réussissait l'exploit d'occuper une place de choix dans les nombres et les mathématiques. Ce type de combinaison intellectuelle ne lassait pas d'impressionner et de fasciner Alex. La perfection de cette conjugaison symbolique autour d'une lettre et de chiffres était à proprement parler admirable. La première lettre de tout, le premier chiffre de tout et la trinité de ce nombre formaient un tableau saisissant de pureté intellectuelle. En poursuivant ses recherches sur le nombre 111, Alex découvrit que la somme des chapitres des quatre évangiles plus ceux de l'Apocalypse donnait comme résultat 111 : 89 pour les évangiles et 22 pour l'Apocalypse de Jean. Coïncidence parfaite pour faire écho à Notre-Dame…

L'instinct d'Alex lui soufflait que la piste numérique était à privilégier. Elle pouvait indiquer une mesure pour trouver le livre dans cette immense cathédrale. Mais pour l'instant, il ne voyait pas encore ce à quoi cela correspondait. Il fallait qu'il avance, pourtant il butait sur la signification du nombre dans son énigme. Peut-être que lorsqu'il aurait une vision d'ensemble, ce serait plus clair.

Pour se changer les idées, il décida de passer à l'autre indice laissé par Sylvia : *Ecclésiaste chapitre 1 verset 11*. Il prit une bible qui traînait dans la bibliothèque et chercha la référence. Il tourna fébrilement les pages, finit par trouver et lut : « On ne se souvient pas de ce qui est ancien, et ce qui arrivera par la suite ne laissera pas de souvenir chez ceux qui vivront plus tard. » Alex soupira. Encore une tournure alambiquée. Décidément, derrière chaque avancée se cachait un autre mystère, comme une boucle infinie. Arriverait-il jamais à toucher la fin de ces énigmes ? Une forme de découragement l'envahit. Mais, alors qu'il s'était promis de se reposer, il s'aperçut qu'il était vain de combattre sa curiosité et son envie de découvrir ce livre, qu'il considérait comme une simple légende il n'y avait pas si longtemps. Et s'il était le premier homme depuis des siècles à toucher du doigt une connaissance millénaire ? De quoi lui redonner une énergie insoupçonnée et ne pas céder à un sommeil pourtant bien mérité, même si, dans le cas présent, ses yeux se fermaient peu à peu. Au bout de quelques instants, il sentit une légère pression sur l'épaule, de plus en plus insistante. Il ouvrit les yeux et aperçut Mary.

— Alex ? Ça va ?

— Ne t'inquiète pas, tout va bien.

— Je pense surtout que tu as besoin de prendre un peu de recul et de repos. Je t'interdis de continuer à te plonger là-dedans toute la nuit. Il faut que tu fasses un *break*, sinon tu n'arriveras à rien.

— Oui, je crois que tu as raison, acquiesça-t-il, tandis que son cerveau continuait à fonctionner.

Il se traîna tant bien que mal jusqu'à sa chambre, en espérant que le lendemain il se sentirait frais et dispo pour avancer sur ses recherches. Juste avant de se coucher, il eut une illumination et regarda le jour et la date affichés sur sa montre. *Nous sommes mercredi, ça vaut le coup d'essayer…* Il reprit son ordinateur et envoya un mail. *C'est ma dernière chance*, se dit-il avant de s'endormir.

France, 26 décembre 2018
Paris

21 h 45. La réunion hebdomadaire allait démarrer un quart d'heure plus tard. Jean, le maître de cérémonie de la soirée, s'apprêtait à descendre au sous-sol de son hôtel particulier pour ouvrir la session. Les participants étaient déjà arrivés, toujours ponctuels. Il allait éteindre son ordinateur quand un mail arriva. Le nom de l'expéditeur, Alex Merri, le fit immédiatement se rasseoir. Il lut le courriel plusieurs fois, et l'imprima. *Je sens que l'ordre du jour de notre réunion va devoir être bousculé*, se dit Jean en souriant.

La grande salle voûtée du sous-sol, éclairée par quelques spots ambrés, accueillait en son centre une immense table ovale autour de laquelle étaient disposées seize chaises. Debout derrière chacune d'elles, des hommes et des femmes habillés en noir, le visage découvert, attendaient que le maître de cérémonie les autorise à prendre place. Un seul signe distinctif pour tous les membres de cette mystérieuse assemblée : une petite broche en argent représentant une araignée sur sa toile.

Une fois tout le monde assis, Jean prit la parole :

— Je déclare la cent dix-huitième séance d'Aranea ouverte. Nous tous, passionnés de l'Empire, faisons serment de partager ici, et sous le sceau du secret, nos découvertes et informations. Je le jure.

Et l'assemblée de reprendre d'une seule voix :

— Je le jure.

— Mes amis, juste avant que je descende, notre éminent confrère Alex Merri m'a envoyé un mail, dans lequel il expose les grandes lignes de ses recherches en cours. Pour plus de simplicité, je vais vous lire son courrier. Vous le constaterez, il demande notre aide, et nous nous devons de lui prêter assistance, si nous en avons la possibilité.

Jean lut le texte devant le groupe qui écoutait religieusement. Un long silence s'ensuivit. Puis, à l'autre bout de la table, une main se leva :

— Je crois que j'ai quelque chose qui pourra l'intéresser.

Eric Fourrier, fondateur d'un parti bonapartiste, « Bonaparte pour la France », basé à Paris, n'en revenait pas de la coïncidence. Bien loin de rêver au retour de l'empereur, il passait une bonne partie de ses journées à se réclamer des idées de Napoléon pour promouvoir en France comme à l'étranger une certaine vision du pays et de sa place dans le monde. Son parti n'était pas un cas isolé et côtoyait d'autres organisations, dont la plus célèbre était Le Souvenir napoléonien, qui, au travers de manifestations et reconstitutions en tenue d'époque, cherchait à transmettre les valeurs de Napoléon. Comme tant d'autres, il baignait au milieu d'objets et de souvenirs. Il en avait une connaissance très méticuleuse, pour ne pas dire maladive, notamment celle d'un legs reçu deux ans auparavant composé d'archives inédites liées au sacre de l'empereur.

Quand il avait entendu la référence biblique dans le message d'Alex, il avait levé la main immédiatement, bousculé par le lien qui venait de surgir en lui. Il s'était rappelé des gravures du sacre de l'empereur à Notre-Dame et cette inscription à la main à laquelle jusqu'alors il n'avait pas prêté une attention particulière :

Ecclésiaste Chapitre 1 verset 11

Quand Alex résuma la situation à Mary, celle-ci fut sidérée à la fois par la puissance du réseau Aranea qu'elle découvrait et par l'excitation générée par la nouvelle. À ce stade, il n'y avait plus de place pour le hasard.

— De qui provenaient ces documents ? Ne me dis pas que… commença-t-elle.

— Si, de Joseph Bonaparte.

Sa seule réaction fut :

— Quand est le prochain avion pour Paris ?

France, 27 décembre 2018
Paris, 7e arrondissement

Alex et Mary avaient quitté le Sud-Ouest en tout début de matinée, et après quelques turbulences classiques à cette époque de l'année, leur vol finit par atterrir à l'aéroport d'Orly. Ils arrivèrent à Paris en fin de journée, leur taxi venant difficilement à bout des multiples embouteillages qui fleurissaient sur leur parcours.

Ils se rendirent directement au siège du parti Bonaparte pour la France, qui se trouvait être l'appartement d'Éric Fourrier. Dans un immeuble cossu du 7e arrondissement, à deux pas du Champ-de-Mars, il disposait d'un grand duplex aux deux derniers étages, avec vue imprenable sur la tour Eiffel.

Costume gris trois pièces impeccable, orné de l'inévitable pin's en forme d'aigle impérial à la boutonnière, cravate bleu ciel, pochette en soie assortie et souliers cirés, Éric les accueillit, tout sourire, sur le pas de la porte. De grande taille, la voix grave, on l'imaginait bien haranguant les foules de son petit parti de passionnés, avec ses discours vibrant de patriotisme et de la grandeur de la France. Son charisme naturel devait faire de lui un très bon chef de file.

— Bienvenue, mes amis. Quelle joie de vous accueillir dans mon humble demeure !

— J'ai connu des demeures plus humbles, mais peu d'accueil aussi chaleureux ! dit Alex.

Le regard séducteur d'Éric se posa aussitôt, et de façon insistante, sur Mary.

— Et vous devez être Mary, s'inclina-t-il. Alex a bien de la chance de travailler à vos côtés…

— C'est vrai, répondit-elle d'un ton assuré.

Elle entra dans l'appartement sans autre formalité. Ce genre de petites flatteries ne l'impressionnait plus du tout, et elle entendait bien le signifier tout de suite à son hôte. Éric ne se formalisa pas, et enchaîna sur une rapide visite des lieux. Puis ils s'assirent autour d'une grande table, et leur hôte apporta les documents tant espérés. Entre-temps, Alex et Mary lui avaient expliqué de façon édulcorée la teneur et l'avancée de leur enquête, toujours méfiants afin de ne pas tomber dans un nouveau piège.

Éric disposa sur la table les documents mentionnés dans son mail. Il s'agissait de sept gravures originales, peintes par le grand artiste de l'Empire, Isabey, et qui illustraient de façon chronologique les grandes étapes du sacre. Dans la première, on voyait le carrosse impérial s'apprêtant à sortir du palais des Tuileries. L'empereur s'avançait pour monter, tandis que Joséphine était déjà à bord. De nombreux cavaliers du cortège étaient prêts à partir. La seconde gravure dépeignait l'arrivée à Notre-Dame, que l'on reconnaissait à peine tant elle avait été décorée de portiques et de galeries pour l'occasion. La troisième gravure représentait les onctions reçues par Napoléon et Joséphine devant le grand autel de la cathédrale. Le sol était recouvert de riches tapis, et les murs, de tentures rouges brodées pour l'événement. La quatrième gravure donnait une vision de la scène du sacre, sous un autre angle que le célèbre tableau de David. Le peintre était ici face à Napoléon, et non pas sur le côté. Enfin, les trois autres gravures illustraient successivement les scènes des Offrandes, du Serment, et de la Distribution des aigles au Champ de Mars.

Dans chacune d'elles on retrouvait l'obsession du détail propre à Isabey, qui fut l'un des plus grands miniaturistes de son temps. À l'aide d'une loupe, on distinguait des plis sur un vêtement, l'œil excité d'un cheval fougueux, les détails de la couronne de l'empereur, ou encore les différentes expressions des visages des invités. Les couleurs resplendissantes rendaient les scènes incroyablement vivantes et réelles. On se laissait porter par les œuvres et, en quelques instants, on se retrouvait projeté dans la foule des invités qui assistaient à cet événement historique. Beaucoup plus réalistes sans doute que les tableaux de David qui alimentaient la dimension mythique de Napoléon, les gravures d'Isabey représentaient les « photos » de cette journée de sacre.

Très rapidement, Alex et Mary identifièrent la gravure avec l'annotation manuscrite sur l'Ecclésiaste : il s'agissait de celle intitulée *Distribution des aigles au Champ de Mars*. Ils échangèrent un regard complice : le titre de l'œuvre était un signe de plus qui leur indiquait qu'ils étaient sur la bonne voie.

— Éric, comment as-tu obtenu ces gravures ? demanda Alex.

— Il y a deux ans, une famille descendant d'un membre de la famille impériale et qui a exigé la plus stricte discrétion a décidé de faire un legs à l'association qui est adossée à mon parti. Une façon confidentielle et efficace de soutenir notre action. Tant que je n'ai pas besoin de fonds, je les conserve. Le jour venu, je les mettrai en vente et l'argent servira à financer nos activités. Afin d'en connaître un peu la valeur, nous les avions fait expertiser. Et au cours de leurs recherches, les experts se sont aperçus qu'elles provenaient très certainement de Joseph Bonaparte. Il les aurait données à cette famille avant sa mort en 1844, en signe d'amitié, avec d'autres menus objets.

— Et à part nous et les experts, qui d'autre a vu ces gravures ? demanda Mary.

— Personne ! Pour être honnête, elles ont de la valeur, certes, mais je n'y ai pas prêté beaucoup d'attention. C'est quand tu as envoyé ton mail sur l'Ecclésiaste que je me suis souvenu de l'annotation manuscrite. Avez-vous besoin de moi ? J'ai deux, trois coups de fil à passer, mais vous êtes mes invités, et si vous voulez les étudier en détail, prenez tout le temps qu'il faut !

— C'est très gentil à toi, Éric. Oui, si cela ne te dérange pas, on va rester un peu.

— Pas de problème ! Je suis à côté.

Il sortit de la pièce et laissa Alex et Mary dans la grande pièce. Mary se dirigea vers la fenêtre et admira la vue majestueuse sur la tour Eiffel. À quelques centaines de mètres, on pouvait également distinguer le dôme des Invalides, tombeau de Napoléon. Il veillait décidément sur eux tout le temps… Elle revint à la table et tenta de rassembler ses esprits.

— La présence de cette mention sur la gravure de la *Distribution des aigles* est un message clair. Et le fait que cette gravure fasse partie d'une série dépeignant le jour du sacre à Notre-Dame confirme que le lieu que nous avons identifié est le bon. Nous avons également l'explication de l'indice aleph. Nous avons considérablement avancé, dit-elle comme pour se convaincre elle-même.

— Aleph dont nous ne comprenons pas vraiment la signification. Une lettre, un chiffre ?

— Je pencherais vraiment pour le chiffre. Réfléchissons. Si tu devais indiquer où tu as caché un objet dans un lieu aussi immense que Notre-Dame, comment procéderais-tu ?

— Je désignerais un lieu dans l'édifice, par exemple « à droite du quatrième pilier », ou « sous l'autel ».

— OK, mais on sait que ce n'est pas le cas. Quels sont les autres moyens de définir un endroit ? On cherche la façon dont on peut expliquer précisément la cachette d'un livre qui ne fait sans doute pas plus de trente centimètres de haut, alors que Notre-Dame est gigantesque. Il faut donc quelque chose de rigoureusement précis.

Ils se mirent à réfléchir à toutes les méthodes pour définir un lieu. Alex, comme à son habitude, marchait de long en large dans la pièce. Soudain, il s'arrêta :

— Des coordonnées ! On peut le faire grâce à des coordonnées ! Notre-Dame a la forme d'une croix, qui peut être incluse dans un gros cube. Si on a la longueur, la largeur et la hauteur, on a les coordonnées d'un point dans ce cube.

— Et du coup, le chiffre 111 pourrait coller ! Quelles sont les dimensions de Notre-Dame ? Il faut que cela soit supérieur à cent onze mètres !

Ils se précipitèrent sur le site de la cathédrale et en quelques secondes la réponse apparut sur l'écran, dans la rubrique « la cathédrale en chiffres » : longueur totale cent vingt-huit mètres. Ils se regardèrent et poussèrent un soupir de soulagement.

— Cela pourrait marcher, dit Alex. On aurait le premier point des coordonnées : cent onze mètres, sans doute à partir de l'entrée. On ne devrait pas être très loin de l'autel.

— Ce qui voudrait dire que les deux autres indices, à savoir l'étoile et le chiffre 9, seraient les dernières coordonnées dans l'espace.

— Oui. Pour le chiffre 9, je pense qu'on l'a déjà. Mais est-ce neuf mètres en hauteur ou neuf mètres en largeur ?

— Le meilleur moyen de le savoir, répondit Mary, toujours aussi pragmatique, c'est de se rendre sur place.

Il faut dire que le mouvement était pour elle une drogue, et qu'en plus, elle rêvait de visiter Notre-Dame ! Elle fixa à nouveau les gravures sur la table.

— Et la phrase de l'Ecclésiaste ?

— Que veux-tu savoir ? s'enquit Alex. La phrase est : « On ne se souvient pas de ce qui est ancien, et ce qui arrivera par la suite ne laissera pas de souvenir chez ceux qui vivront plus tard. »

— Non, ce n'est pas ça. Les références de la phrase, c'est quoi ?

— Chapitre 1, verset 11.

— Et ça ne te frappe pas ?

Alex réfléchit quelques instants, et écarquilla les yeux.

— Bon sang… Chapitre 1, verset 11 : 111 ! C'était sous mes yeux ! C'est bien la confirmation que la bonne interprétation du terme aleph est le nombre 111 !

— Je crois en effet que le doute n'est plus permis.

— Mais pourquoi ce verset-là en particulier ? Il y a des dizaines d'occurrences d'un « chapitre 1, verset 11 » dans la Bible. Y aurait-il un autre message ?

— « On ne se souvient pas de ce qui est ancien, et ce qui arrivera par la suite ne laissera pas de souvenir chez ceux qui vivront plus tard », relut Mary plusieurs fois. Tu sais à quoi cela me fait penser ?

— Non, à quoi ?

— À ce que tu m'as raconté pendant notre promenade sur la plage.

— C'est-à-dire ?

— « On ne se souvient pas de ce qui est ancien » : tu m'as raconté qu'une des théories défendues par les Neuf Inconnus reposerait sur l'existence d'une civilisation très ancienne, et oubliée. Donc une civilisation dont « on ne se souvient pas ». Et de la même façon, ce qui s'est passé par la suite n'a laissé aucun souvenir.

— Le choix précis de ce verset viendrait donc confirmer que le fond du sujet est bien le savoir laissé par ces civilisations, mais oublié depuis.

— Oui, confirma Mary. Sauf qu'il est retranscrit en partie dans ce livre des Neuf Inconnus. Ce livre est la seule trace tangible d'un savoir ancien, oublié depuis, et qui n'a pas laissé de souvenir dans les générations suivantes. Et cela prouve encore que nous sommes sur la bonne piste.

— Un savoir unique, précieux et oublié. Le verset le confirme. Cela voudrait dire que si le livre était redécouvert, et rendu public, il provoquerait un bouleversement majeur dans ce que nous savons de l'histoire de l'humanité. Il constituerait la preuve irréfutable qu'une civilisation, ou plusieurs, a bien existé entre –10 000 et –4 000 avant notre ère, et qu'elle était détentrice d'un savoir extrêmement développé. Beaucoup de certitudes seraient mises à mal…

— Ce livre représente un trésor inestimable et un maillon manquant crucial dans la chaîne de nos origines. Il faut que nous le retrouvions.

— Et quand nous le retrouverons, qu'allons-nous en faire ? Si nous le donnons à James, qu'en fera-t-il ? Car n'oublie pas que c'est lui qui nous a engagés pour le retrouver. Pour ma part, je pense qu'il le gardera pour lui, et qu'il n'a aucune intention de le rendre public. Il sait depuis le début ce qu'il y a dans ce livre, et ce qu'il représente, j'en suis certain. Il veut s'en approprier le savoir. Si, comme nous le supposions l'autre jour, il s'agit d'un traité sur la manipulation des êtres, alors il constitue un danger, et je ne fais pas confiance à James sur le sujet. J'ai même toutes les raisons du monde de me méfier et de craindre le pire.

— Tu as raison, confirma Mary. Je le connais depuis pas mal d'années. J'ai bien senti que cette chasse au trésor ne ressemblait pas aux autres pour lui. Cela tient plutôt d'une quête mystique, cette fois-ci. Il est comme exalté quand il en parle.

— Et rappelle-toi sa réaction quand on lui a dit que le trésor de la couronne espagnole nous avait échappé : il avait l'air totalement indifférent ! Un chasseur comme lui aurait dû être ultra frustré de ne pas avoir mis la main sur ces joyaux mythiques et perdus depuis deux cents ans. Là, il n'a rien dit.

— C'est vrai, je n'avais pas fait attention. Il s'est tout de suite reconcentré sur le livre. J'ai l'impression que rien ne pourra l'écarter de ce but final.

— Mary, si nous le trouvons, il faut que nous le rendions public, et que nous le remettions aux autorités compétentes. S'il est bien à Notre-Dame, nous ne serons pas très loin du musée du Louvre. Je connais le directeur. Nous devons au moins le lui montrer.

— En fait, mon propos n'était pas celui-là. Ce livre recèle *a priori* un savoir et un pouvoir que beaucoup de gens recherchent. Des gens puissants, fortunés, qui, visiblement, ne reculent devant rien pour arriver à leurs fins. Et l'on sait maintenant que Napoléon et ses proches ont œuvré de longue date pour occulter l'existence de ce livre aux yeux du monde. Ils y ont consacré beaucoup d'efforts et des moyens quasi illimités procurés par leur pouvoir. Donc ma question, aussi brutale soit-elle, est la suivante : si nous trouvons ce livre, ne vaudrait-il pas mieux le détruire ?

Alex était choqué par une telle question. Il lui était impensable de détruire ce trésor sans même savoir ce qu'il contenait. Il fallait d'abord étudier son contenu, son histoire, trouver qui en étaient les auteurs. Ce livre pouvait représenter une clé essentielle pour comprendre le parcours de l'humanité. Il finit par s'indigner :

— Tu ne peux pas, toi seule, décider d'éradiquer un pan entier de notre histoire ! Ce livre ne nous appartient pas, il appartient à l'humanité, et nous devons d'abord découvrir et comprendre ce qu'il recèle.

— Oui, je me doutais bien que tu allais dire cela. C'est l'historien qui parle. Mais là, je m'adresse à l'homme.

Je te pose donc le cas de conscience suivant : imagine que tu découvres un manuscrit dont tu sais qu'il contient la formule secrète du virus le plus puissant du monde. Un virus qu'aucun scientifique n'a réussi à produire et *a fortiori* à arrêter. Un virus qui causerait sans doute des dommages irréparables à l'espèce humaine. Que ferais-tu ? Confierais-tu ce manuscrit à une institution scientifique internationale ? Avec le risque que cette institution, consciemment ou pas, le transmette à des gouvernements à des fins militaires ? Ou bien, tout simplement, tu allumes un briquet et tu brûles la formule ?

— Je… je ne sais pas… je le donnerais sans doute à… non, enfin… j'essaierais de…

Alex était ébranlé par l'argument de Mary, il cherchait à trouver une réponse à la fois cartésienne et morale aux questions de sa compagne. Il finit par se reprendre et repartit à l'assaut :

— Mais là, ce n'est pas du tout pareil : nous ne savons pas ce que contient l'ouvrage. Si nous étions absolument certains qu'il contenait la formule du virus dont tu parles, il est en effet probable que je le détruise, et encore, je n'en suis pas si sûr. Dans le cas qui nous occupe, nous n'avons pas la moindre idée de son contenu réel ! Nous avons formulé quelques hypothèses, mais en réalité, nous sommes dans le noir le plus total. Il est tout à fait possible que ce livre ne soit qu'un amoncellement de légendes fantasmées par ceux qui sont à sa recherche. Si cela se trouve, le livre nous donne des clés pour comprendre des civilisations perdues et oubliées, mais il ne contient aucune des « formules magiques » tellement prisées par les alchimistes en herbe ou les férus d'ésotérisme.

— Et le fait que des groupes de personnes parfaitement déterminées soient prêts à tuer pour trouver ce livre, cela ne te donne pas un petit indice sur son niveau de dangerosité ?

— Certes. Mais tu ne peux pas sous-estimer la part de fantasme qui existe autour de cette quête. L'histoire est pavée de groupes d'hommes qui sont prêts à tout pour obtenir un objet qui se révèle finalement être une chose parfaitement insignifiante. Et leur déception est alors à la mesure de leur folie. Regarde toute l'énergie et les moyens mis en œuvre pour trouver le trésor des Templiers. Depuis des générations, des groupes investissent leur temps, parfois leur vie, pour retrouver ce trésor mythique. Et toujours rien. Et sans doute jamais rien, si tu veux mon avis. Pour ce livre des Neuf Inconnus, nous ne savons pas si nous sommes dans le mythe ou dans la réalité, dans le fantasme ou dans la science. Ces hommes dont tu parles, qui sont effectivement prêts à tuer, nous l'avons durement constaté, ne sont peut-être que des victimes de leurs propres illusions. Et Dieu sait qu'elles peuvent parfois être aussi tenaces que dangereuses. En résumé, tant que nous ne savons pas ce que contient exactement cet ouvrage, nous ne pouvons pas décider à l'avance de ce que nous allons en faire.

— OK, alors promets-moi une chose, ajouta Mary qui avait adhéré aux arguments d'Alex, si nous trouvons ce livre…

— « Quand » nous trouverons ce livre, car nous allons le trouver.

— Très bien, « quand » nous le trouverons, promets-moi de ne le remettre à personne dans un premier temps. Laissons-nous quelques jours pour étudier son contenu, et décider, en conséquence, de ce que nous en ferons.

Après un moment d'hésitation, Alex répondit :

— *Deal*, comme on dit chez toi. On l'étudie pendant quelques jours, et si rien de dangereux n'apparaît, on le remet au conservateur du Louvre. Et si l'on découvre une « arme de destruction massive », alors on avisera.

— Parfait ! Donc le meilleur moyen de savoir ce qu'il en est, c'est de mettre la main dessus ! fit Mary en souriant.

Avec cette discussion, ils venaient de prendre conscience et de mesurer l'importance de la tâche qui reposait sur leurs épaules. La quête revêtait une dimension nouvelle, à la fois plus personnelle, mais aussi plus morale envers les historiens de l'humanité.

Alex écrivit quelques notes sur son calepin fétiche et ne put s'empêcher de remarquer une petite ironie de l'histoire. Car il écrivait avec le stylo Montblanc offert à Noël par James, alors qu'ils venaient de se promettre de trahir leurs engagements envers lui.

France, 2 décembre 1804
Palais des Tuileries,
puis cathédrale Notre-Dame de Paris

Napoléon se leva de son fauteuil et se dirigea vers la fenêtre de son bureau au palais des Tuileries. Il était 7 heures, il faisait nuit, et il était déjà debout depuis longtemps, comme tous les jours. Il quitterait le palais dans trois heures exactement. Quand il reviendrait, il aurait été sacré empereur des Français.

En réalité, il était déjà empereur depuis le 18 mai dernier, quand le Sénat l'avait officiellement proclamé comme tel sous le nom de Napoléon Ier. Mais aujourd'hui, ce serait différent. Ce serait toute la grandeur, la démesure, et surtout, la légitimation religieuse qui allaient s'exprimer à Notre-Dame. Napoléon ne voulait pas seulement accéder à ce titre légendaire, il entendait créer une dynastie. Il aurait un fils, qui régnerait après lui, et pour que les autres cours d'Europe l'acceptent, il lui fallait la bénédiction pontificale. Le vrai but de ce sacre était celui-là : transcender sa personne et préparer la voie pour sa descendance. Le droit démocratique l'avait investi, le droit divin le rendrait éternel.

Il avait dû batailler pour que le pape Pie VII accepte de venir présider la cérémonie. Pour calmer l'ire du pontife à la forte personnalité, Napoléon avait fait des concessions : la veille, il s'était uni religieusement à Joséphine, condition *sine qua non* pour que le pape accepte de venir à la cérémonie.

Quel chemin parcouru depuis sa Corse natale ! La veille, lors des préparatifs, il avait dit à son frère Joseph : « Si notre père nous voyait ! » Oui, il serait bien étonné, ce bon Charles, mort dix-neuf ans auparavant. Sa mère, quant à elle, n'assisterait pas à ce jour historique. C'était la seule ombre au tableau. Qu'importe, elle finirait par s'y faire.

Il se rappela les batailles livrées en et hors de France, les intrigues, les coups de force autant que les séductions. Il avait su tordre les institutions pour rétablir la forme la plus haute de la monarchie : l'Empire. Impensable, disait-on autour de lui. Pas après la Révolution, encore si proche ! Il les avait fait mentir, par une habile référence : « Je n'ai pas succédé à Louis XVI, mais à Charlemagne. »

D'ailleurs, Notre-Dame n'était pas son premier choix. Il voulait initialement que le sacre ait lieu à Aix-la-Chapelle, pour que la symbolique fût plus évidente encore aux yeux du peuple. En l'an 800, Léon III avait pu venir sacrer Charlemagne dans cette ville allemande, mais en 1804 le pape Pie VII ne viendrait pas en territoire protestant. Qu'à cela ne tienne, Napoléon avait fait venir à Paris en grande pompe l'épée, le sceptre et la couronne du grand empereur.

On frappa à la porte, et sans attendre de réponse, Joseph entra dans la pièce. Les deux frères se regardèrent, conscients de l'exceptionnel moment qu'ils s'apprêtaient à vivre.

— Tout est en ordre ? demanda Napoléon en se retournant vers le jardin des Tuileries.

— Oui, tout. Le pape quittera le palais à 9 heures, et nous à 10. Le peuple est déjà massé sur tout le parcours, malgré le froid. Les quatre-vingt mille hommes des différents régiments sont déployés.

— Très bien. Et… le livre ?

— J'y suis retourné hier soir, seul. L'endroit où il a été scellé est sec et invisible. C'est parce que je savais où il était que j'ai pu remarquer une très légère trace. Impossible autrement.

— Tu as fait le nécessaire pour l'ouvrier qui a fait le trou et l'a rebouché ?

— Oui. Son corps a été retrouvé dans la Seine hier. La maréchaussée a conclu à une banale noyade après une soirée trop arrosée. Il n'a pu en parler à personne, puisqu'on s'en est occupé tout de suite après.

— Parfait. Il faut certains sacrifices pour protéger la grandeur. Mon destin est en marche, Joseph. L'Indien me l'avait prédit, au Caire. Tout ce qu'il m'a annoncé s'est produit. Les victoires, mon accession au pouvoir, et même la création de cet Empire qui éclaire le monde. Le pouvoir de ce livre est gigantesque, Joseph. Gigantesque… chuchota Napoléon, les yeux écarquillés.

Joseph recula d'un pas. Il voyait dans les yeux de son frère un mélange de fascination et de peur qu'il ne lui connaissait pas. Ce livre avait-il exercé une influence trop grande sur celui qui concentrait tous les pouvoirs en Europe ? Joseph se ressaisit et dit :

— Nous avons bien fait de le cacher. Mais pour combien de temps ? L'Indien t'a-t-il dit quelque chose à ce sujet ? Viendra-t-il le récupérer ?

Napoléon le fixa et répondit sèchement :

— Cela ne te regarde pas. Ce qu'il m'a dit, c'est à moi seul. Et c'est amplement suffisant. Et s'il veut essayer de le reprendre, mes aigles sauront le recevoir… Allons nous préparer. Faire attendre le pape ne me dérange pas. Mais faire attendre le peuple, si.

Il mit fin à l'entretien, et tous deux sortirent de la pièce.

À 10 heures précises, le cortège de Napoléon s'ébranla. Et quel spectacle ! Composé de vingt-cinq carrosses richement attelés, il était conduit par le maréchal Murat, gouverneur de Paris, suivi de son état-major, puis de quatre escadrons de carabiniers, quatre de cuirassiers, le régiment des chasseurs à cheval de la garde et l'escadron des mamelouks. Le carrosse de l'empereur, au centre du dispositif, était un chef-d'œuvre. Tout doré, décoré de frises à médaillons représentant les départements de l'Empire, et avec sur les portières, les grandes armoiries, il était surmonté de quatre aigles qui portaient une couronne d'or modelée sur celle de Charlemagne. À l'intérieur, l'empereur, l'impératrice, Joseph et Louis, dans un décor de velours blanc brodé d'abeilles et de lauriers en or. Les huit chevaux isabelle, empanachés de blanc et cocardés de rouge et or, étaient menés de main de maître par le cocher César, celui-là même qui avait conduit Napoléon, alors Premier consul, lors de l'attentat manqué de la rue Saint-Nicaise, quatre ans plus tôt.

En tout, les vingt-cinq voitures étaient tirées par cent cinquante-deux chevaux, et encadrés par dix régiments de cavalerie. Une triple haie de soldats sur tout le parcours donnait une dimension encore plus grandiose au cortège, qui arriva devant Notre-Dame au bout d'une heure d'un lent trajet.

La cathédrale avait été métamorphosée pour l'occasion, tant à l'extérieur qu'à l'intérieur. Devant l'entrée, on avait ajouté un immense porche bordé de deux galeries sur toute la largeur de l'édifice. Il était formé de quatre arcs gothiques soutenus par des piliers. Au sommet des deux principaux piliers, on avait installé deux statues : une de Clovis et une de Charlemagne, fondateurs de la monarchie française. Napoléon montrait qu'il s'inscrivait dans la continuité des grands qui avaient façonné la Nation française, rien de moins. Une fois à l'intérieur, le froid de la pierre avait été masqué par la chaleur de nombreuses tentures brodées, sur toute la longueur de la nef. Vingt-quatre lustres, posés spécialement pour ce jour, illuminaient l'ensemble. Des rangées avaient été aménagées pour accueillir les milliers d'invités, et au fond, on accédait au trône par un grand escalier de vingt-quatre marches.

Napoléon s'avança dans la nef avec le cortège, à pied. Il était pâle, il sentait la consécration toute proche. Derrière lui, le maréchal Kellermann portait la couronne de Charlemagne, le maréchal Lefevre l'épée, et le maréchal Pérignon le sceptre. Les cinq cents musiciens entamèrent les morceaux du sacre.

Tout était là, comme il l'avait désiré : les symboles du précédent Empire, le pape au fond de la cathédrale, et le livre, quelque part dans cet écrin monumental. L'historique, le divin et le mystique.

La cérémonie pouvait commencer.

France, 29 décembre 2018
Paris, Saint-Germain-des-Prés

Le petit appartement d'Alex était situé dans le quartier chic et bobo du 6e arrondissement, rue Monsieur-le-Prince, à deux pas du Luxembourg. Cerné par les différentes universités, proche de la Sorbonne, ce petit coin de Paris qui pouvait encore ressembler à un village collait parfaitement à l'érudition et au caractère d'Alex. Pour Mary-l'Américaine-qui-rêvait-de-voir-Paris, arriver près de Saint-Germain-des-Prés ressemblait à un rêve qui devenait réalité. Les rues qui montaient vers la montagne Sainte-Geneviève, les petits bistrots typiques, le théâtre de l'Odéon ou le jardin du Luxembourg, tout ce décor explosait dans sa tête comme l'expression d'un Paris idéalisé, mais bien réel. Un indécrochable sourire illuminait son beau visage, et ses yeux ne perdaient pas une miette de chaque scène de ces rues animées. Le Paris nocturne de ce quartier encore préservé avait de quoi la séduire. Les ruelles se perdaient dans des éclairages savamment tamisés et les pavés irréguliers obligeaient les élégantes femmes à talons à se concentrer sur leur équilibre. Dès qu'ils arrivaient sur une avenue plus large, les rangées de marronniers ou de platanes se battaient pour donner une touche de nature à cet univers urbain. Mary dévorait le décor, et de son côté, Alex jetait sans cesse de petits coups d'œil à la jeune femme. Il ne se lassait pas de voir son visage rendu enfantin par l'excitation. Il s'amusait de la voir sautiller de joie devant des terrasses de café, les colonnes Morris ou les petites boutiques de vêtements à la mode. Le bruit si caractéristique des voitures roulant sur les pavés provoquait chez Mary un étonnement touchant. Elle goûtait pleinement chaque instant de la découverte de la ville.

Ils montèrent dans l'appartement, parfait exemple de la grotte du célibataire masculin : peu rangé, peu décoré, fonctionnel, mais charmant. Situé sur cour, mansardé, il bénéficiait à la fois d'une vue imprenable sur les toits de Paris, et d'un calme absolu. Mary posa son sac, et étudia l'endroit avec un intérêt teinté d'amusement. C'était la première fois qu'elle découvrait un peu de l'intimité d'Alex. L'omniprésence des livres sur tous les murs illustrait la profonde érudition du personnage, en même temps qu'elle démontrait son peu d'intérêt pour la décoration. En se penchant un peu plus sur les titres de chaque ouvrage, elle put mesurer l'insatiable curiosité d'Alex : *Introduction à la philosophie de l'histoire* de Raymond Aron, toute *La Comédie humaine* de Balzac en Pléiade, *Une brève histoire du temps* de Stephen Hawking, *Richesse du monde, pauvreté des nations* de Daniel Cohen, ou encore une biographie de Maradona et toute la série des aventures de Harry Potter. Il y avait même un segment très fourni consacré aux bandes dessinées et un autre dédié à la photographie.

De son côté, Alex rangeait fébrilement les quelques vêtements qui émaillaient le lieu et témoignaient de sa faible appétence pour une maison parfaitement ordonnée. Il regardait Mary avec une pointe d'inquiétude, essayant de détecter le moindre indice qui pourrait trahir une émotion, positive ou négative. Mais rien ne transparaissait, au grand dam d'Alex.

— Bien, dit-il pour casser le masque impassible de Mary, pour ce soir, je te propose un bon petit resto dans le quartier. Demain matin, vers 10 heures, on file à Notre-Dame pour une première exploration. Ce soir, il n'y a rien à en tirer. OK pour toi ?

— Parfait, je me laisse porter par le guide ! Mais tu me feras découvrir un peu le coin après le dîner, je veux profiter de chaque instant dans Paris !

— Ça marche.

Pendant qu'elle regardait Alex ranger ses affaires, Mary se lova dans le canapé du salon et laissa ses pensées filer : *Tout est simple avec lui. Pas de négociations, pas de conflits inutiles. Ça me change ! Je dois dire que je n'aurais pas pu rêver meilleur séjour à Paris avec qui que ce soit ! J'ai tellement de chance…* Cette dernière phrase agit sur elle comme une révélation et de multiples inquiétudes surgirent : *Et si ça s'arrêtait ? S'il me quittait, une fois cette petite aventure terminée ? Si je n'étais pas à la hauteur et qu'il préfère une intello ? Et comment allons-nous faire, une fois que nous devrons reprendre nos vies, lui en France et moi aux États-Unis ?* Elle frissonna, chassa ces idées de son esprit et tâcha de revenir au moment présent. Comme pour conjurer le sort et se prouver que tout cela était bien réel, elle prit Alex dans ses bras, et l'embrassa un long moment, ce qui éveilla chez tous les deux un puissant désir charnel. Alex la serra plus fort, et leurs baisers se firent plus fougueux. Avec des gestes de plus en plus précipités, elle défit les boutons de sa chemise tandis qu'il soulevait son chemisier et dégrafait son soutien-gorge. Il la souleva et la posa sur le lit. Ils se retrouvèrent nus, serrés l'un contre l'autre, se couvrant mutuellement de baisers rapides et haletants. L'excitation montait à la mesure de leurs étreintes, parfois douces, puis fortes. Ils firent l'amour comme si c'était la dernière fois. Alex regardait Mary en lui prenant la tête entre ses mains. Ils n'étaient plus dans l'appartement, ni à Paris, ils étaient ailleurs, dans ce lieu si indéfinissable où seuls les frottements des corps comptent, jusqu'à l'épuisement final. Ils retombèrent tous les deux lourdement sur le lit, reprenant leur souffle, se regardant en souriant, heureux du moment qu'ils venaient de vivre ensemble. Aucun d'eux n'osait briser le silence, attentif à la respiration descendante de l'autre. Alex caressait tendrement Mary, effleurant chaque centimètre de son corps, suivant les courbes de son dos, puis de ses hanches et de ses fesses, pour remonter ensuite lentement vers sa nuque et ses cheveux. Il posa un baiser en haut de son dos, puis entre ses omoplates, et suivit ainsi la ligne de sa colonne vertébrale, espaçant ses baisers de quelques centimètres. Quand il atteignit les fesses, il appuya un peu plus ses lèvres, et ne put s'empêcher d'accélérer le rythme. Mary fut prise à nouveau par le désir. Sa respiration se fit plus rapide, et elle se cambra légèrement. Alex continua de la caresser, plus fermement cette fois-ci. Soudain Mary se retourna, lui attrapa la tête et l'embrassa avec fougue. Ils repartirent dans une étreinte débridée.

Ils durent fournir un effort démesuré pour se résoudre à suivre leur plan initial, et affronter le monde extérieur. La soirée se poursuivit sous le signe de cette complicité, et ils purent profiter des charmes du quartier Saint-Germain de cette fin d'année. Plus rien n'existait vraiment autour d'eux. Plus de Notre-Dame, plus de Neuf Inconnus, plus de livre ou de James, plus de complots ourdis par des narcotrafiquants, plus de mystères ni de symboles. Ils voulaient profiter de leur bulle protectrice, car ils savaient que le lendemain, ils devraient se plonger corps et âme dans la dernière ligne droite de cette aventure hors norme.

Tout absorbés par leur amour, à aucun moment ils ne se rendirent compte de la présence permanente, mais discrète, de l'Indien qui observait tout à une dizaine de mètres d'eux. Lui aussi savait que la journée du lendemain allait être cruciale.

Une fois Alex et Mary rentrés chez eux, il lui restait tout juste le temps d'aller chercher Sylvia dont l'avion en provenance de Bombay allait atterrir à Roissy.

Venezuela, 30 décembre 2018
Estancia El Potrero,
60 km à l'ouest de Maracaibo

Cinq heures du matin. Le soleil se lèverait trente minutes plus tard, mais l'épaisseur de la jungle environnante en masquerait encore longtemps les premiers rayons. Les insectes de la nuit laissaient progressivement place à ceux du jour, tout aussi agressifs et harassants. Les sept hommes déposés la veille par hélicoptère quinze kilomètres plus loin avaient traversé la forêt tropicale et deux rivières pour parvenir jusque-là : un point de vue discret et efficace sur l'estancia d'Horacio. Les huit heures d'approche silencieuse n'avaient pas représenté de difficulté majeure pour ce commando hors pair. Tous étaient des anciens *lanceros*, ces forces spéciales colombiennes spécialisées dans la progression et les combats en milieux tropicaux. Leur entraînement était l'un des plus exigeants au monde. Toutes les forces spéciales des autres pays, des Delta Force américains aux SAS britanniques en passant par la Légion étrangère française, envoyaient leurs meilleurs éléments effectuer le stage d'aguerrissement des *lanceros*. Soixante-treize jours d'enfer où les hommes dormaient en moyenne deux heures par nuit. Peu parvenaient jusqu'à la fin du stage, tant physiquement que psychologiquement : c'était l'un des seuls au monde à pratiquer des séances de torture réelle pour faire craquer les candidats.

Entièrement camouflés par la végétation, les sept hommes ne parlaient pas. Ils observaient, et ne communiquaient que par signes. Ils épiaient les moindres mouvements dans la maison, le nombre de gardes et leur armement, la présence ou non de chiens, les routes, les faiblesses des points d'accès ou les possibilités de fuite en cas de problème. Rien n'était laissé au hasard.

L'estancia se réveillait doucement. Les gardes se relayaient. Il y en avait six, équipés d'armes automatiques. Deux chiens étaient censés donner l'alerte, mais ils avaient l'air d'avoir passé l'âge de vraiment protéger la maison.

Le chef du commando fit un geste discret à ses soldats. C'était le signal. Un homme resta sur place, l'œil vissé à la lunette de son fusil longue portée. Les six autres poursuivirent leur approche, mètre par mètre, toujours parfaitement camouflés. À peine discernait-on de loin une légère ondulation des herbes hautes. On aurait pu croire que c'était un petit coup de vent qui balayait la prairie.

Ils n'étaient plus qu'à dix mètres des murs de la maison. Le commando se sépara en deux. Trois prirent vers la gauche, en direction de l'arrière du bâtiment, et les trois autres à droite, vers la grille d'entrée gardée par deux hommes. Deux membres du groupe s'arrêtèrent, tandis que le troisième continua de ramper vers les gardes de la grille. Un chat aurait fait plus de bruit. Avec une coordination parfaite, tout se déroula en une fraction de seconde : le garde à droite du portail reçut une balle en pleine tête par le sniper posté à l'arrière, tandis que l'autre fut égorgé en silence. Bondissant dans son dos, le commando lui avait mis une main sur la bouche, tout en dégageant sa gorge, et d'un geste rapide et précis, il lui avait tranché la carotide puis planté le couteau dans le cœur, trois fois.

L'autre partie de l'équipe avait fait le tour de la maison et était entrée par les cuisines. Un garde qui prenait paisiblement son petit déjeuner fut étranglé par une cordelette, sans un cri, ni même un bol brisé par terre. Ils savaient que deux autres gardes récupéraient de leur nuit dans un dortoir du rez-de-chaussée qui leur était réservé, et que le dernier se tenait à l'étage, dans le couloir qui menait à la chambre d'Horacio. Ils pénétrèrent dans le dortoir et étouffèrent les deux dormeurs avec leurs oreillers, simultanément.

Le commando se retrouva au complet dans le hall d'entrée de l'estancia. Ils montèrent les escaliers en silence, les armes pointées vers le haut, sauf celui qui fermait la marche et qui montait à reculons prêt à tirer. Le garde du couloir était assis sur une chaise, armé d'un M16 et d'un Colt 45 à la ceinture. Instinctivement, il tourna la tête vers l'escalier et aperçut les hommes. Il bondit de sa chaise et pointa son arme dans leur direction. Il ne put tirer qu'une seule balle qui se ficha dans le mur. Il venait de recevoir une rafale dans le torse et s'écroula. Mais le tir de M16 avait secoué la maison comme un gigantesque coup de tonnerre. Le commando ne prit alors plus de pincettes. Les hommes se précipitèrent vers la porte de la chambre, fermée à clé, évidemment. Une autre rafale bien ajustée, un coup de pied dedans et trois hommes s'engouffrèrent dans la pièce.

Horacio, brutalement réveillé par le coup de feu de son garde, s'était assis sur son lit avec un pistolet dans la main. Il tira à plusieurs reprises en direction de la porte en hurlant « Prends ça, enculé ! », mais rata les cibles, trop rapides pour lui. Ils ne lui laissèrent pas le loisir de recommencer et Horacio s'effondra, transpercé de trois balles dans le corps. Encore conscient, sa dernière vision fut celle d'un homme camouflé qui pointait son revolver sur lui pour lui tirer deux balles dans la tête.

L'opération avait duré quinze minutes au total. Pas un mot échangé. Sept morts.

Le chef du commando sortit son téléphone, prit des photos d'Horacio afin de prouver à ses employeurs que le travail était terminé.

Mais il leur restait encore une opération à effectuer. Le chef dégaina alors un large couteau de son dos. D'un coup brutal, il trancha la main droite d'Horacio. Il sortit ensuite un objet que l'on n'imaginait pas trouver dans son arsenal : une cuillère. D'un geste expérimenté, il enleva l'œil gauche d'Horacio de son orbite, et coupa le nerf d'un coup de couteau rapide. Il plaça ensuite ses deux trophées dans deux sachets en plastique transparents.

Le commando se dirigea alors vers le bureau d'Horacio. Il était presque 6 heures, les employés n'arriveraient que dans une heure et demie. La cuisinière et les femmes de ménage avaient été ligotées dans leur chambre pendant que le chef pratiquait l'ablation des membres de feu le maître des lieux.

Une fois entrés de force dans la pièce, ils écartèrent un pan de bibliothèque qui laissa apparaître un coffre-fort. Ils avaient le code, mais ils avaient besoin d'une empreinte digitale et d'une empreinte rétinienne pour déverrouiller les différentes sécurités. Le chef sortit les deux sachets en plastique, apposa les parties inertes d'Horacio sur les lecteurs, et le coffre s'ouvrit. Un des membres s'approcha alors. Il portait un sac à dos quasiment vide. Il y enfourna des liasses de billets, et une boîte marquée d'un grand « N », avec un aigle aux ailes déployées et les initiales J. B. Ils vérifièrent bien que la boîte contenait les joyaux, refermèrent le sac. Ils laissèrent les autres trésors du coffre. On leur avait bien spécifié : uniquement le cash et la boîte.

Les six hommes sortirent de l'estancia par la grille principale, et rejoignirent le tireur d'élite en lisière de forêt. Sans un mot, ils s'enfoncèrent à nouveau dans la jungle. Au bout de deux kilomètres, le chef du commando leva le poing. La colonne s'arrêta. Ils prirent alors quelques instants pour se faire de grandes accolades, satisfaits de la réussite de l'opération. Le chef prit son téléphone et composa un numéro à Miami.

— Patron, c'est fait. Il est mort et on a les paquets que vous vouliez.

— Excellent. Tu n'as jamais failli à ta réputation, Carlos. C'est un bon signal à envoyer à tous les petits connards qui auraient la mauvaise idée de nous doubler. On va faire en sorte que cela se sache : on ne joue pas à ça avec nous. L'hélico vient vous chercher dans cinq heures au point d'extraction. Ne traînez pas en route. On se retrouve à Miami à l'endroit habituel.

— OK, *jefe*. On y va.

Le commando reprit sa progression en silence.

France, 30 décembre 2018
Paris, Notre-Dame de Paris

En cet avant-dernier jour de l'année, Notre-Dame s'élançait vers le ciel, sur son île, avec pour toile de fond un Paris baigné d'un grand soleil. La lumière éclatante et pure des matins d'hiver donnait à la cathédrale un air encore plus irréel, œuvre géante se détachant complètement du reste du décor. Les deux tours, majestueuses, formaient la lettre H qu'Alex et Mary avaient identifiée sur l'un des aigles. La flèche de la cathédrale était masquée par des échafaudages, ainsi qu'une partie du toit, des travaux de réfection et de restauration étant en cours sur ce segment de l'édifice. Un tel monument nécessitait une surveillance constante, et il y avait toujours une partie de Notre-Dame qui bénéficiait de l'attention des restaurateurs les plus talentueux.

La cathédrale s'imposait là, sur son parvis, au milieu de la Seine, comme une immuable démonstration de la démesure humaine au service du divin. Des centaines d'hommes avaient élevé, pierre après pierre, une ode à Dieu. Beaucoup en étaient morts, d'autres en avaient profité pour asseoir leur pouvoir, d'autres encore avaient utilisé le lieu pour affirmer au monde la légitimité de leur règne. C'était le cas de Napoléon qui, le 2 décembre 1804, avait soigneusement orchestré la mise en scène de son sacre.

Plus de deux siècles plus tard, Alex et Mary se trouvaient là où l'empereur était entré, et peut-être à l'endroit où il avait décidé de cacher le livre. Tous les événements de ces dernières semaines les avaient menés à ce lieu. Tout devait se conclure ici, à Paris, sur une île de la Seine, dans un monument pluriséculaire et chargé d'histoire. Ils se regardèrent, conscients de la solennité de l'instant. Soudain, ils furent pris d'un vif stress. Et si ce n'était pas ça ? S'ils s'étaient complètement trompés ? Si toute cette quête n'était qu'une chimère ? Ils regardèrent à nouveau Notre-Dame en levant la tête vers l'énorme rosace qui ornait la façade principale. Non. C'était là. Ils en étaient sûrs. Mary serra fort la main d'Alex et dit :

— Allez, on y va. C'est le moment.

Ils fendirent la foule et, grâce à la carte de professeur d'université d'Alex, purent prendre le passage coupe-file et éviter les quarante-cinq minutes de queue de la horde de touristes armés de leurs téléphones portables, prêts à dégainer du selfie à la mitraillette.

Le contraste entre l'extérieur éblouissant du soleil hivernal et l'intérieur sombre rendait le lieu encore plus magique et intemporel. Ils avaient l'impression d'avoir passé un sas qui les transportait brutalement dans un autre univers. Le bruit de la rue avait disparu. La lumière blanche du dehors était remplacée par une douce pénombre éclairée par les reflets colorés des vitraux sur le sol, ainsi que par les pointes vacillantes des centaines de bougies. Les gens parlaient naturellement tout bas. Tous avaient été happés par la gueule du monstre de pierre, et chacun mesurait sa petitesse face aux dimensions fabuleuses de l'œuvre et la volatilité de son être devant l'éternité divine.

Alex et Mary décidèrent de commencer par faire le tour de l'édifice, histoire de s'en imprégner et de réaliser les premiers repérages. Ils longèrent la nef par le bas-côté de droite, arrivèrent au transept, avant d'atteindre le merveilleux chœur dans lequel trônait une immense croix dorée. Ils passèrent par le déambulatoire derrière le chœur, et revinrent au point de départ *via* le bas-côté de gauche. Notre-Dame a la caractéristique unique de posséder des doubles bas-côtés et un double déambulatoire, issus de l'élargissement de l'édifice au XIIIe siècle. Le tour complet, en s'arrêtant modérément pour admirer les décors ou les chapelles latérales, leur avait pris une bonne quinzaine de minutes. Avec ses cent vingt-huit mètres de long, ses quarante-huit mètres de large, et ses près de cinq mille mètres carrés de surface intérieure, trouver un livre de quelques centimètres carrés s'apparentait à la recherche d'un bouton de chemise dans un champ de blé. Après un bref moment de découragement, Alex et Mary rassemblèrent leurs esprits et se concentrèrent à nouveau sur l'objectif à atteindre.

— Bon, fit Mary pour se donner du courage, quels sont les symboles des aigles qui pourraient nous aider ?

— Une étoile sur un des aigles, et le chiffre 9 sur un autre.

— Oui, et nous savons que le nombre 111 pourrait représenter la longueur dans le repère tridimensionnel que nous avons imaginé.

— Exact. Il nous manque donc la largeur et la hauteur, et on aura le point à l'intérieur du cube que forme cette carte.

— Quelle est la hauteur de la cathédrale ? demanda Mary à Alex qui reprenait son carnet de notes.

— Tout dépend de quelle hauteur on parle, fit-il en consultant son calepin où il avait noté toutes les dimensions disponibles du monument. Huit mètres si tu parles de la hauteur des tribunes, jusqu'à quarante-trois mètres si tu parles de la hauteur sous toit de la nef.

— Certes… Cela ne nous aide pas beaucoup, et cela fait encore trop de possibilités.

— Il faut que l'on reprenne depuis le début. On sait que le point de la longueur est sans doute cent onze mètres. Allons déjà voir à cet endroit ce qui s'y trouve. Après, on arpentera la largeur et on regardera de quelle hauteur il peut s'agir. Vu la distance, ce sera sans doute plus dans les quarante-trois mètres que dans les huit mètres.

— OK, on y va.

Ils arpentèrent la nef par son axe principal, en se retournant régulièrement pour évaluer la distance à vue d'œil. Ils avançaient, avançaient, et durent même passer le chœur. Mais pour aller plus loin, ils devaient enjamber un petit cordon de sécurité interdisant l'accès aux touristes. Ils jetèrent un coup d'œil à droite et à gauche, et au moment où ils allaient le franchir, un gardien les héla pour les en empêcher. Alex fit signe à Mary qu'il s'en chargeait. Il alla se présenter au cerbère qui protégeait l'endroit comme si sa vie en dépendait, lui montra sa carte de professeur, et au bout de quelques minutes de palabres typiquement françaises, il parvint à l'amadouer.

— Il nous laisse cinq minutes pour faire nos mesures, pas une de plus, dit Alex en souriant. Dépêchons-nous.

Ils continuèrent donc leur avancée, et arrivés à ce qu'ils estimaient être la bonne distance, Mary sortit un petit télémètre laser de son sac à dos. Elle posa l'objet au sol, pointa le faisceau vers la porte d'entrée, et lut la mesure sur l'écran : 108,5 mètres. Ils se décalèrent encore un peu, reculant jusqu'à ce que l'écran affiche 111 mètres. Leur dos buta alors contre une paroi. Ils se retournèrent et levèrent la tête : une immense masse les dominait. Ils n'en crurent pas leurs yeux et se regardèrent sidérés. À cent onze mètres exactement, dans la ligne droite de la porte principale, à savoir la Porte du Jugement, ils tombaient, derrière l'autel, sur la statue si célèbre de la Pietà de Nicolas Coustou. Cette œuvre magnifique, qui siégeait au point le plus visible de l'édifice, se situait pile à la première des mesures données par le symbole aleph présent sur l'un des aigles. Un toussotement réprobateur les fit sursauter et sortir de leurs pensées. Le gardien si méticuleux se rappelait à leur bon souvenir. Alex lui fit signe de la main qu'ils partaient dans une minute. Il prit son téléphone portable et filma lentement le tour de la statue sous toutes les coutures. Mary comprit l'urgence, et mitrailla l'œuvre, en gros plan, en plan large, et tous les détails qu'elle jugeait potentiellement intéressants. Deux minutes plus tard, ils franchissaient à nouveau le cordon de sécurité, à la plus grande satisfaction du gardien qui leur fit un léger clin d'œil complice. Il venait de transgresser une petite règle de sa discipline personnelle, et ce coup de canif allait faire sa journée, voire sa semaine.

Alex et Mary contemplèrent la Pietà plus en détail.

— Elle a été sculptée par Nicolas Coustou en 1723, et elle est en marbre blanc, expliqua Alex. C'est une commande de Louis XIV. Comme pour la Pietà de Michel Ange, elle représente le Christ mort reposant sur les genoux de sa mère. L'artiste y a apposé deux anges qui entourent la scène.

Mary admirait la façon merveilleuse dont le sculpteur avait imaginé et figé cette scène pour l'éternité. La douceur des traits de la Vierge, son regard éploré face à la mort de son fils, le drapé fin et délicat de sa robe, ou encore le visage éteint du Christ qui allait pourtant ressusciter trois jours plus tard : tout n'était que subtilité, grâce et minutie. Les deux anges qui côtoyaient Marie et Jésus n'étaient en rien décoratifs. L'un plongeait son regard dans le sol, comme désespéré par la scène à laquelle il assistait, l'autre regardait Marie comme pour lui signifier que tout n'était pas perdu et qu'il fallait garder espoir, et voir au-delà de la mort charnelle de son fils. Ces deux anges symbolisaient notre ambivalence face à la mort, écartelés que nous sommes entre la perte terrestre de l'être cher et la sérénité qui doit accompagner notre croyance dans la vie éternelle.

— À cent onze mètres, tomber exactement sur la Pietà, c'est tout de même incroyable, constata Mary.

— C'est exceptionnel. Mais suivons tout de même notre idée initiale. Maintenant que nous savons où se trouve la « ligne des cent onze mètres », voyons tout ce qu'il peut y avoir d'autre sur cette ligne qui pourrait être un indice. Après tout, l'idée de tomber sur la Pietà est très séduisante, mais ce n'est peut-être pas le symbole que nous recherchons.

— OK, tu as raison, on suit le plan. Tu prends la partie de gauche, et moi la droite, et on se retrouve dans dix minutes.

Ils se séparèrent et ils scrutèrent le moindre détail présent sur cette ligne : chaque pilier fut ausculté, chaque pan de mur décortiqué, chaque dalle au sol disséquée par leur regard, afin de ne rien laisser au hasard. Par précaution, ils photographiaient tout, à la plus grande surprise des touristes chinois qui regardaient ces drôles de personnes qui prenaient des photos d'une dalle vide ou d'un morceau de pilier. L'un d'eux, persuadé qu'il y avait là un sens caché ou une relique inédite, prit également quelques clichés, sans comprendre.

— Alors ? demanda Mary en rejoignant Alex.

— Rien d'exaltant, répondit Alex. J'ai eu beau scruter dans tous les coins, je n'ai pas vu de signe ou de symbole qui pourrait se rattacher à notre recherche.

— Moi non plus. J'ai tout pris en photo, il y a peut-être quelque chose qui nous a échappé et qui nous sautera aux yeux plus tard.

Alex acquiesça. Mais il était pensif. Les archives de Joseph, qui leur avaient donné tant d'indices, mentionnaient de façon quasi exagérée le sacre de Napoléon à Notre-Dame. Il se rappela que Joseph avait longuement loué le sens du détail du célèbre tableau de David représentant cet événement majeur de l'épopée napoléonienne. Maintenant qu'il était sur place, quelque chose le perturbait. Il se replaçait dans le décor du sacre, se rappelait des lignes écrites par Joseph, et essayait de se remémorer le tableau de David. Il tentait mentalement de faire coller ces trois éléments du puzzle, car il avait l'intuition qu'une partie des réponses résidait dans ce jour du sacre. Il sortit son téléphone et tapa fébrilement sur Google « sacre de Napoléon par David ». Une série d'images reproduisant l'œuvre du peintre apparut instantanément. Il scruta le tableau et s'approcha de Mary.

— Regarde le tableau de David sur le sacre de Napoléon : la cathédrale est méconnaissable tant elle est décorée pour l'occasion. Comme sur les gravures d'Isabey que nous avons vues chez Éric. Il y a des tentures partout, des tapis, une foule de personnages importants en habits de cérémonie, tout respire le faste d'un sacre impérial. Le seul élément du tableau qui indique que nous sommes bien à Notre-Dame, et que l'on voit seulement à moitié sur l'extrême droite du tableau, c'est la Pietà. Sans cette Pietà, la scène aurait pu se dérouler dans n'importe quelle autre cathédrale de France, à commencer par Reims où se faisaient sacrer tous les rois de France. Elle est, pour le peintre David et pour Joseph Bonaparte dans ses archives, l'élément unique qui identifie Notre-Dame de Paris. Et regarde bien, qui retrouve-t-on à l'exact opposé du tableau, un peu dans l'ombre ?

— Je ne sais pas, j'ai l'impression qu'ils se ressemblent tous, fit Mary en zoomant sur le téléphone.

— Joseph Bonaparte. Dans ce premier plan du tableau, c'est le personnage le plus à gauche de la scène. À l'opposé, tu as la Pietà. Il y a une diagonale très claire formée par Joseph à l'extrême gauche, Napoléon portant la couronne au centre, et la Pietà à l'extrême droite. Quand tu mesures rapidement, Napoléon est pile au milieu de cette diagonale. L'œuvre a été peinte en 1808. Napoléon et Joseph possédaient le livre depuis longtemps. Et Joseph parle de ce tableau et du sacre beaucoup plus que nécessaire dans ses archives. C'est ce qui me chiffonnait jusqu'à présent. Mais maintenant c'est clair : à cent onze mètres, chiffre de l'aleph, c'est bien la Pietà que nous recherchons. Aleph est le commencement de tout. La Pietà est à la fois la fin de la vie humaine du Christ, et le commencement du « compte à rebours » qui va mener à sa résurrection et à la vie éternelle. Cette vie éternelle qui est un des objectifs recherchés par les sciences des Neuf Inconnus.

— C'est fascinant. Tout a été pensé, jusqu'à la référence à l'œuvre de David.

— Surtout quand tu replaces ce tableau dans le contexte de la commande faite par Napoléon, ajouta Alex.

— C'est-à-dire ?

— À la demande de Napoléon, David a composé quatre tableaux monumentaux du sacre : *Le Sacre*, *L'Intronisation*, *L'Arrivée à l'Hôtel de Ville* et le dernier… *La Distribution des aigles*. Autant de titres pour le moins explicites par rapport à notre enquête, non ? On retrouve une partie de ces titres dans les gravures d'Isabey, mais les tableaux de David sont beaucoup plus symboliques et connus.

— Incroyable… Il n'y en a qu'un qui fait tache, c'est *L'Arrivée à l'Hôtel de Ville*. Pour les autres, pas de doute possible !

Alex répliqua :

— Sauf que c'est le seul qui soit resté au stade de dessin. Il n'a jamais été terminé. Comme si un calque gris avait été posé sur ce tableau pour mieux mettre en valeur les trois autres.

Alex et Mary commençaient à se rendre compte de l'exceptionnelle dimension que revêtait leur recherche. Plus ils creusaient, plus ils mettaient au jour les innombrables ramifications que la possession de ce livre par Napoléon pouvait avoir. Au départ, ils imaginaient que Napoléon avait caché l'ouvrage par simple précaution, à la fin de sa vie, comme sur un coup de tête. En réalité, ils s'apercevaient que le plan avait été longuement mûri par l'empereur et ses proches. Le livre avait exercé une influence majeure sur sa vie, sur ses choix et ses décisions. Dès son sacre, il avait commencé à distiller les indices à travers ses actes ou les œuvres des artistes qui l'entouraient. Si Napoléon, pendant si longtemps, avait mis tant de précautions et produit tant d'efforts pour cacher ce livre, quelle puissance recélait-il ? Quel danger représentait-il pour que l'on se donne tant de mal pendant si longtemps pour occulter son existence ? Un lourd silence les entoura. Pour la première fois depuis le début de l'aventure, ils eurent vraiment peur.

France, 30 décembre 2018
Paris, Notre-Dame de Paris

Depuis plusieurs heures, Alex et Mary étaient accaparés par leur recherche et plus rien n'existait autour. Les liens et les correspondances se multipliaient sans pour autant leur livrer la clé de l'énigme. Il restait deux énigmes autour du chiffre 9 et de l'étoile. Si cette dernière pouvait symboliser l'espoir, la lumière, l'infini et tant d'autres choses, une de ses représentations était peut-être tout simplement présente dans la cathédrale du temps de Napoléon. La première idée qui vint à Alex, ce fut de chercher une étoile sur un tableau ou une sculpture avec les Rois Mages, nécessairement représentés dans ce lieu saint. Après quelques recherches, une sculpture retint son attention : *L'Adoration des Mages*. Elle se trouvait à quelques pas de la ligne des cent onze mètres parmi des œuvres sculptées qui dataient du XIVe siècle et illustraient des moments de la vie du Christ.

Il s'agissait du tour de chœur, qui avait été édifié pour procurer un havre de silence et de paix aux chanoines pendant les offices, et les protéger ainsi du bruit des fidèles. Ils longèrent le mur en découvrant chronologiquement les différentes scènes sculptées et richement illustrées : d'abord la Visitation, puis l'Annonce aux Bergers, la Nativité, et ils arrivèrent rapidement à l'Adoration des Mages, celle-ci intervenant tôt dans les séquences de la vie du Christ.

Ils purent contempler effectivement le deuxième mage qui pointait du doigt une étoile tenue par un ange émergeant d'un petit nuage bleu. Le mage se tournait vers son compagnon derrière lui, comme pour lui dire « Regarde l'étoile », tandis que le troisième mage était à genoux, offrant un présent à la Vierge qui tenait Jésus sur ses genoux.

— Le moins que l'on puisse dire, c'est qu'il nous invite franchement à regarder l'étoile, affirma Mary.

— Oui, ça, au moins, c'est clair. C'est déjà ça. Si l'étoile présente sur l'aigle en notre possession est celle du tour de chœur que nous avons sous les yeux, alors il faut que nous regardions l'étoile.

Alex s'approcha discrètement de l'œuvre, en faisant bien attention cette fois-ci qu'il n'y ait pas un gardien à proximité. Une deuxième entorse ne serait plus autorisée, et ils risquaient tout bonnement de se faire mettre dehors *manu militari*. Mary balayait les alentours du regard pour détecter l'arrivée d'un éventuel indésirable. Alex examinait l'étoile sous toutes ses coutures. Rien derrière, rien à côté. Il osa même, furtivement, la toucher pour voir si elle bougeait.

— Mais qu'est-ce que tu fais ? fit Mary en le rattrapant par le manteau et en le tirant en arrière. Tu crois qu'il y a un mécanisme qui va ouvrir une trappe, ou quoi ? Arrête un peu de rêver, on n'est pas dans *Mission Impossible* !

— Oui, bon, d'accord. Désolé, mais depuis que l'on cherche ce livre, je suis prêt à tout entendre et tout voir, plus rien ne me surprendrait ! Bon, en tous les cas, il n'y a rien sur cette étoile. Cela doit être plus symbolique que mécanique.

Ils s'assirent sur l'un des bancs situés en face du mur sculpté et regardèrent longtemps la scène, sans dire un mot. Mary rompit le silence :

— Je pense que l'on se prend trop la tête. C'est peut-être plus simple que cela.

— C'est-à-dire ?

— L'étoile incarne tout ce que tu as évoqué : l'espoir, la lumière, l'infini, etc. Et tous ces termes résument parfaitement ce que les Neuf Inconnus et leurs adeptes attendent du livre. Le choix de l'étoile est donc symboliquement pertinent. Mais ce mage qui désigne l'étoile nous montre aussi où regarder.

— Et il faudrait que l'on regarde où, exactement ? Nous ne sommes pas dans un planétarium non plus.

— Eh bien, il faudrait peut-être regarder là où se trouvent les étoiles, répondit Mary en pointant son doigt vers le plafond.

Alex leva la tête à s'en tordre le cou, et admira l'extraordinaire voûte en pierre.

— Oui, mais c'est immense, là-haut. Comment savoir où il faut chercher ?

— On s'est toujours dit que nous étions à la recherche des trois coordonnées d'un plan volumétrique. Nous avons les cent onze mètres. On tire une verticale à partir des cent onze mètres, vers les étoiles. Et on voit ce que cela donne.

— Cela voudrait dire que ça se trouverait dans la charpente ou dans la voûte de la cathédrale ? Pourquoi pas ? Après tout, c'est la partie la moins accessible du bâtiment, et symboliquement, il faut monter pour atteindre le savoir. Ça se tient. Et dans ce cas, le chiffre 9 avec la petite étoile du dernier aigle donnerait la troisième et dernière coordonnée.

— C'est possible. En tous les cas, qu'est-ce que l'on risque à essayer ? lança Mary.

— Pas grand-chose. Maintenant, il faut trouver un moyen de monter dans la charpente sans se faire remarquer. C'est une autre histoire.

À ce moment, les haut-parleurs de la cathédrale émirent un message à l'intention des visiteurs : « Mesdames, messieurs, nous vous rappelons qu'en raison de la préparation et des répétitions musicales de la messe du réveillon, la cathédrale fermera exceptionnellement ses portes dans trente minutes. » Le message fut ensuite diffusé en anglais, allemand, espagnol et chinois, à deux reprises.

— Et en plus on va se faire virer, dit Alex en soupirant.

— Non, au contraire, c'est l'occasion rêvée de se faufiler, viens !

Alex n'eut pas le temps d'émettre la moindre protestation, Mary l'entraînait déjà par le bras et se dirigeait vers l'entrée de la cathédrale. À cet endroit, sur la gauche, une porte avec un panneau « Vers les tours » menait à un escalier en colimaçon. De nombreux touristes y montaient pour voir la magnifique vue depuis la coursive située entre les deux tours qui encadraient la façade du bâtiment. Un magnifique panorama sur Paris les attendait. Il était près de 17 heures, et à cette époque de l'année, le soleil commençait déjà à se coucher. Clôturant cette belle journée, le ciel s'embrasait sur toute la capitale, et ils admirèrent le parvis de la cathédrale avec la Sainte-Chapelle un peu en retrait, la Seine qui s'écoulait paisiblement, au loin la tour Eiffel qui commençait à s'illuminer, et encore un peu plus à gauche les deux tours de l'église Saint-Sulpice. Une vision magique, incroyablement paisible par rapport au tumulte incessant de la ville. Une vingtaine de touristes mitraillaient à tout va ce paysage de carte postale, emmitouflés dans leur blouson d'hiver. Dès que le soleil disparut, le froid tomba, ce qui acheva de faire fuir les quelques badauds qui souhaitaient profiter des lumières de la ville.

Alex et Mary s'aperçurent qu'ils n'étaient pas au bon endroit. De la coursive qui reliait les deux tours, ils apercevaient en contrebas une petite terrasse au fond de laquelle une porte rouge semblait mener à la charpente. Il fallait qu'ils descendent sur cette terrasse à colonnade que l'on apercevait lorsque l'on faisait face au bâtiment. Une fois tous les touristes partis, ils rebroussèrent donc chemin et descendirent prudemment les marches. Ils croisèrent alors deux gardiens qui montaient afin de vérifier qu'il ne restait plus personne en haut avant la fermeture du lieu. Ils estimèrent qu'il leur restait environ quatre à cinq minutes avant qu'ils ne redescendent. Il fallait donc urgemment trouver l'accès à cette terrasse inférieure, fermée au public. Une trentaine de marches plus bas, ils remarquèrent une porte qui menait à ce qu'ils recherchaient. Évidemment, elle était fermée à clé. Alex commença à avoir chaud, en proie au stress. De son côté, Mary, toujours aussi pragmatique, avait sorti de son sac un « nécessaire à ouvrir toutes les serrures », comme celui qu'elle avait déjà utilisé lors de leur escapade à Stone House.

— Ne me dis pas que… commença Alex, sidéré qu'elle ait pris cet outillage avec elle.

— Comme la dernière fois, chut, tais-toi, et dis-moi seulement si quelqu'un arrive.

Alex se retourna et préféra ne pas regarder. À présent, il étouffait ; il ouvrit son blouson en grand. Il entendait juste les bruits des outils de Mary qui travaillaient la serrure. Le stress amplifiait tous les sons, et il avait l'impression que Mary utilisait un marteau-piqueur pour ouvrir la porte. Soudain, il perçut les pas des deux gardiens qui redescendaient.

— Mary, ils arrivent, dépêche-toi !

Mary redoubla d'efforts, changeant d'outil pour forcer la serrure récalcitrante.

Les pas se rapprochaient, et ils résonnaient de plus en plus fort dans la tête d'Alex. Il estimait qu'il y avait moins d'une cinquantaine de marches entre les gardiens et eux.

Mary continuait. Elle lâcha un juron. Un des outils venait de se briser.

Alex était sur le point de défaillir.

— Bon, laisse tomber, on reviendra, c'est trop risqué.

— Tais-toi, j'y suis presque. Tout va bien.

Alex pensait au contraire qu'elle n'y était pas du tout et que tout allait très mal.

L'écho des pas dans l'escalier devenait encore plus net, et il entendait distinctement les paroles des gardiens. Trente marches.

Mary continuait.

Vingt marches. Ils étaient à peine à deux tournants de l'escalier en colimaçon.

Quinze marches.

Soudain, un *clic* libérateur se fit entendre. Mary ouvrit immédiatement la porte et tira si fort Alex par la capuche de son blouson qu'elle le traîna presque par terre pour le faire entrer. Elle referma la porte, et quatre secondes plus tard, ils entendirent les deux gardiens passer devant la porte. Ils continuèrent leur descente, puis les bruits de pas s'estompèrent.

Alex s'aperçut alors qu'il était en apnée, et s'autorisa enfin à respirer. Il regarda Mary, qui lui sourit et lui dit tout bas :

— Tu vois, on était large !

— Je te déteste. À la fin de cette histoire, je file chez mon cardiologue pour un check-up complet.

Ils se retrouvaient enfin sur la terrasse aperçue depuis la coursive supérieure. En levant la tête, ils découvrirent l'endroit où ils se tenaient quelques minutes plus tôt. Ils se dirigèrent alors vers la petite porte rouge dont ils espéraient qu'elle les mènerait à la charpente. À nouveau, Mary sortit son « kit du parfait petit cambrioleur » et s'attaqua à la serrure. Cette fois sans stress. Au bout de quelques instants, elle céda.

Dans un noir quasi complet, ils avaient l'impression de se trouver dans une pièce immense. Les sens de l'être humain parviennent à détecter une certaine idée des volumes, même dans le noir. Quand Mary alluma sa puissante lampe torche, ils s'aperçurent qu'ils étaient très loin du compte. Le terme « immense » ne rendait absolument pas compte des dimensions du lieu. Ils se trouvaient sous la charpente de la cathédrale, et même le puissant faisceau de lumière n'arrivait pas jusqu'à l'extrémité de la pièce.

D'une longueur de cent mètres, et d'une hauteur de dix mètres, on appelait cette charpente « la forêt ». Et pour cause, car elle était composée de plus de mille cinq cents chênes qui avaient fourni les milliers de poutres nécessaires à sa construction. On estimait que si l'on plantait tous les chênes côte à côte, on déambulerait dans une forêt de près de vingt et un hectares. Datant du XIIIe siècle, c'était incontestablement une des charpentes les plus vieilles de Paris. Alex et Mary distinguaient sous leurs pieds les bruits de l'intérieur de la cathédrale : le brouhaha des touristes, et les haut-parleurs qui leur intimaient l'ordre de sortir. Ils marchaient sur une petite passerelle de bois rectiligne qui surplombait le sol, celui-ci étant en fait le plafond de la cathédrale. Régulièrement, le sol se bombait, car ils passaient au-dessus des voûtes. C'était une impression extraordinaire. Ils se sentaient incroyablement privilégiés de vivre cette expérience, et en même temps très fébriles de le faire en cachette. Leur cœur ne cessait de battre la chamade, même s'ils savaient qu'ils n'auraient *a priori* plus rien à craindre des gardiens. Personne ne penserait à aller les chercher dans ce coin si reculé du bâtiment.

Ils avancèrent prudemment sur la passerelle. De temps en temps, d'autres passerelles partaient de l'axe principal, à droite et à gauche, pour rejoindre généralement certaines petites ouvertures situées sur les façades nord et sud. En continuant, ils aperçurent un très gros pilier de bois différent des autres, sur lequel était vissée une plaque. Il s'agissait de l'axe de la flèche de la cathédrale, dont le sommet culminait à quatre-vingt-seize mètres du sol. La plaque indiquait que l'architecte de cette flèche était Viollet-le-Duc, qui avait ajouté cet imposant élément lors des grandes restaurations effectuées au XIXe siècle.

À divers endroits, des outils de chantier, des bidons, des seaux témoignaient d'un travail de restauration en cours. Le bois de cette charpente devait nécessiter de nombreux traitements, et la quantité de gros bidons de solvants organiques était impressionnante. Un peu plus loin, plus près des fenêtres, des bonbonnes de gaz servant à alimenter des chalumeaux étaient également entreposées, sans doute pour des réparations sur les ferrures des vitraux. Ils devaient par endroits slalomer entre ces amoncellements d'outils et de bidons pour suivre leur chemin.

— Il faut que l'on atteigne le chœur, dit Alex en avançant. Nous devons retrouver la ligne des cent onze mètres.

— Comment va-t-on mesurer, exactement ?

— On ne le saura pas précisément, mais contrairement à ce qui se trouve sous nos pieds, il n'y a pas de décor chargé. Nous sommes dans la partie la plus épurée, dans les coulisses qui n'ont pas besoin d'apparat. Il sera sans doute plus facile de détecter un élément spécifique tel que celui que nous cherchons.

— Et puis nous savons que nous devons chercher au-dessus de la Pietà, dans le chœur de l'église, c'est-à-dire quasiment au bout.

Ils continuèrent à avancer sur la passerelle principale.

Au bout de ce long chemin de bois, ils arrivèrent enfin à ce qu'ils estimaient être la ligne des cent onze mètres. À cet endroit, deux passerelles latérales partaient à gauche et à droite, formant une sorte de croix.

— Nous y sommes, annonça Alex. Cela doit être par là. De toutes les façons, on ne peut pas aller beaucoup plus loin, la passerelle s'arrête dans quelques mètres.

— OK. Maintenant, si l'on se cale sur notre hypothèse de départ, le dernier aigle nous donnerait la dernière coordonnée, à savoir neuf mètres. À gauche ou à droite, on n'en sait rien.

— Prends à gauche et je prends à droite. On va bien voir si on aperçoit quelque chose.

Ils s'éloignèrent chacun de leur côté, et balayèrent le sol, le plafond et les murs du faisceau de leur lampe torche. Chaque centimètre carré fut scruté, à la recherche du moindre signe discordant au sein de cette forêt de poutres, de pierres et de plomb. Soudain, Alex appela Mary :

— Viens voir par ici, c'est bizarre. Regarde, certaines poutres semblent numérotées. *A priori* rien d'étonnant dans une telle structure. Mais il faut peut-être que nous y regardions de plus près. Car à neuf mètres de part et d'autre, il n'y a rien de particulier à première vue.

— Tu penses que le chiffre 9 n'est pas une dimension, mais un numéro de poutre ?

— Pourquoi pas ? Là, j'ai déjà repéré les chiffres 7, 14, 8, 25 et 32.

Ils se mirent alors à la recherche d'une poutre numérotée 9. Les numéros étaient souvent gravés à la base des poutres, toujours un peu dans la même zone, ce qui facilita la tâche. Ils partirent chacun d'une extrémité de la passerelle latérale, afin de respecter la ligne des cent onze mètres. Comme au cours d'une chasse aux œufs de Pâques, ils se mirent à chercher les numéros, quand il y en avait. Certaines n'avaient en effet aucune inscription. Il n'y avait apparemment aucune logique dans cette numérotation, ou, en tous les cas, ils ne la comprenaient pas du tout. Ils passaient chaque poutre en revue, et purent ainsi vraiment mesurer l'ampleur du mikado géant qui s'étalait au-dessus d'eux. Une fois les plus accessibles passées au peigne fin, Alex et Mary décidèrent de s'attaquer à la strate supérieure, plus proche du toit, mais qu'ils pouvaient encore atteindre. Pour cela, il leur fallut se remémorer leurs souvenirs d'enfance, quand ils grimpaient dans les arbres, comme tous les enfants du monde. À ce jeu, Alex était étonnamment agile comme s'il y prenait plaisir. À force de contorsions et d'équilibre, Mary aperçut enfin quelque chose.

— Là ! J'aperçois le numéro 9 en haut !

— Ne bouge pas, j'arrive, lui intima Alex qui enjamba une série de poutres pour la rejoindre.

Il arriva enfin à ses côtés.

— Montre-moi.

— Là, regarde. Dans le faisceau de ma lampe.

À deux mètres à peine au-dessus d'eux, le chiffre 9 était discrètement gravé. Mais rien sur la poutre ne laissait apparaître une cachette possible. Elle était lisse, comme ses nombreuses voisines. Alex opéra un tour complet en dirigeant sa torche un peu partout. Un détail l'intrigua.

— Regarde, cette poutre n'a pas été choisie au hasard. Contrairement aux autres, elle mène à la paroi nord de la cathédrale alors que les autres sont enchevêtrées.

— Et donc ?

— Et donc, si je devais cacher un livre, je le ferais dans un matériau dur, à l'abri de l'humidité ou d'un incendie. Comme Joseph l'avait d'ailleurs fait à Stone House. Il avait choisi un mur porteur, au centre de la pièce, bien protégé des intempéries ou d'éventuels travaux.

— La poutre 9 serait alors une sorte de chemin à suivre jusqu'au mur de soutènement du toit ?

Joignant le geste à la parole, ils dirigèrent tous les deux le faisceau de leurs lampes sur la poutre, et remontèrent lentement ce chemin de bois multicentenaire. Arrivés contre le mur, ils crurent percevoir une petite inscription, mais ils étaient trop loin pour la déchiffrer.

Soudain, un énorme grondement en dessous dans la cathédrale les fit sursauter à tel point qu'ils faillirent tomber.

Ils se retinrent l'un à l'autre et s'accrochèrent comme ils le purent à la première aspérité venue. Le grand orgue venait de se mettre en branle, pour la répétition musicale de la messe du réveillon. Le sol et les poutres tremblèrent quand les huit mille tuyaux de ce monumental instrument déployèrent leur puissance sonore. Une fois passée l'inquiétude d'un improbable tremblement de terre, Alex et Mary se concentrèrent à nouveau sur le morceau de mur situé à cinq mètres d'eux.

— Bon, quand faut y aller, faut y aller, dit Alex.

Il se mit à ramper sur la poutre, éclairé par la lampe de Mary, jusqu'à atteindre le mur. Là, il dirigea le faisceau sur le signe illisible gravé sur l'une des pierres. Avec sa manche, il essuya les impuretés déposées par le temps, et le signe se révéla enfin sous la lumière crue. Il émit un petit cri de victoire.

— Mary ! L'étoile ! C'est l'étoile ! Celle de l'aigle !

Mary avança de son mieux jusqu'à Alex afin de le constater de ses propres yeux : l'étoile, exactement la même que celle gravée sur l'aigle, apparaissait sur la pierre, quasiment effacée par le temps. Alex tapota avec sa lampe sur cette pierre. Son bras tremblait tellement qu'il dut s'y reprendre à deux fois. *Mon Dieu, faites que cela sonne creux*… supplia-t-il intérieurement.

La pierre émit un son creux. Il regarda Mary avec anxiété, ils n'avaient jamais été aussi proches du but et de la vérité. Alex essaya de trouver un moyen de déloger la pierre, ce qui se révéla impossible.

— Regarde dans les outils des ouvriers en bas. Il nous faut un marteau, ou n'importe quoi qui permettrait de casser le centre de la pierre ; il n'a pas l'air tellement épais !

Mary dévala l'enchevêtrement de poutres, manqua glisser deux fois, et alla fouiller dans les amas d'outils entreposés un peu plus loin. Juste à côté des bonbonnes de gaz et des bidons de solvants, elle trouva son bonheur dans une grande boîte à outils. Un marteau de charpentier, plat d'un côté, et doté d'un arrache-clou de l'autre, ferait parfaitement l'affaire. Elle remonta aussitôt, plus agile que jamais, et le donna à Alex qui se mit immédiatement au travail. Fort de son expérience à Stone House, il n'hésita plus un instant, et frappa un coup assez fort. À son grand étonnement, une légère fissure apparut sur la pierre.

— La pierre des cathédrales est plus solide que celle de Stone House. Vas-y franchement, et tape toujours au même endroit.

Alex, à la fois fébrile et enthousiaste, s'exécuta. Au bout de cinq bonnes minutes d'effort, un trou se forma enfin. Alex était en nage. L'émotion, le stress et la fatigue le mettaient dans un état proche de la transe. Focalisé sur ce morceau de pierre, il n'entendait plus la musique sous ses pieds, ni les encouragements de Mary ou ses questions pour savoir où il en était. Il ne percevait que le bruit du marteau qui frappait et qui arrachait des gravats. Et enfin, après encore quelques coups bien placés, un trou quasi parfait avait remplacé la paroi. Alex retint sa respiration. Mary sentit que le moment tant attendu était là. Il la regarda, puis plongea sa lampe dans le trou. Il poussa un petit cri.

— Qu'y a-t-il ? s'écria Mary.

Alex ne répondit rien. N'y tenant plus, elle rampa à son tour et le rejoignit. Sous leurs yeux, un objet rectangulaire était enveloppé d'un tissu en velours pourpre sur lequel un grand « N » impérial surmonté d'un aigle aux ailes déployées était brodé. Alex souleva l'objet. Il était assez lourd pour laisser à penser que c'était un livre. Leur position étant particulièrement inconfortable, ils décidèrent de redescendre, en rampant à reculons, puis en glissant le long de la poutre verticale. Une fois au sol, ils s'agenouillèrent pour ouvrir le tissu de velours. Sous leurs pieds, dans cette immense cathédrale, une chorale de quatre-vingts chanteurs entamait le *Requiem* de Mozart, accompagnée par le puissant orgue et un orchestre symphonique. La musique et le chant, légèrement assourdis par le plafond qui les séparait, donnaient une dimension encore plus mystique à l'acte qu'ils s'apprêtaient à exécuter.

Alex défit le tissu, qui laissa apparaître un ouvrage très ancien. Aucune inscription sur la couverture ou sur la reliure. Il ouvrit le livre et lut le titre écrit en latin : *Dominatus cogitationis humanae*.

— « La maîtrise de la pensée humaine », traduisit Alex dans un murmure de fascination.

Le *Requiem* montait en puissance sous leurs pieds, l'orchestre et la chorale s'attaquaient à l'une des parties les plus poignantes de l'œuvre, le « Lacrimosa », qui avait été écrite à la veille de la mort de Mozart, et dont on racontait qu'elle l'avait fait pleurer. L'ampleur de la musique, la concentration extrême dans leur effort, la fabuleuse satisfaction d'avoir enfin mis la main sur cet ouvrage, qui, encore quelques minutes auparavant, était relégué au stade de la légende ou de l'hypothèse de travail, tout cela occulta le bruit d'une porte qui s'ouvrait à l'autre extrémité de la pièce. La chorale chantait les mesures fortes du « Lacrimosa », l'orgue et l'orchestre redoublaient de puissance. Ils n'entendirent pas non plus les pas des deux hommes qui s'approchaient d'eux d'un pas ferme et discret.

France, 30 décembre 2018
Paris, Notre-Dame de Paris, 17 h 30

Alex et Mary furent soudain éblouis par le rayon de lumière d'une puissante lampe torche. Par réflexe, ils se retournèrent, mais ne virent que deux silhouettes masculines se détacher. Pourquoi les gardiens avaient-ils finalement rebroussé chemin pour venir les surprendre ? Mais ils furent très étonnés quand ils entendirent leurs prénoms.

— Alex, Mary, bravo pour votre découverte, c'est prodigieux !

Cette voix… ils n'auraient pu la confondre avec aucune autre, même s'ils mirent une ou deux secondes à réaliser que celle-ci se trouvait en France, à deux mètres d'eux, et non pas comme ils le pensaient, à six mille kilomètres.

— James ! fit Alex. Mais que faites-vous là ?

— Je n'ai jamais vraiment cessé de savoir où vous étiez, mon cher. Et je brûlais d'impatience d'assister en personne à la découverte de ce que nous recherchons tous depuis si longtemps !

— Je ne comprends pas bien, intervint Mary en se redressant et en apercevant John Single.

— C'est très simple, ma chère Mary. Je n'étais pas vraiment assuré de votre loyauté à tous les deux. Alliez-vous vraiment me le remettre ? Quelles seraient vos intentions une fois le livre découvert ? Il fallait que je sois sûr de pouvoir reprendre la main sur cette petite équipe si efficace. J'ai donc été un petit peu aidé par la technologie pour cela.

— C'est-à-dire ?

— Je savais que vous ne vous sépareriez pas. Et je me suis toujours douté que Napoléon avait choisi la France, évidemment, pour cacher l'ouvrage. J'ai donc été ravi d'apprendre que vous alliez tous les deux à Noël dans le Sud-Ouest. Il me fallait un moyen d'arriver à vous pister tranquillement. Noël représentait une occasion trop belle. Quoi de plus attentionné qu'un petit cadeau de ma part pour me rappeler à votre bon souvenir ?

Alex et Mary se regardèrent et pensèrent tous les deux aux stylos Montblanc rangés dans leurs poches.

— Eh oui, c'est fou ce que l'on arrive à miniaturiser les choses, de nos jours. Un traceur GPS dans l'un, un micro longue portée dans l'autre. J'ai suivi vos déplacements bien tranquillement assis dans mon fauteuil au Texas. Et mon fidèle John a toujours été suffisamment près de vous pour écouter vos conversations, et me retranscrire les passages les plus croustillants. Je ne parle pas de vos parties de jambes en l'air, elles ne m'intéressent guère. J'ai en revanche particulièrement apprécié le moment où vous vous accordiez sur votre petite traîtrise à mon endroit : garder le livre quelques jours pour vous, et le transmettre au directeur du Louvre ensuite. Au départ, mon intention était de vous accueillir à la sortie de la cathédrale, mais ce pacte entre vous m'a fait accélérer les choses et venir à votre rencontre, dans ce lieu si intime, entouré de la charpente de Notre-Dame. Quel bel endroit pour remettre notre accord sur les rails !

— Vous parlez de traîtrise de notre part, mais placer des micros sur nous ne semble pas vous poser de problème majeur, fit Mary, blessée d'avoir vu son intimité violée.

— Les faits m'ont donné raison, apparemment. En tous les cas, je vous félicite pour vos découvertes successives, qui vous ont menés jusqu'à ce fameux livre, que vous allez maintenant me remettre, conformément à nos accords initiaux. Comme je suis magnanime, je consens à oublier ce petit écart de conduite de votre part, et ne retenir aucune pénalité sur le solde de vos émoluments. L'argent vous sera versé comme convenu à partir de demain.

— James, intervint Alex, la portée de ce livre dépasse largement les sujets d'argent. Napoléon avait pris soin de bien cacher ce qui pourrait représenter un danger majeur pour celui qui l'utiliserait à mauvais escient.

— Et qui vous dit que je l'utiliserai avec de mauvaises intentions ? objecta James d'un ton ambigu.

— Moi, fit une autre voix derrière eux.

Sortie de la pénombre, Sylvia venait d'apparaître, accompagnée de Sandeep, l'Indien qui suivait Alex et Mary depuis plusieurs jours. Tous deux avaient également profité du Lacrimosa pour arriver par surprise.

— Tiens donc, fit James en se retournant. Il ne manquait plus que notre chère Sylvia et son fidèle chien de garde. Cette petite réunion de famille est tout à fait charmante !

— Toujours votre ton humoristique et condescendant, James. Je vois que rien n'a changé depuis nos dernières rencontres…

Alex et Mary se regardèrent, sidérés.

— Mais… vous vous connaissez ? dit Alex.

— James et moi croisons le fer autour de différents objets depuis quelques années. Nous avons déjà eu plusieurs négociations, disons… serrées, et parfois brutales.

— Mais alors, James, cela veut dire que pendant tout ce temps, vous saviez parfaitement qui était Sylvia ? Vous saviez très bien que c'était elle qui avait attaqué votre maison, et qui nous avait pris le trésor de la couronne d'Espagne ! Vous nous avez complètement manipulés depuis le début !

— Oh, Alex, tout de suite les grands mots, répondit James. Disons qu'il y avait certains détails qu'il ne me semblait pas nécessaire de porter à votre connaissance, et qui vous auraient déconcentrés dans votre enquête. J'ai fait en sorte de vous donner les meilleures conditions pour travailler le plus sereinement possible. Et si nous sommes ici aujourd'hui, c'est que j'avais raison, une fois de plus.

— Espèce d'ordure, fit Mary, vous ne faites que mentir et votre ego est sans borne !

— Voyons, Mary, on peut rester polis, nous sommes dans un lieu de culte. Maintenant, cessons ces palabres inutiles. Donnez-moi le livre, et tout le monde repart chez lui pour passer un bon réveillon.

— Vous pouvez toujours courir, répliqua Alex en serrant le livre contre lui.

— Je ne vous laisse pas le choix, dit James en faisant un signe à John Single.

Celui-ci sortit de sa poche un revolver muni d'un silencieux. Sandeep l'imita aussitôt, et la scène prit une tournure beaucoup moins bienveillante que la conversation de salon qui se tenait jusqu'à présent.

— Cette fois-ci, vous ne vous en tirerez pas comme cela, James, dit Sylvia d'un air déterminé. Nous avons déjà vécu cette situation et je vous ai laissé partir. Mais aujourd'hui c'est différent. Mes instructions sont très précises.

— Ah, les fameuses instructions de votre secte d'illuminés ! Ils feraient n'importe quoi avec ce livre et vous le savez très bien. Les Neuf Inconnus ne peuvent pas récupérer cette œuvre majeure. Avec tout ce qu'ils possèdent déjà, cela représenterait beaucoup trop de pouvoir détenu par une seule organisation.

— Vos jugements m'importent peu, James. Ce livre appartient aux Neuf Inconnus, et je suis mandatée pour le leur rapporter. Quel qu'en soit le prix. Et je ne parle pas d'argent, pour une fois.

— Attendez, attendez, les interrompit Alex.

Cet échange qui paraissait si naturel pour les deux interlocuteurs venait de valider en quelques secondes une des théories les plus improbables de ces derniers siècles. Que les Neuf Inconnus existaient bel et bien et avaient toujours cette même difficile mission de la transmission et de la protection d'un savoir incommensurable ! Devant le regard ébahi d'Alex et malgré la tension ambiante, Sylvia révéla :

— Les Neuf Inconnus ne sont pas une légende. Je les ai rejoints quand j'étais en Asie. Plus exactement, ils m'ont convaincue et recrutée. Nous faisons tout pour que les gens pensent que c'est un mythe, mais notre organisation existe, et elle est présente partout dans le monde. Notre objectif est de rassembler le savoir universel, y compris les savoirs anciens dont nous avons perdu la trace. Le livre que vous tenez dans les mains est une pièce maîtresse de la pyramide de la connaissance. C'est la retranscription d'un des ouvrages originaux écrits par nos anciens maîtres fondateurs. Le manuscrit date du XIIe siècle, c'est pour cela qu'il est rédigé en latin. Mais il est la traduction fidèle d'un texte écrit en Inde plus de cinq mille ans avant Jésus-Christ. Il a ensuite été préservé des guerres et des famines, ou des révolutions, pendant plusieurs siècles. Puis nos maîtres ont décidé de le confier à Napoléon, chez qui ils avaient très tôt décelé un potentiel exceptionnel. Il lui a été remis pendant la campagne d'Égypte par un émissaire de notre confrérie. À charge pour Napoléon de le préserver et de diffuser le savoir à travers les pays qu'il aurait conquis. Tout ne s'est pas passé exactement comme prévu, et Napoléon a caché le livre, sans nous dire où, alors qu'il s'était engagé à nous le rendre si les événements tournaient en sa défaveur. Néanmoins, il a construit ce code avec les différents aigles pour qu'un jour quelqu'un ait une chance de le retrouver. Et c'est là que vous êtes intervenus.

— Napoléon était un membre des Neuf Inconnus ?

— Non, pas exactement. Il avait été intronisé pour être notre représentant officiel en Europe. Notre tête de pont, si vous préférez. À l'époque, nous n'étions pas organisés exactement comme aujourd'hui, mais peu importe. Il lui avait été donné un rôle majeur dans nos missions originelles : retrouver les traces des savoirs anciens disparus, et diffuser les savoirs nécessaires à la progression de l'humanité. Napoléon a, peu à peu, dévoyé ses missions à son profit, et il a vu le pouvoir et les bénéfices qu'il pouvait tirer de cette accumulation de connaissances.

Alex et Mary comprenaient que, comme ils l'avaient imaginé, toute cette aventure les dépassait. Sylvia en profita pour les informer qu'Horacio n'avait lui aussi été qu'un pantin et qu'il n'avait aucune idée de l'existence de ce livre, obnubilé qu'il était par le trésor des joyaux. Malheureusement, la mafia avait mal pris sa tentative de la jouer solo et s'était occupée de lui.

— Je suis désormais leur interlocuteur exclusif, annonça Sylvia.

— Vous avez l'art de vous débarrasser des pions gênants... constata Alex. C'est ce qui nous attend à présent, j'imagine ?

Sylvia répondit du tac au tac, le plus naturellement du monde :

— Je n'ai aucune instruction en ce sens. Pour l'instant...

Le visage de Sylvia n'était plus du tout celui qu'ils avaient vu à Stone House. Machiavélique et déterminée, elle avait tiré les ficelles depuis le début et réussi à relancer Alex et Mary quand il le fallait. Bien sûr, elle avait déjà en sa possession de nombreux éléments, comme aleph ou la phrase de l'Ecclésiaste, mais elle avait eu besoin d'eux pour le final.

— Eh oui, mon cher Alex, se réjouit James, les masques tombent. Alors, qui a manipulé qui, dans cette histoire ? Peut-être vous ai-je effectivement utilisé, mais notre amie Sylvia a réalisé un bon score aussi ! Décidément, beaucoup de gens accordent de la valeur à vos talents ainsi qu'à ceux de notre ravissante Mary !

Alex et Mary sentaient la rage monter en eux. Ils avaient été les marionnettes dans un jeu où les puissants menaient la danse. On leur avait fait croire à une noble quête, ils avaient risqué leur vie à plusieurs reprises, et ils s'apercevaient que tout avait été planifié et que l'on s'était joué d'eux tout du long. Les uns pour assouvir leur soif de pouvoir, les autres pour satisfaire les besoins d'une secte millénaire.

Le *Requiem* de Mozart se poursuivait en bas. La chorale, l'orchestre et l'orgue répétaient les différents morceaux de cette œuvre religieuse si bouleversante. Le son montait depuis la nef et le chœur de la cathédrale, mais était étouffé par le plafond. Sous la charpente, ils étaient les protagonistes d'un tableau singulier : trois paires de personnes déterminées, avec des motivations différentes, mais centrées autour d'un même objet. Et toutes les trois figées dans leur position, personne n'osant faire un geste dont la portée serait incertaine et potentiellement dramatique. Un moment de silence et d'hésitation flottait sur la scène. Une sorte de suspension du temps pendant laquelle chacun se demandait quel serait le prochain mouvement de l'autre.

Alex serrait toujours le livre contre lui.

Mary lui jeta un coup d'œil complice, qu'il comprit aussitôt : l'ouvrage ne devait tomber dans aucune des mains adverses, quelles qu'elles soient. Un léger hochement de tête acheva de faire comprendre à Alex que le temps de la discussion devait laisser place à celui de l'action.

D'un mouvement aussi rapide qu'imprévisible, Mary se précipita sur James et le fit basculer sur John Single en l'utilisant en même temps comme bouclier. Alex se précipita dans son sillage en protégeant le livre comme un ballon de rugby. James et John Single avaient perdu l'équilibre et se retrouvèrent à terre. Mary, dans son élan, jeta une petite caisse à outils métallique à la tête de Sandeep, qui tomba en arrière et lâcha son arme. Elle voulut passer devant Sylvia, mais c'est là que les choses se compliquèrent pour elle. Sylvia lui barra la route, et une lutte au corps à corps commença entre elles. Aguerries aux techniques de combat rapproché, les deux femmes enchaînaient coups et parades avec vitesse et agilité. Profitant d'un bref instant où Mary prenait l'avantage, Alex enjamba les deux corps et tenta d'aider Mary.

— Non ! Pars avec le livre ! Je te retrouverai !

Alex eut une seconde d'hésitation, qui prit fin avec un coup de feu qui venait de retentir. Sandeep, l'arcade sourcilière en sang, venait de tirer en direction d'Alex. La blessure ayant altéré sa précision, la balle passa à quelques centimètres de la tête d'Alex, et vint se loger dans une poutre juste à côté de lui. L'hésitation laissa la place à l'instinct de survie : Alex se baissa et partit en courant vers l'autre bout de la salle, pour atteindre la sortie. Il lui fallait réaliser un cent mètres rapide dans des conditions extrêmement dangereuses, mais la perspective des balles de Sandeep lui fournit la motivation et l'énergie nécessaires. Au moment où Sandeep ajustait son deuxième tir, un autre coup de feu retentit. John Single, qui s'était relevé en repoussant James, venait de tirer. La balle atteignit Sandeep en plein milieu du dos. Il tomba à genoux. Mortellement touché, il eut le temps de reprendre une dernière respiration, se retourna et tira deux coups d'affilée. Ces deux coups allaient changer radicalement le cours des choses et l'équilibre des forces.

France, 30 décembre 2018
Paris, Notre-Dame de Paris, 18 heures

Le premier coup atteignit John Single en pleine gorge. La balle explosa la carotide, et John ne put rien faire sinon s'effondrer brutalement et se vider de son sang. Le deuxième coup partit dans la même direction, mais comme John était à terre, la balle atteignit le seul objet derrière lui qui représentait un réel danger dans cette immense pièce : une des bonbonnes de gaz des ouvriers. Une explosion d'une puissance inouïe se produisit et projeta les survivants au sol. Les deux autres bonbonnes explosèrent à leur tour, créant une réaction en chaîne. James, Mary et Sylvia se retrouvèrent par terre, entourés de flammes. Les bonbonnes, en explosant, avaient atteint les bidons de solvants hautement inflammables qui se trouvaient à proximité. Un immense incendie était en train de prendre dans la forêt, avec une rapidité à laquelle personne ne s'attendait. Comment des poutres si épaisses pouvaient-elles prendre feu aussi facilement ? Les produits chimiques enflammés qui se déversaient sur ces allumettes géantes leur donnèrent la réponse.

James avait été le plus proche de l'explosion. Il se releva au milieu des flammes qui commençaient à l'encercler. Ce faisant, il hurla de douleur. Il toucha son ventre, regarda sa main : elle était en sang. En explosant, une des bonbonnes avait projeté des éclats du bois d'une des poutres, et l'un d'eux, d'une longueur de vingt centimètres environ, s'était fiché dans son ventre au niveau du foie et des intestins. Il saignait abondamment et s'aperçut qu'il avait beaucoup de mal à se relever et à marcher. Mais les flammes ne lui laissaient aucun répit et gagnaient du terrain avec une vitesse phénoménale. Il regarda dans la direction de Mary, Sylvia et Alex.

Sylvia et Mary se relevèrent, hébétées. Elles mirent quelques secondes à comprendre l'enchaînement dramatique des événements qui venaient de se dérouler derrière elles. Elles virent les immenses flammes s'élever dans les hauteurs de la charpente, et se répandre de poutre en poutre comme un serpent rampe sur les branches d'un arbre. La chaleur devenait insoutenable et la fumée rendait l'air irrespirable.

Alex, de son côté, était quasiment arrivé au bout de son sprint lorsque le bruit de l'explosion l'avait stoppé net. Il s'était retourné et avait immédiatement compris l'origine du désastre. Il rebroussa chemin précipitamment pour venir en aide à Mary, mais il ralentit en voyant qu'elle venait en courant dans sa direction, avec Sylvia qui lui emboîtait le pas.

Un immense craquement les fit se retourner, tous les trois : deux poutres en hauteur étaient en train de s'écrouler dans un bruit sinistre. James tentait désespérément de s'extirper de sa prison de flammes. Avec des gestes inutiles, il semblait livrer un duel au sabre contre l'armée incandescente qui ne cessait de grossir devant lui. Une des poutres enflammées qui tombait du plafond acheva le spectacle d'horreur en même temps que la vie de James. Ce dernier leva la tête, et la dernière chose qu'il vit fut un arbre en feu qui s'abattait sur lui telle une météorite traversant l'atmosphère.

Le feu progressait toujours, sautant de poutre en poutre comme si les chênes séculaires n'attendaient que cela. Sylvia, Mary et Alex comprirent qu'il ne leur restait que quelques minutes avant une mort certaine. Ils se précipitèrent sur la porte. Fermée !

— Ce n'est pas possible, dit Mary, je l'avais laissée ouverte !

— Oui, mais nous, non. Sandeep l'avait refermée derrière lui. Et c'est lui qui a la clé…

Ils se retournèrent comme si Sandeep allait ressusciter des flammes, mais le lieu sur lequel il gisait n'était que feu et chaos.

— Je vais essayer de crocheter à nouveau la serrure, dit Mary en portant la main à son sac à dos.

— Pas le temps, poussez-vous !

Sylvia sortit de son dos un Beretta 9 mm, l'arma, visa la serrure de la porte et tira trois coups rapides. Puis, d'un coup de pied brutal et précis, ouvrit la porte qui résistait encore. Ils se précipitèrent dans les escaliers en colimaçon. Alex serrait toujours le livre contre lui, comme s'il portait un nourrisson. En descendant, ils croisèrent des gardiens qui montaient les marches quatre à quatre.

— Que se passe-t-il ? crièrent-ils.

Sylvia prit un air faussement paniqué et leur hurla seulement trois mots, à moitié en larmes :

— Là-haut ! Le feu ! La charpente !

Les gardiens se regardèrent, terrifiés. Ce qu'ils redoutaient le plus depuis des décennies était en train d'arriver. Ils les bousculèrent et redoublèrent de vitesse pour constater l'étendue de la tragédie qui se jouait dans Notre-Dame.

À peine les gardiens repartis, Sylvia reprit instantanément son air normal et continua la descente, suivie d'Alex et de Mary. En arrivant en bas de l'escalier, le spectacle qui s'offrait à eux les stupéfia. De l'intérieur, ils n'avaient pas mesuré la puissance et la rapidité du feu, qui commençait déjà à faire des trous dans les voûtes, laissant tomber des morceaux de bois en feu en une pluie d'étoiles filantes qui s'écrasaient lourdement sur les dalles de la cathédrale. Les musiciens et les chanteurs, ainsi que tous ceux qui participaient à la répétition du concert, fuyaient dans un désordre et une panique intenses. Des cris jaillissaient à chaque impact de bûche sur le sol, chacun pensant qu'il venait d'échapper de justesse à la mort venue du ciel.

Les trois protagonistes de ce déluge de feu comprirent vite le parti qu'ils pouvaient tirer de cette gigantesque confusion. Ils se précipitèrent vers la sortie principale et se retrouvèrent à l'air libre, sur le grand parvis de la cathédrale. Ils se retournèrent, et virent avec effroi l'immense panache de fumée qui s'échappait du toit. Le feu avait visiblement encore gagné en puissance et menaçait de se propager à l'édifice tout entier. Des sirènes vibraient de toutes parts, et les pompiers commençaient déjà à se mettre en place pour tenter de juguler ce qui risquait de se terminer en un drame patrimonial mondial.

Huit siècles de grandeur se voyaient fragilisés à jamais par dix minutes de folie. Le travail de centaines de maîtres bâtisseurs disparaissait à cause d'eux, et de leur quête aveugle d'un pouvoir peut-être totalement imaginaire.

Alex regarda le livre qu'il tenait contre lui, responsable de la destruction qui se jouait devant leurs yeux d'un symbole de la chrétienté et de l'histoire médiévale. Ils s'étaient retirés à l'écart de la foule et des pompiers, qui arrivaient en masse, dans une ruelle, dans le creux d'une porte cochère. Sylvia sentit le trouble, la culpabilité et le dégoût d'Alex face à leurs actes, certes accidentels, mais irréparables et criminels. Elle saisit immédiatement l'occasion et pointa son revolver sur la nuque d'Alex.

— Pas de bêtise, Alex, il y a eu suffisamment de morts comme cela pour aujourd'hui. Donnez-moi gentiment le livre. Sinon, il y aura des civils qui vont mourir aussi, et ce n'est pas ce qui manque dans ce lieu.

Alex regarda autour de lui. La foule des curieux commençait à affluer. Il regarda Mary, trop loin pour intervenir.

Il était pris au piège. Il savait Sylvia décidée et dénuée de scrupule. Néanmoins, après tout ce qu'ils venaient d'endurer, et avec le spectacle apocalyptique qui se déroulait à quelques mètres, il devait tenir bon. Il resserra son étreinte autour du livre.

Sylvia sentit sa détermination. Elle poussa un soupir d'agacement. Tout en maintenant le canon de son arme appuyé sur Alex, elle sortit de sa poche son téléphone portable, appuya sur une touche qui lança un appel vidéo. Une fois la connexion établie, elle le présenta à Alex :

— Vous reconnaissez cet endroit, n'est-ce pas, Alex ?

Alex regarda le téléphone et blêmit. Il vit le salon de sa maison à Hossegor. À l'autre bout du fil, l'homme qui tenait le téléphone se déplaçait dans la pièce et se dirigeait vers une chaise où était assise une personne ligotée, de dos. Alex reconnut l'otage. L'homme fit le tour de la chaise et montra le visage. Sophie, bâillonnée et attachée, regarda le combiné et vit Alex. Des larmes jaillirent de ses yeux exorbités. Elle se démenait sur sa chaise, et des gémissements diffus traversaient péniblement son bâillon.

— Ne m'obligez pas à aller jusque-là, Alex. Votre petite sœur chérie peut s'en sortir vivante ou bien mourir, non sans avoir été violée par mes hommes qui s'ennuient un peu.

Alex tremblait de rage, et de peur aussi. Il voulait hurler, se retourner et frapper Sylvia, quel qu'en soit le prix. Mais il ne le pouvait pas, et elle le savait parfaitement.

— Allons, ne vous inquiétez pas, dit-elle. Ce livre appartient aux Neuf Inconnus depuis des siècles. Notre objectif est de le protéger pour qu'il ne soit pas utilisé à de mauvaises fins. Il rejoindra l'immense bibliothèque des savoirs universels, que nous constituons depuis deux mille deux cents ans. Cette bibliothèque vous intéresserait beaucoup, d'ailleurs, ajouta-t-elle avec un sourire en coin.

Sylvia appuya un peu plus fermement le canon de son Beretta sur la nuque d'Alex. Ce dernier finit par lâcher le livre du bout des doigts. Sylvia s'empara de l'ouvrage. Elle s'éloigna de quelques pas, mais continuait à les menacer de son arme, cachée à présent dans la poche de son manteau.

— Votre Sophie est saine et sauve, il ne lui arrivera rien, je vous le promets.

Elle composa un autre numéro, fit sonner deux fois et raccrocha. Sans doute un signal convenu d'avance. Au bout d'à peine une minute, un motard tout de noir vêtu se présenta à ses côtés. Elle enfourcha la puissante moto, qui démarra en trombe dans la foule, slalomant entre les camions de pompiers qui ne cessaient d'arriver sur les lieux du drame.

Alex et Mary se regardèrent et se jetèrent dans les bras l'un de l'autre, comme pour sentir qu'ils étaient bien vivants. Alex regarda Mary. Pour la première fois depuis qu'il la connaissait, elle pleurait. Il la serra encore plus fort. Alex sortit précipitamment son téléphone et appela Sophie. Pas de réponse. Il fit une nouvelle tentative et elle finit par décrocher. Après s'être assuré de son état, il lui ordonna d'aller immédiatement chez leurs voisins et de l'appeler une fois sur place. Il se retourna vers Mary, qui continuait de pleurer.

— Sophie va bien ? Ils ont gagné, Alex. Ils ont pris le livre. Et la cathédrale est en feu. Tout est perdu.

— Arrête. Ils ont le livre, mais pour la première fois, ils ont dû agir à découvert. Ils ont dévoilé leur existence au grand jour, et ont même perdu quelques forces dans la bataille. Quant à la cathédrale, regarde, ils sont tous à pied d'œuvre pour la sauver, et elle tient debout depuis huit siècles.

Alex essayait de la consoler, mais il n'y croyait pas beaucoup lui-même. Les Neuf Inconnus avaient fait preuve d'une puissance et d'une capacité d'organisation redoutables, et ils étaient parvenus à leurs fins en s'emparant du livre. Ils les avaient manipulés depuis le début, et Sylvia était un adversaire polymorphe particulièrement terrifiant.

Un cordon de police les obligea à reculer et à s'écarter du monument en péril. Ils s'éloignèrent dans une rue adjacente, entourés d'une foule grossissant à vue d'œil. Pendant plusieurs heures, ils ne purent se détacher de ce spectacle hypnotisant : le monstre de pierre crachant ses gerbes de feu dans la nuit noire. Après de longues heures, quand ils furent enfin rassurés sur la maîtrise du foyer par les pompiers, qui avaient lutté pied à pied contre les flammes, ils s'autorisèrent à rentrer chez eux, épuisés.

France, 31 décembre 2018
Paris, Saint-Germain-des-Prés

Pour la première fois de sa vie, Alex se réveilla avec une gueule de bois *avant* le réveillon du 31. Ils avaient eu beaucoup de mal à trouver le sommeil, mais vers 3 heures du matin, ils avaient fini par s'abandonner et dormir un peu.

Le premier réflexe d'Alex en se levant fut d'allumer la télé sur une chaîne d'information continue. Les images de la cathédrale en feu tournaient en boucle, mais le message de soulagement qu'Alex attendait s'affichait sur le bas de l'écran : « Notre-Dame sauvée des flammes ». Mary le rejoignit et écouta le journaliste, serrée contre lui, la tête sur son épaule :

« Notre-Dame de Paris est sauvée. Les pompiers ont lutté toute la nuit pour éteindre l'incendie qui s'est déclaré hier en fin de journée. Les raisons de l'incendie sont encore inconnues, mais on sait que des travaux de rénovation de la charpente étaient en cours. Les premiers éléments de l'enquête feraient penser à un incident électrique sur un tableau provisoire posé sur le chantier. Heureusement, la police et les pompiers nous annoncent une première bonne nouvelle : aucune victime n'est à déplorer dans ce drame qui touche le monde entier. »

Alex et Mary se regardèrent.

Aucune victime ? Il y en avait trois, dont deux tuées par balle. Leurs corps, même calcinés, n'avaient pas pu s'évaporer comme cela.

Un tableau électrique défectueux ? Ils n'en avaient vu aucun la veille au soir.

Les images de la nuit continuaient de défiler sur l'écran, pendant que les journalistes s'évertuaient à meubler le temps d'antenne en avançant des hypothèses douteuses, en développant des analyses farfelues, ou en faisant intervenir tous les « experts » qui étaient disponibles à l'heure du direct, et qui s'étaient vu affubler du titre d'expert par opportunisme médiatique. Sur les images, on voyait la visite du Premier ministre, les différents officiels, ainsi que le préfet de Police. Soudain, Alex s'écria :

— Là, regarde !

Grâce à l'enregistreur numérique de son décodeur, il put revenir en arrière, et mettre l'image sur pause. On y voyait le Premier ministre en pleine déclaration. Mary ne distinguait rien de spécial. Alex se leva et mit le doigt sur l'écran.

— Là, regarde bien ici.

Mary s'approcha. Elle ouvrit la bouche, mais aucun son n'en sortit. À l'arrière-plan, on voyait le préfet de Police en grande discussion avec une femme blonde et élégante. Sur l'image suivante, elle jetait furtivement un regard en direction de la caméra avant de se retourner.

— Sylvia… dit Mary. Elle a du cran… Revenir sur les lieux comme si de rien n'était.

— Elle a mis le livre en lieu sûr et est revenue effacer les traces. Elle s'est entendue avec le préfet de Police. Voilà pourquoi ils ne parlent pas des corps. Ils les ont fait disparaître. Elle a créé une version officielle avec la police, qui n'implique aucun acte criminel. Nous avons sous-estimé les ramifications du pouvoir des Neuf Inconnus.

— On ne va pas la laisser s'en tirer comme ça ?

— Que veux-tu faire ? Avec l'appui du préfet, et qui sait encore quelles autres influences, on ne va pas l'arrêter aussi facilement.

— Que va-t-on faire, maintenant ?

— Je ne sais pas.

Au même moment, la sonnette de son appartement retentit.

— Tu attends quelqu'un ? demanda Mary un peu inquiète.

— Non, pas vraiment : personne ne sait que je suis là.

Pendant qu'Alex se dirigeait vers la porte d'entrée, Mary prit son revolver et se positionna dans l'angle de la porte, l'arme pointée. Alex prit une grande inspiration et ouvrit le battant d'un coup sec.

— Madame Gomez ! s'exclama Alex, pendant que Mary cachait rapidement son arme dans son dos.

La concierge de l'immeuble, sur le pas de la porte, était un peu étonnée de cette ouverture si particulière.

— Tout va bien, monsieur Merri ?

— Oui, oui, tout va bien, merci. Que puis-je faire pour vous ?

— Un coursier m'a déposé ce pli pour vous. Il a dit que c'était important, alors je me suis permis de vous le monter tout de suite.

— Vous avez très bien fait, répondit Alex en prenant le pli. Il n'a rien dit d'autre ?

— Non.

— Il ressemblait à quoi ?

— Oh, vous savez, ils se ressemblent tous, et avec un casque de moto sur la tête, on ne voit rien. Celui-là était indien, ou pakistanais, enfin par là-bas, quoi, d'après son accent.

— Merci, madame Gomez, et bonne journée.

Alex n'eut pas le loisir d'entendre la réponse de la charmante concierge, car il avait refermé la porte aussi brutalement qu'il l'avait ouverte. Ils se précipitèrent pour ouvrir le pli en question. À l'intérieur, une note manuscrite, et une dizaine de photocopies d'un texte ancien en latin. Alex lut à voix haute :

« Alex, Mary. Pour vous prouver que je ne suis pas aussi cynique que vous le croyez, et pour vous remercier de votre aide dans cette si sympathique chasse au trésor, voici quelques pages du livre pour lequel vous avez tant lutté et qui vous donneront un léger aperçu de son contenu. Ne vous inquiétez pas, il ne fera plus de mal à personne.

Par ailleurs, nous nous sommes substitués à James pour ce qui concerne vos émoluments. Nous avons ajouté une petite prime de risque…

Maintenant, un dernier conseil : oubliez toutes ces folies. Oubliez-nous. Reprenez votre vie.

Et tout se passera bien.

Ne nous cherchez pas. Ce serait aussi inutile que dangereux. »

Alex parcourut les pages en latin. Elles contenaient des descriptions, et visiblement ce qui ressemblait à des incantations. Alex tenait fébrilement dans ses mains la reproduction d'un fragment d'une valeur historique inimaginable. Les grands noms de l'histoire avaient œuvré pour le cacher aux yeux du monde, et lui, dans son petit appartement parisien, en contemplait la teneur ! Oh, bien sûr, il se doutait que Sylvia ne lui avait pas fourni les meilleurs extraits, mais il s'en contenterait largement. Tout absorbé par le déchiffrage du texte, Alex ne s'était pas aperçu que Mary le regardait fixement depuis un moment. Elle ne se lassait pas de le voir plongé dans ses énigmes, et quand il fronçait légèrement les sourcils pour décrypter tel ou tel mot, elle le trouvait plein de charme. Mue par son désir, elle se leva, et alla poser un baiser appuyé sur ses lèvres. Les Neuf Inconnus avaient gagné cette bataille, elle avait perdu le livre, mais elle comptait bien garder Alex.

Ils furent interrompus par le téléphone portable de Mary qui se mit à vibrer. Elle venait de recevoir une notification de son application bancaire, qui l'avertissait de la réception d'un virement. Elle ouvrit l'application, consulta son compte et siffla.

— Eh bien, ils veulent vraiment acheter notre silence ! La prime de risque est conséquente !

Alex regarda lui aussi son téléphone pour consulter son solde bancaire. Il vit le chiffre et s'assit. Tous deux venaient de recevoir la modique somme de 999 999 euros. Que des 9 au cas où l'origine du virement n'aurait pas été claire.

Ils ne savaient pas de quoi serait fait leur avenir à tous les deux, ni comment ils allaient reprendre le cours d'une vie normale après tout ce qu'ils avaient vécu. Était-ce même possible ? Sans se le dire, aucun des deux ne voulait y penser. La seule chose qu'ils savaient depuis quelques instants, c'est qu'ils avaient les moyens financiers d'envisager beaucoup de scénarios…

Bombay, 3 janvier 2019
Un immeuble du quartier des affaires

Une grande salle de réunion. Anonyme. Impersonnelle. Comme on en voit des milliers dans le monde. Une salle où se tiennent le plus souvent les conseils d'administration : une table immense, une vingtaine de fauteuils en cuir, un écran géant, une bouteille d'eau et un verre à chaque place.

Autour de la table, neuf personnes, de tous les continents. Indien, chinois, européen, américain, sud-américain, africain… toutes les grandes parties du monde étaient représentées. Une femme, debout, terminait son exposé. Sylvia, en tailleur-pantalon impeccable, ses éternelles Louboutin aux pieds, venait de faire un compte rendu circonstancié des derniers événements de Paris.

Un homme prit la parole :

— Parfait, Sylvia. Mais nous avons frôlé la catastrophe. Que devient notre petit couple d'aventuriers ?

— Je crois qu'ils sont passés à autre chose et qu'ils se tiendront tranquilles. De toutes les façons, ils sont sous surveillance permanente pour une période d'un an, comme le prévoit notre protocole.

— Très bien, fit une femme. Et pour le maquillage de la mort de James ?

— La presse a annoncé son décès accidentel près de Paris il y a trois jours, avec son fidèle chauffeur. Sa voiture a

« malheureusement » percuté un arbre et pris feu. Les deux corps sont totalement calcinés. L'autopsie « officielle » n'a rien révélé de spécial. Nos amis de la préfecture de Police ont été très coopératifs. Les dépouilles ont été rapatriées aux États-Unis. L'enterrement a lieu demain, au Texas. Un de nos émissaires est déjà sur place et assistera à la cérémonie.

— Et le plus important, intervint un troisième homme. Le livre est-il en lieu sûr ?

— Oui. Il a rejoint notre Bibliothèque Sacrée. Notre équipe d'experts est en train de le déchiffrer. Les premiers éléments sont particulièrement prometteurs…

— Bien, déclara sobrement l'Indien qui officiait comme président de séance. Il ne nous en reste plus qu'un seul à trouver, et nous aurons réuni les neuf ouvrages de référence. Notre but est proche, mes amis. Et une fois ces livres réunis, plus grand-chose ne nous arrêtera.

— A-t-on une idée de sa localisation ? s'enquit une autre femme autour de la table.

— On connaît à peu près la zone. Notre chère Sylvia va commencer sa chasse. D'ailleurs, si cela s'avérait nécessaire, il serait intéressant, Sylvia, que vous réussissiez à impliquer, sans qu'ils en connaissent le motif, bien entendu, M. Merri et sa compagne ; ils ont été très efficaces, je l'avoue.

Sylvia sourit. La perversité de l'idée lui plaisait.

— Pourquoi pas, maître, pourquoi pas ?…

Note de l'auteur sur les éléments historiques du roman

Les éléments historiques relatés dans cet ouvrage sont véridiques. Ils servent de support à une intrigue romancée, mais la base historique est réelle. Ainsi :

– Les aigles en argent donnés par Napoléon à ses proches existent. Sur les trente-huit aigles qui ornaient les soupières du service, seuls sept ont été identifiés. L'un d'eux, appartenant à Joseph Bonaparte, a été présenté lors de l'exposition « Napoléon à Sainte-Hélène, La conquête de la mémoire », du 6 avril au 24 juillet 2016. Un des aigles est en ma possession, et a donné naissance à l'intrigue de ce roman.

– Tous les éléments relatifs aux différents plans de fuite de Napoléon, ou à sa volonté de se rendre aux États-Unis pour étudier les sciences, avant qu'il ne se rende aux Anglais, sont réels.

– Louis Maillard a bien été l'exécuteur testamentaire de Joseph Bonaparte, dont les éléments du testament sont tous réels, ainsi que les propriétés de Point Breeze et de Stone House. La maison de Stone House existe toujours, à Cape Vincent.

– Sur les armoiries de la couronne d'Espagne sous Joseph Bonaparte, la devise devient bien « Ultra Plus » au lieu de « Plus Ultra ».

– Le trésor de la couronne d'Espagne n'a toujours pas été retrouvé. On suppose que c'est Joseph Bonaparte qui l'a emporté, mais il demeure introuvable à ce jour.

– Tous les mystères évoqués par Alex (terrasses de Baalbek, pyramides de Yonaguni, Tiahuanaco, etc.) sont aujourd'hui insolubles, ou pour le moins sujets à de fortes controverses. Ces phénomènes ou constructions restent énigmatiques, aucune explication logique ne parvenant à remporter l'unanimité.

– La *Pietà* de Nicolas Coustou se trouve bien à cent onze mètres de l'entrée de la cathédrale.

– Sur le tableau du sacre de Napoléon peint par David, la Pietà, la couronne et Joseph Bonaparte forment une diagonale parfaite, et les différentes œuvres de David commandées par l'empereur sont bien réelles.

– Enfin, la société des Neuf Inconnus demeure encore entourée de mystère. Elle apparaît dans les différents récits historiques mentionnés dans le roman, mais nul ne sait si elle existe ou pas. En tant que société secrète, on peut dire qu'elle a bien réussi à semer le doute sur sa réalité. Il ne serait pas du tout impossible qu'elle soit active encore de nos jours…

Bibliographie

- *Napoléon et le rêve américain*, Inès Murat, Éditions Fayard
- *Le Matin des magiciens*, Louis Pauwels et Jacques Bergier, Folio, Éditions Gallimard
- « Le Testament et l'inventaire après décès de Joseph Bonaparte », Thierry Lentz, dans *Napoleonica. La Revue*, 2016/2 (nº 26), pages 5 à 20
- *2015 Cape Vincent French Festival*, Cape Vincent Chamber of Commerce, 24 juillet 2015
- *The Stone House at Cape Vincent*, David Lane, Watertown (NY) Daily Times, 5 juillet 1949
- Catalogue de l'exposition « Napoléon à Sainte-Hélène. La conquête de la mémoire », Éditions Gallimard, Musée de l'Armée, 2016
- *Plan de Notre-Dame de Paris*, gravé et imprimé par Wagner & Debes, Leipzig, Carte BAEDEKER, 1910
- « Toits, charpente, terrasses... Revisitez Notre-Dame de Paris avant l'incendie », replay du Facebook Live du journal *Le Monde*, avec Philippe Villeneuve, architecte en chef des Monuments historiques, tourné en mars 2017
- *L'empreinte des dieux, une nouvelle interprétation des grands mystères du monde*, Graham Hancock, Éditions Pygmalion, 1995
- *Mémoires de Sainte-Hélène*, Napoléon Bonaparte
- *Souvenirs de l'empereur Napoléon Ier, extraits du Mémorial de Sainte-Hélène*, Emmanuel de Las Cases, Éditions Ligaran

– *The Bouvier Affair: a True Story*, Alexandra Bregman
– *Prométhée*, tomes 1 à 20, Christophe Bec, Éditions Soleil
– *Le sacre de S. M. l'empereur Napoléon dans l'église métropolitaine de Paris, le XI frimaire an XIII dimanche 2 décembre 1804*, Livre du Sacre, source : gallica.bnf.fr
– *Le Sacre et le couronnement de Napoléon*, Frédéric Masson, Société d'éditions littéraires et artistiques, 1908
– *Napoléon et les Amériques*, Christophe Belaubre, Jordana Dym et John Savage, Presses Universitaires du Midi, 2009
– *Interpol – création d'une unité spécialisée dans le patrimoine culturel*, brochure Interpol, janvier 2019
– *Napoléon, correspondance*, Philippe Lebaud éditeur, 1970
– « Quand le marché de l'art crée son paradis sur mesure », *Le Figaro*, 16 septembre 2021
– https://www.leparisien.fr/faits-divers/comment-les-flics-specialistes-doeuvres-dart-traquent-les-trafiquants-23-07-2021-RNQI46PWW5CZDA2DBY44SYLEDI.php

Remerciements

Je tiens à remercier très chaleureusement toutes les personnes qui m'ont accompagné dans le long parcours de l'écriture et de l'édition, et en tout premier lieu mon épouse Clémence, soutien indéfectible de la première heure.

Je remercie également Jean-Félix pour ses conseils et le temps passé à travailler ensemble le texte, ainsi que les tout premiers lecteurs pour leurs remarques constructives : Misou, Keren et Claire.

Je remercie bien évidemment mon Agent littéraire & Conseil éditorial, Isabelle Martin Bouisset, qui m'a guidé dans le perfectionnement de l'écriture, et qui a su trouver la bonne personne pour éditer ce premier roman.

Enfin, je remercie mon éditeur, Florian Lafani, pour la pertinence de ses remarques, pour avoir cru en moi, et pour avoir soutenu la diffusion de ce livre avec enthousiasme et délicatesse. Je remercie aussi toutes les équipes de Fleuve, pour leur gentillesse et leur aide.

Je dédie ce livre à mes enfants, puisse-t-il leur donner le goût de la lecture !

Composé par Facompo, Rouen

CET OUVRAGE
A ÉTÉ ACHEVÉ D'IMPRIMER
SUR ROTO-PAGE
PAR L'IMPRIMERIE FLOCH
À MAYENNE EN AOÛT 2022

N° d'impression : 100864
Imprimé en France